U0549814

愛呦文創
愛呦文創

©《High School Return of A Gangster -5- 黑幫變成高中生》
호롤(horol)◎著、芙蘿拉◎譯、九月紫◎封面繪圖、60◎Q圖繪圖、愛呦文創◎出版

愛呦文創

本文為虛構故事，含一些敏感內容
關心您：再給自己一次機會，勇敢求救並非弱者；
生命線 1995、張老師服務專線 1980、衛福部安心專線 1925

愛呦文創

High School Return of A Gangster
黑幫變成高中生 05

目錄

CONTENT

番外三

早晨足球會：愛與妒嫉（下）

在電影院領了預訂票也買了爆米花後，還有二十分鐘左右的時間，申智秀把領到的電影票上傳到社群網站，渾然不知崔世暻和宋理巘之間的氣氛已經變得不同，如果她此刻轉頭，應該可以看見宋理巘正凶狠地瞪著低頭不理人的崔世暻。

要是申智秀不在場，宋理巘早就對崔世暻發火，兩人會大吵一架後各自回家，但宋理巘怕和他們一起出來玩的申智秀會不舒服才按耐火氣，他在心中不停地默念著「忍耐」，等著與申智秀道別的時刻。

距離電影開場還有二十分鐘，兩個不發一語、悶悶不樂的男生想躲到角落打發時間時，但申智秀阻止了他們，她一左一右摟著崔世暻和宋理巘，帶他們去了遊樂場。

和電影院相連的遊樂場，裝潢走科幻龐克風，感覺像是黑暗電影院的延伸。申智秀因為經常和朋友來這裡玩，所以熟門熟路地帶崔世暻和宋理巘走進去。

「我們來拍人生四格吧。」

「那是什麼？」

「你不知道嗎？拍貼機啊！」

「哇……」

崔世暻對現今年輕人的文化興致缺缺，他之前會去密室逃脫咖啡廳也是因為申智秀和她的朋友們提議才去的，而最近流行的社群帳號則是金妍智幫他註冊的。崔世暻只做了最基本的參與，以避免與同齡人脫節，因此，對渴望了解更多年輕文化的宋理巘來說，他的幫助不大。

宋理巘立即把和崔世暻吵架的事情忘得一乾二淨，把握這個千載難逢的好機會，眼睛閃閃發亮地問：「這要怎麼拍啊？」

「照片會從這裡出來嗎？」蹲在機器前好奇張望的宋理巘，看到照片慢慢印出，還沒掉下來他就接住了。

印出來的長條照片是他們剛才的拍照成果。

「哇……」

第一張照片，宋理巘完全不知道已經在拍，臉幾乎貼在鏡頭上，一臉茫然的樣子，不過從第二張開始，他們按照申智秀的指示擺拍，效果還不錯。申智秀在兩人中間擺出捧花姿勢，崔世暻和宋理巘則在兩旁比出愛心，決定手勢時，崔世暻似乎不大情願，但最後他還是順從了宋理巘的意思。

看著那張照片，宋理巘不知在想什麼，自顧自地動手整理了一番，不久後，那張剛拍好的人生四格被折成兩半，放進了他透明的手機殼裡。由於照片太長，折起來後露出的部分正是他和崔世暻在頭上比愛心的那一張。

「理巘啊，ＶＲ那邊沒人排隊！我們快點過去！」申智秀不知看到了什麼，興奮地拉著宋理巘往某個地方跑去，宋理巘趕緊把手機收起來。

申智秀所指的地方，牆邊圍繞著閃亮的螢光霓虹燈，前面有個人戴著像是護目鏡的眼罩，手拿著機器揮舞著。

「那是什麼？」

「你不知道ＶＲ遊戲嗎？」

「什、什麼？Bra？」

崔世暻急忙摀住了宋理獻的嘴，申智秀則冒著冷汗，拚命地幫宋理獻說話。

「也……也是有可能不知道啊，我爸也不知道VR是什麼。」申智秀好心地沒有提起她父親和宋理獻之間的年齡差距。

「VR呢，就是虛擬實境遊戲……呃，就是讓你在遊戲裡感受到如同現實世界般的真實感。」

為了給喜歡的人留下好印象，申智秀特別親切地解釋，這場景看起來就像是在教不知道如何操作自助點餐機的老人。

「還得選主題呢！我看看——主題有宇宙戰爭和西部牛仔、叢林射擊、海洋城市、殭屍、賽車手、跳舞……就這些了，如果去專門的店選擇會更多。」

申智秀滑動著VR遊戲機的螢幕，唸完主題後問道：「你想玩哪一個？」

從申智秀肩膀後方看著螢幕的宋理獻，像看到異世界般瞠目結舌，各種主題看起來都很有趣，讓他難以選擇。

「這個，呃，這個……」

在浩瀚宇宙中，光束來回穿梭的主題看起來刺激無比；西部牛仔的槍戰則能勾起男人的懷舊情懷；海洋城市的體驗更是難得一見，現在不玩不知何時能玩。

宋理獻一時難以決定，這時申智秀靈機一動果斷地做出了選擇：「要不要全部都玩一遍？」

「妳真是個好孩子啊。」宋理獻讚歎道，似乎在為自己之前沒看清申智秀而感到抱歉，開始用不同的眼光看待她。

申智秀害羞得鼻尖微微泛紅，但仍熱情地走進了ＶＲ區。

結果，他們跳過了電影，把ＶＲ遊戲機的所有主題都玩了一遍。

他們在電影院取了票，卻沒看電影，反而在遊樂場揮霍了好幾張五萬元鈔票後才心滿意足地走出來。

從悶熱乾燥的室內出來，夜風涼爽地拂過臉頰。

宋理獻因為最後玩射擊遊戲時縮著身子，現在覺得渾身痠痛，他伸了個懶腰，發出舒服的呻吟。

他們在遊樂場玩得很愉快，出來後反而有點捨不得分開，雖然沒有明確的目的地，卻不約而同地朝同一個方向前進，這就是證明。

申智秀察覺氣氛後立刻提議：「要不要一起去喝酒？」

「喝酒？」

「好啊！我們去吃烤腸。」在遊樂場對申智秀好感急速上升的宋理獻也爽快地答應了。

「烤……腸？」

申智秀只去過連鎖啤酒屋喝酒，對她來說烤腸是個陌生的菜單，但宋理獻並沒有細心到注意這些細節。

「妳喝燒酒？不，妳還是喝啤酒吧！不對，我看妳還是喝汽水好了。」

申智秀的腸胃不大好，不喜歡味道太重的食物，所以她立刻用眼神對崔世暻發出求救信號。

——世暻啊，幫幫我！

崔世暻看起來有些為難，皺眉笑了笑。

今天見面後，申智秀一直徵詢他的意見，於是他彎下腰在申智秀耳邊輕聲說：

「理巘他喜歡吃內臟。」

崔世暻本來連味道濃郁的血腸都難以下嚥，沒想到宋理巘竟然讓他愛上了烤腸。原先還想拓展宋理巘的美食地圖，卻沒料到自己反被逆襲了。

「這樣嗎？」

看到崔世暻和申智秀又在講悄悄話，宋理巘的表情變得很微妙，申智秀以為他是因為沒能吃到烤腸而感到失落，急忙抓住了機會。

吃什麼不重要，重要的是能和宋理巘一起喝酒。

「我喜歡，烤腸，特別喜歡。」

「喜歡就喜歡，哪有什麼特別喜歡啊。」

宋理巘在遊樂場已經認定申智秀是好孩子，若要說誰有罪，那就是崔世暻，而且等申智秀回家後，他要大吵的對象也是崔世暻。

「看來妳還挺懂吃的嘛！那妳喜歡牛大腸還是大腸頭？」

——兩種我都不喜歡。

但申智秀還是隨便選了大腸頭，即便她根本不知道大腸頭是哪種動物的內臟。

他們在附近的烤腸店坐下後，餐點才剛點完，小菜就已送上。隨後，預先烤好的大腸頭也被端上桌，那圓潤飽滿的大腸頭，中間微微凸起，像極了香瓜的肚臍，油脂在熱氣中滋滋作響，緩緩融化。

因為烤腸的味道太重，申智秀一直用嘴巴呼吸，而宋理巘則將烤好的大腸頭全夾到申智秀的盤子上並堆成小山狀。

「妳多吃點，要再加點嗎？」

「不用！」申智秀正色說道。

即使宋理巘說的是客套話，申智秀還是擔心他真的再加點，於是趕緊轉移話題。

「我們喝酒吧。」申智秀剛要拿酒瓶，就被宋理巘搶先了一步。

「喂，妳要喝酒？」

宋理巘不讓申智秀喝酒，卻對崔世暻搖晃著紅蓋蟾蜍真露燒酒①，兩人似乎常一起喝酒，崔世暻冷淡地遞出了酒杯。

宋理巘先替崔世暻斟酒，再替申智秀倒上，一邊倒一邊叮嚀道：「妳喝一杯就好，等會兒要回家前，記得先打電話跟家裡說一聲。」

「我家很開明的，偶爾喝點酒、晚點回去都沒關係的。」

「胡說什麼呢。」宋理巘看著她，像看小孩子耍嘴皮子般，嘴角微微上揚，帶著

注釋① 紅蓋蟾蜍真露燒酒：一九七〇、八〇年代，真露燒酒的瓶身上有一隻紅色蟾蜍，酒精濃度高達二十五度，是當時銷量第一名的燒酒，因此在喝酒的地方，常聽到客人喊著「一瓶蟾蜍」，就是代表要這瓶真露。在二〇一九年，酒商又再次將這隻蟾蜍召喚回來，變成了現在新版的蟾蜍，淡藍色透明玻璃瓶、藍色標籤，大大的漢字寫著真露，酒精濃度也配合現代人的習慣，降低至十六點九度。

些許笑意，舉起燒酒杯輕輕抿了一口。

烤盤上的牛腸逐漸變得金黃酥脆，熱氣蒸得宋理瓛鼻尖泛紅，他一口喝乾了燒酒，動作熟練得像喝了三十年燒酒的老手，但其實他成年還不到兩個月。

——好會喝酒喔。

申智秀小口小口地啜著燒酒，視線不由自主地飄向宋理瓛，突然驚覺自己竟然走神了——她約他出來可不是為了偷看他的。

為了快速拉近與宋理瓛的距離，申智秀提議道：「我們來玩喝酒遊戲吧？」

「喝酒遊戲？」

「你們還沒參加新生營嗎？要是去了就知道，第一個學到的就是喝酒遊戲。」

「我還沒，下週才會去。」

一提到大學的話題，宋理瓛立刻表現出濃厚興趣，他將椅子拉向申智秀的後面坐了下來。

「世暻呢？」

「我也是下週。」

崔世暻雖然興致缺缺，但為了不在氣勢上輸給緊挨著申智秀坐著的宋理瓛，故作感興趣地將身體微微向申智秀靠了過去。

宋理瓛見狀，露出了犬齒，表情凶惡地皺起眉頭，但當他的目光和申智秀對上時，立刻藏起了牙齒。

「那麼就只有我去過嘍。」

身為新生營老手的申智秀捲起了袖子，準備傳授她學到的喝酒遊戲，她清了清嗓子，模仿學長撫摸著想像中的鬍鬚，一字不差地複述新生營裡學長說過的話。

「要學就從經典入門，才能打好基礎。那我們就從007砰[②]開始吧。」

喝酒遊戲的趣味在於，無論你擁有多聰明的頭腦、敏銳的觀察力，甚至是過人的運動神經，在這裡全都派不上用場。因為哪怕是再厲害的遊戲高手，幾杯下肚後也難逃變成傻瓜的命運——不是拍子不對，就是反應遲鈍，或是記性全無。

隨著笑聲越來越響亮，每個人對自己酒量的警覺也逐漸消失。

三人無一倖免，此時已分不清這場喝酒遊戲究竟是為誰而玩。

當激烈的橘子遊戲[③]結束後，他們這桌瞬間陷入沉默，因為方才遊戲過程中，他們為了演繹橘子，不惜用上全身，因此還被工讀生提醒要安靜些。

遊戲一結束，三人立刻像耗盡電力的玩具般癱坐在椅子上。

崔世暻用手抹了抹發燙的臉，搖搖晃晃地站起身，「我去一下洗手間。」

注釋② 007砰：這個酒局遊戲適合五到十人玩。大家圍成一圈，一個人喊出0、0、7，喊到7的時候指向一個人，被指到的人要喊「砰」並做出手槍手勢，而他左右的人則需高舉雙手喊「啊」，出錯的人要罰酒，下一輪從喊砰的人開始，以此類推。

注釋③ 橘子遊戲：按照座位順序隨意做出想要的橘子大小，雙手像抓住橘子一樣圓圓的合攏，接下來的人必須做出比前一個人更大的橘子。如果無法做出更大的橘子，或被其他人拒絕，就要喝酒。通常會從雙手做出小小的橘子開始，但隨著順序的進行，橘子會越來越大，最後可能需要張開雙臂來做橘子。如果覺得前一個人做的橘子太大，可以站起來，做出用力的表情和聲音，張開雙臂，大部分情況下會被接受。

他臉頰紅得嚇人，站都站不穩，只能扶著椅背勉強保持平衡，看起來有點危險，需要有人扶他一把，但可惜另外兩人的狀況也好不到哪裡去。

崔世暻還算清醒，至少還能去洗手間，反觀宋理獻和申智秀已是半昏迷狀態，趴在桌上動彈不得，這一切都是喝酒遊戲造成的慘烈後果。

申智秀從已經冷掉的牛腸火鍋中撈出一根長髮，然後搖搖晃晃地站了起來，她早已被烤腸的美味征服，甚至還貪心地加點了牛腸火鍋，配著燒酒大快朵頤，結果喝得爛醉。

醉醺醺的申智秀突然模仿起打鼓的樣子，用筷子敲打著桌面，大聲宣布：「那麼，壓軸遊戲就是……萬眾期待的真心話大冒險！」

她撿起燒酒瓶蓋，將開瓶時留下的金屬條捲成指針狀，放在桌面上轉了起來，瓶蓋越轉越慢，最後金屬指針在宋理獻的面前停了下來，申智秀興奮地拍手叫好。

「我有事想問你。」

「什麼事？」宋理獻舌頭打結，眼神迷濛地回應。

「你喜歡什麼樣的人？」

「漂亮的人。」宋理獻毫不猶豫地回答，語氣乾脆得讓人措手不及。

申智秀覺有些得意外，嘟起了嘴，她原以為像宋理獻這樣的人應該會說些諸如「外表只是其次，內在才重要」之類的話，沒想到答案如此直白而膚淺。

「你是指心地善良的那種漂亮嗎？」

「怎麼可能，當然是長相。」

宋理獻像聽到什麼荒唐的提問般，一臉正經地回答。

宋理獻，終究也不過是個普通的男生。

申智秀第一次覺得宋理獻跟其他同齡男生沒什麼不同，但即便發現他新的一面，她心底的喜歡還是絲毫未減。

申智秀輕輕用手肘支撐在桌面上，微微抬起下巴，將自己認為最迷人的角度展現給宋理獻，在昏黃的烤腸店燈光下，她不用刻意擺出姿態，也能自帶社群媒體濾鏡的效果。

申智秀撩起長髮，將髮絲隨意地撥到一邊，然後問道：「我們班不是有很多漂亮的女生嗎？」

「女生都很漂亮啊。」

這種毫無靈魂的回答，一聽就知道是客套話，宋理獻其實覺得班上沒有特別漂亮的女生，這似乎是個好消息，代表班上沒有讓他心動的對象，但問題在於申智秀也是同一班的。

如果在宋理獻眼裡她不算漂亮，那她就必須展現其他魅力來吸引他。

為了打探宋理獻的喜好，申智秀輕輕挪動身子，緩緩靠近他。

「那你覺得怎樣才算漂亮呢？漂亮不是也有很多類型嗎？清純的？可愛的？」

申智秀說話的語氣越來越像審問，但醉醺醺的宋理獻倒是不以為意，反而認真思索起來。

申智秀喝了一口燒酒潤喉，等待之際瞥見宋理獻身後的燒酒廣告海報，上頭是身著貼身洋裝、身材豐腴的女歌手鄭花，便問了這個形象。

「還是性感的？」

「性感？」一直在思索的宋理巚終於有了反應。

申智秀興奮地點了點頭，「對，性感的，像歌手鄭花或是偶像有娜那種風格。」

身處在青少年之中，就算宋理巚對娛樂圈沒什麼興趣，但這些當紅藝人的名字還是耳熟能詳的。

「她們也不錯啦。」宋理巚腦海裡浮現出她們的臉龐，微微點頭，和身邊那些嘰嘰喳喳的高中女生相比，這些藝人確實更有魅力。

但這還遠遠不夠，真正能撩撥情慾的，需要的不只是豐滿的身材，還要能讓人血脈賁張、陰莖勃起的刺激，比如在耳邊輕聲低語撩人的嗓音，或是熱吻時緊貼的結實身體，以及那俊秀的美麗臉龐。

「不過，說到性感……」宋理巚一飲而盡，或許是酒意上頭，他用舌頭舔著被燒酒濕潤的嘴唇。

申智秀緊盯著他的嘴唇，期待著他接下來的回答，不由自主地吞了吞口水。

「當然是崔世暻啊。」

「啊……」申智秀輕輕嘆了一口氣。

宋理巚是同性戀，她忽然想起了去年那個被遺忘的傳聞。

✿ ✿ ✿

走出烤腸店時，冷風迎面撲來，吹散了幾分醉意。

宋理巘和崔世暻攔了計程車，將喝到斷片的申智秀送到她家樓下，出發時就聯絡好的「申部長大哥」早已在樓下等候，只穿著睡衣和羽絨外套。

申部長見到女兒醉得不省人事，一邊輕拍她的背，一邊向宋理巘和崔世暻道謝。約好下次足球晨練時再聚後，他們便朝反方向離開。離開公寓社區時，宋理巘原本想提議再去喝一杯，卻又作罷，其實是他覺得有點不大舒服。

「我們走一會兒吧。」

「嗯。」

夜深了，公寓社區行人寥寥無幾，整齊排列的人行道路燈宛如舞臺上的聚光燈照亮了街道。

寒風刺骨，宋理巘像烏龜一樣縮起脖子，把臉埋進了身旁崔世暻的圍巾裡。

崔世暻踉蹌了一下，兩人手臂相碰，宋理巘連忙將他拉到人行道內側問：「你醉了嗎？」

「酒有點難醒。」崔世暻撥了撥瀏海，烏黑的髮絲凌亂片刻又自然垂落，遮住了飽滿的額頭。

他笨拙地撫著消瘦的臉頰，似乎還有些醉意，用手指隨意按壓著高挺的鼻梁，呼出的氣息中帶著淡淡的甜酒味。

崔世暻的酒量雖然比宋理巘好，但卻不懂技巧，反觀宋理巘，早在遊戲中悄悄將幾杯酒倒掉，這時早已清醒，而崔世暻卻因為在遊戲中頻繁喝酒，整個人的狀態顯得有些糟糕。

橘黃路燈下，兩人的影子在人行道上搖曳，宋理巚問：「你還好嗎？」

「頭有點暈。」

「過來靠著我吧。」宋理巚一把摟住踉蹌的崔世暻的腰，絲毫不在意對方比自己高大的身形。

宋理巚把崔世暻的一隻胳膊搭在自己肩上，讓他稍微倚靠著自己，雖然一開始被崔世暻的體重壓得有些歪斜，但宋理巚很快就找到了平衡。

路燈下兩個緊貼著行走的身影呼出陣陣白霧。

「唔……」原以為崔世暻會安分走路，但他卻突然湊近，把鼻子埋進宋理巚的髮間，貪婪地嗅著宋理巚的氣息。

崔世暻高挺的鼻梁在乾燥的髮絲間磨蹭，在他步伐晃動的視野中，宋理巚那被凍得發紅的耳垂格外誘人，他忍不住咬了上去。醉意讓崔世暻忘記了方才的爭執，舉止間透著幾分撒嬌。

「你是小狗嗎？別咬了。」宋理巚嘟囔著抱怨，卻沒有真的阻止崔世暻輕咬他耳朵軟骨的動作。

「哈哈。」爽朗的笑聲如冬日的細雪般散開。

宋理巚也跟著笑了，任由崔世暻延續這醉後的習慣。

崔世暻早已注意到宋理巚帶他走的不是有計程車的大馬路，而是幽靜的小巷，但他選擇默許，順從地跟著走。

直到走進燈光觸及不到的巷子深處，宋理巘才停下腳步，他將幾乎掛在自己身上的崔世暻推向牆面。

身子不聽使喚的崔世暻背貼著牆壁下滑，宋理巘按住他的肩，將他固定在牆上，此刻兩人的視線終於平齊，宋理巘輕喚著低垂著頭的崔世暻：「崔世暻。」

崔世暻慢慢抬起頭，眼神有些迷濛，遠處微弱的燈光映入他漆黑的眼眸，宛如浪花輕拍岸邊，閃爍著粼粼波光。

「我們還有話沒說完呢。」

「有話沒說完……」崔世暻歪著頭，恍惚地重複著宋理巘的話。

崔世暻被酒意薰得嫣紅的雙唇微微顫動，如黑色波濤般起伏的眼眸失神地望向遠方，那些一直因害怕顯得幼稚而不敢說出口的心事，終於藉著醉意傾瀉而出。

「你對我沒感覺嗎？」

「什麼？」

崔世暻還沒說清楚，就急著抓住宋理巘的脖子想要親吻，在雙唇即將相觸時，宋理巘驚慌地將他推開，雖然自己再怎麼隨性，宋理巘也不想在滿嘴烤腸味的狀態下跟崔世暻接吻。

但是醉醺醺的崔世暻根本不記得自己吃了什麼下酒菜，此刻只因為被拒絕而震驚得臉色發白。

震驚很快轉化為行動，崔世暻害怕宋理巘再次逃跑，在他溜走之前緊緊抱住了他。即使已經把他擁在懷裡，仍擔心會失去，理智變得模糊的崔世暻，不自覺地加重了力道。

崔世暻將頭深深埋在宋理獻的肩上，低聲說道：「你可以放進來。」

「什麼？」因為看不到崔世暻的表情，宋理獻以為自己聽錯了。

起初以為「可以放進來」指的是舌頭，但當崔世暻的大腿擠進他的胯間磨蹭時，宋理獻這才明白「放進來」指的不是舌頭。

「我想跟你做。」

「你可以放進來」、「我想跟你做」這話說得曖昧，卻意思明確，至少宋理獻聽懂了。若要他說出感想，那大概就是「該來的終於來了」，這也讓他明白了，崔世暻今晚一直找碴，就是因為這件事耿耿於懷。

「因為我更喜歡你，所以沒關係。」

宋理獻沒想到崔世暻會這麼難過，心裡不免有些歉疚，要不是崔世暻發了酒瘋說出這番話，宋理獻原本打算過幾天就為兩人訂好飯店房間的。

只是聽到也能感覺到崔世暻在強忍著心中的失落感。

「喂，崔世暻，你在胡說什麼？放開，放開我，看著我的臉說。」

宋理獻想要掙脫，但在力氣上他從未贏過崔世暻。

越是用力推開，崔世暻越是抱得更緊，手臂如鐵鍊般牢牢箍住宋理獻。

崔世暻似乎誤解了宋理獻的掙扎，語氣變得越發迫切：「因為我喜歡你，所以沒關係，就算你不喜歡我，我還是很喜歡你。」

像醉酒時常見的那樣，崔世暻完全不顧對方反應，只顧著傾吐心事，不知不覺間，宋理獻也停止了掙扎。

「就算只有我一個人喜歡也沒關係……」

話都還沒說完，崔世暻就徹底斷片，整個人失去意識癱軟下來，宋理獻連忙接住往前倒的崔世暻，哭笑不得地倒吸了一口氣。

「你這傢伙到底在胡說些什麼啊。」宋理獻難以置信地睜大眼睛，愣愣地抱著崔世暻許久。

寂靜的巷子裡，只聽得見熟睡的崔世暻平穩的呼吸聲。

❦ ❦ ❦

「哈啊——」

一聲近似嘆息的呼氣在冷空氣中化作白霧，消散後映入眼簾的是一棟方正的建築，反射著夜景的大樓泛著黑色光澤，頂端隱沒在黑暗中。

崔世暻在夜裡尋找著看不見的大樓頂端，隨後低頭再次確認手機，這裡確實是宋理獻約他來的地方。

HT 飯店 9104 號房 晚上九點

上次自己提議去飯店時宋理獻嚇得半死，沒想到失聯一整天後發來的簡訊竟然是飯店地址。

看了最後一眼，崔世暻將手機塞進外套口袋，習慣性地撥弄瀏海，撥到一半的髮絲尷尬地停在指間。

路人紛紛偷瞄著佇立在飯店門口躊躇不前的崔世暻，出門前特意沐浴過的清爽氣息，配上精心挑選的黑色喀什米爾長大衣，襯得他白皙的膚色在灰暗的城市中宛如一抹光暈，格外引人注目。

崔世暻察覺到周圍的目光，知道該進去了，卻陷入了沉思，不停揣測宋理獻約他來此的用意。

「飯店」這個場所，承載了太多暗示和可能性，讓崔世暻的思緒變得混亂，這個邀約，不一定是為了做愛，對許多情侶來說，飯店也可以是分享兩人時光、談心放鬆的地方，而不只是親密的場景。

「……怎麼可能。」自言自語的崔世暻，覺得自己的想法太天真了。

昨晚在申智秀提議的喝酒遊戲中喝得太多，崔世暻想起醉意中脫口而出的那些話，雖然沒有直說，但纏著要做愛的意思再明顯不過，而且還是在醉得不省人事的時候說出這種話，連自己都覺得糟透了，根本不敢想在宋理獻眼中的自己，看起來會有多可悲。

即使在按下樓層到電梯上升的短暫時間裡，崔世暻仍一邊猜測宋理獻約他來飯店可能另有原因，一邊掀開大衣領子，確認自己身上是否散發著淡雅的香氣。

站在 9104 號房前，崔世暻深深吸了口氣，察覺自己呼吸變得急促，連忙用手掩住嘴試圖平復。

門突然開啟，他慌忙放下手，強裝鎮定。

「你來了啊。」

宋理巘似乎剛沐浴完，身著白色浴袍，濕髮上蓋著毛巾，他身上散發的溫暖水氣撲向崔世暻被寒風吹得冰涼的大衣。從敞開的浴袍領間，隱約可見宋理巘若隱若現的肌膚。

崔世暻頓時腦中一片空白，所有阻礙他進入飯店的顧慮瞬間煙消雲散。

高大的崔世暻如同石柱般佇立不動，宋理巘側身讓開並開口說道：「站在那裡等什麼？進來啊。」

「失禮了。」

「有什麼好失禮的。」與緊張的崔世暻相比，宋理巘倒是如常，雖然看起來有些冷淡，但對待他卻全無芥蒂。

崔世暻脫下大衣走進房間，環顧四周，客廳裡處處可見宋理巘先來後留下的痕跡，看見椅背上掛著宋理巘的長羽絨服，崔世暻也將自己的大衣放在一旁。此外，還有宋理巘脫下的衣物、背包，以及喝了一半的礦泉水，環顧這些的崔世暻突然感到室內悶熱，便脫去了襯衫外的針織衫。

透過寬大的落地窗，漢江的夜景盡收眼底，城市燈火閃爍，從高處俯瞰的都市夜色，因看不見塵囂與貧困而顯得格外璀璨，順著窗邊散落的光影走過短廊，便是臥室所在。

——好熱。

崔世暻一踏入臥室就熱得難耐，開始解開襯衫鈕扣，轉眼間，他的臉頰已被熱氣薰得泛紅。

明明兩人都不怕冷，為何要把溫度調得這麼高？當他的目光落在床上時，這個疑惑瞬間得到了解答。

寬敞的床上擺著潤滑液和保險套，崔世暻正整理襯衫領口的手頓時停了下來。

宋理巘刻意調高的室溫，是為了赤身裸體翻雲覆雨，為了使用放在床上的潤滑液和保險套——難怪衣著完整的崔世暻會熱得喘息。

宋理巘走過呆立的崔世暻，在床邊坐了下來，他只披著浴袍，雙腿微張，身體向後仰，當腰背弓起腹部凹陷時，鬆垮的浴袍敞開，隱約可見那熟悉的粉紅色乳頭若隱若現。

「放進來。」

崔世暻眉毛微揚，像是聽到了不該聽的話，目光卻不自覺停留在那敞開的雙腿之間，浴袍雖然敞開，但私密處仍被遮住，布料順著大腿線條滑落，勾勒出令人遐想的輪廓。

宋理巘抬了抬下巴，指向自己腿間，再度表明心意。

「幹我。」

「理巘啊。」崔世暻這才回過神來，有些為難地喚道。

這時他才發現宋理巘和自己一樣緊張，從那緊繃的眼神和被過度啃咬而泛紅的唇瓣便可看出。

「我也想和你做，但我沒辦法幹你，所以你來吧。」

宋理巘本想營造點氣氛，至少也該表現得溫柔些，但緊張使他說話變得粗魯，話才說完，他就擔心崔世暻會感到不舒服，但話已出口便無法收回，改口又覺得太過丟臉，只能硬著頭皮繼續說下去。

無論靈魂的年齡有多大，他畢竟一直以異性戀者的身分活著，要他在清醒時對一個年輕男人說出「幹我」這樣的話，確實需要極大的覺悟和心理準備。

然而，這種程度的覺悟還不至於讓崔世暻感到難過，也不會讓崔世暻誤以為自己是一廂情願的喜歡。

對宋理巘來說，最重要的就是崔世暻，他唯一允許進入自己身體的對象，也只有崔世暻。

「你說我不喜歡你？我可是抱著下地獄的覺悟在和你交往，不管你有多喜歡我，要追上我的程度，你還差得遠呢。」

喝點酒或許能緩解尷尬，但宋理巘怕崔世暻會以為是醉話，執意要在清醒時表白，結果這番話說得他面紅耳赤，而聽到熱情告白的崔世暻則又驚又喜。不過，崔明賢所灌輸的道德觀，讓崔世暻無法盡情歡喜。

崔世暻想撕破那輕薄的浴袍，肆意侵犯那白皙的裸體，想壓住他的上半身，強行分開他的雙腿，吸吮他的洞口，用唾液浸濕泥濘不堪的地方，狠狠地抽插，直到乾涸為止，想緊緊按住扭腰喘息的宋理巘，然後瘋狂地幹他，幹到他無法呼吸。

這種慾望稱之為強姦也不為過。

當崔世暻意識到這一點時，用手掌遮住了眼睛，不由自主地露出哭笑。

「唉。」

瘋了，竟然想強姦宋理獻，明明才剛發誓要好好珍惜他，赤裸的宋理獻卻在幻想中被粗暴對待。

當崔世暻坦然地面對自己內心的狂野慾望後，他無法否認那種讓身體戰慄的興奮感隨之而來。

這是他未曾察覺的癖好，那與生俱來的殘暴性格，在性慾上也毫無改變。當崔世暻發現自己被崔明賢的道德觀所壓抑的真實慾望時，他感到很驚訝。

崔世暻不知如何自處，但有一點可以確定，絕對不能讓人知道自己的性癖，就像崔明賢將之視為邪惡般，宋理獻必定也會避之唯恐不及，想到這裡，他放下了遮住雙眼的手。

彷彿方才的驚慌從未發生，崔世暻臉上重現一貫的溫柔笑意，他跪坐在宋理獻面前，輕輕將對方敞開的雙膝併攏，並用手牢牢抓住，然後抬起頭來。

「理獻啊。」

溫和的笑容潔白得宛如禁慾般無瑕，崔世暻用這虛假的面具掩飾內心的慾望，不讓人察覺。

「那天晚上我說的話……是想成為你特別的人的意思，不做也沒關係，對不起，勉強你了。」

「你就是特別的。」宋理獻抓住崔世暻的後頸，吻了上去，舌尖輕掃過他的口腔，又緩緩退出。

宋理巘用那雙淺色的瞳孔真摯地看著他說：「如果不是你，我不會做這種事，因為是你，我才願意這麼做。」

「……」

「你不特別，那誰特別？」宋理巘按住崔世暻的後頸，不讓對方移開視線，即使自己羞澀得想逃開，也必須表明心意，因為崔世暻對自己來說是無可取代的唯一。

崔世暻始終注視著宋理巘，他看到的不是那個因車禍喪生的黑幫，也不是那個柔弱到無法保護自己的高中生宋理巘，他看透的是此刻站在面前的「宋理巘」的本質。

崔世暻必須知道這個事實，曾向那顆遙不可及的星星伸出的手，如今已經觸及了星星。

「你問我對你沒感覺？怎麼會，光是看到你，我就興奮得想做。」

就像崔世暻對那被陌生靈魂附身的宋理巘發了情，宋理巘也被顯露殘暴本性、窮追不捨的崔世暻挑起了情慾。

就像面對一塊鮮美多汁的肉，宋理巘慾火中燒，吞下了因情動而分泌的唾液。

「我要吻到你喘不過氣來，讓你的屌狂顫，讓你射到完全停不下來。」

靈魂曾在墮落的後巷棲身，從不羞於暴露原始的慾望。後巷裡盡是一些上面長著乳房、下面掛著屌的淫賤之徒，他們不分性別地如蛇窩裡的蛇糾纏在一起，慾望在那裡無需遮掩。

「你知道嗎？吻你時，你的嘴角會輕顫，我會把我的老二插進你的嘴裡，插到喉嚨深處，然後粗暴地來回抽插，就算你喘不過氣，我也不會放過你，直到你射出來為止。」宋理獻纖細的手指順著崔世暻的頸背滑下，褪去他半解的襯衫，撫過他胸膛的手漸漸上移，輕撫著他的臉頰。

「你這張臉，染上精液的模樣一定很美。」

淫蕩的話語刺激了崔世暻那隱藏在善良外表下的本性，那些虐待性的言語激起他內心的躁動，讓他感到口乾舌燥，下體脹痛。

「理獻啊，夠了，停下來吧。」

「你真的想停下來嗎？」

「……」

「說你想幹我，像狗一樣狠狠地幹我——什麼我都能滿足你。」

宋理獻把自己隱祕的慾望傳遞給了崔世暻。

「做你想做的，崔世暻。」

崔世暻想要的再清楚不過——被壓在身下的宋理獻，因無法承受快感而漸漸崩塌的鋒利眼神，因歡愉而顫抖的軀體，因情動而挺起的胸膛上綴著粉紅，纖細的腰肢隨著節奏擺動，那溫熱潮濕的喘息與啜泣，迷亂的表情……那樣的宋理獻。

崔世暻困在褲子裡的性器已腫脹難耐，彷彿要撐破那狹小的空間，宋理獻褪去崔世暻的襯衫後，將手游移至他的腰間，在皮帶扣處流連徘徊。

「……唔！」

皮帶解開的同時，內褲也被褪下，昂揚之物躍然而出，因為淫言浪語勃起的肉棒與那秀氣的面容形成強烈對比，粗壯的柱身上盤繞著突起的血管，臉上的白皙膚色襯托出崔世暻的俊美，而那猙獰的肉棒卻透著一股凶狠。

即使同為男人，宋理獻卻絲毫不覺反感，這讓他再次意識到自己有多麼喜歡這個傢伙。

「連肉棒都這麼漂亮。」

「……理獻！」

宋理獻用手握住那顫動的柱身，隨後將其含入口中，他抓住崔世暻想要退後的腰部，重新調整姿勢，緩緩吞吐著崔世暻的陰莖。縱使初次嘗試，但靈魂曾多次接受口交，知道如何讓對方感到愉悅，動作顯得相當熟練。

光滑的弧度與堅挺摩擦著口腔上顎，每一次磨蹭都讓胯間的快感加劇，宋理獻忍不住抬高了臀部，舌尖也越發靈活地動了起來。

四周太過寂靜，宋理獻抬頭望去，只見崔世暻正咬著嘴唇忍住呻吟，為了忍耐，他的眼角微微皺起，睫毛微微顫動著。

這樣的隱忍讓宋理獻很生氣，至少在和他做愛時，崔世暻不該忍耐，宋理獻決定今晚要好好教訓這個還不明白狀況的傢伙。

宋理獻深深地含入，讓崔世暻的龜頭壓著舌頭，為了吞噬慾望的實體，他張開了喉嚨，讓粗壯的肉棒沒入那黑暗的洞口。

宋理獻忍住想嘔吐的衝動，伸長脖子含住崔世暻的肉棒，柔弱的身體對從未嘗試過的深喉產生了抗拒，但他執意忽視這份不適，每當龜頭摩擦上顎時，帶來陌生的快感，反而讓他難以自持地扭動腰身。

「唔……」

粗壯如棍棒的肉棒在口中被緊緊包覆、吮吸，柔軟的舌尖和黏膜纏繞著那堅挺，喉間擠壓著龜頭，在這緩慢反覆的過程中，崔世暻已無法再思考。

然而，崔世暻仍在壓抑著自己，不願承認快感。宋理巚拉過他的手，讓他輕撫過自己的臉頰和頸側。

修長的頸項隨著節奏起伏，崔世暻這才意識到那是自己肉棒造成的動靜，不自覺用掌心輕輕包覆住那細緻的脖頸。每當深處緊縮時，宋理巚的喉間便會微微凸起，崔世暻的指尖輕撫那層薄薄的肌膚時，能觸摸到自己的存在。

那白皙纖細的頸項，讓崔世暻想起課堂上認真望向黑板的背影，那柔弱的後頸總是能無端吸引他的目光。

當意識到是自己的肉棒讓那柔弱的頸項為自己顫動，一股難以抵擋的快感席捲而來。崔世暻壓抑的呻吟終於如瀑布般傾瀉而出，在口中進出的肉棒膨脹起來，灼熱的喘息爆發，視線漸漸迷離。

插入、抽動、射精，這看似簡單重複的行為突然有了不同的意義，靈魂曾覺得將女人壓在身下抽插的行為單調又無聊，如今卻充滿了無限悸動，讓人心跳加速。

崔世暻抓住那小小的腦袋，用力挺腰往前衝刺，原本宋理巚自己含入時無法完全吞入的肉棒，此刻無情地整根沒入。

「嗚啊……」含著肉棒的口中迸出痛楚的呻吟。

崔世暻抓住宋理巚的頭，粗暴地抽插著自己的肉棒，宋理巚順從地張大嘴巴，壓低腰部，抬高下巴。那根如棍棒粗大的肉棒一路貫穿直達他幾乎與下巴成一直線的脖子，粗暴地撕裂了他的小嘴。

宋理獻跟不上崔世暻的速度，來不及吞嚥的唾液沿著嘴角流下，嘴邊濕得一片狼藉，每當肉棒插入那濕潤黏膩的口腔時，唾液都會四處飛濺。

「……呃！」

高潮即將來臨，崔世暻快速挺動腰部，龜頭在喉嚨間來回抽插，每次肉棒拔出再整根沒入時，陰毛都會掃過濕潤的嘴角，被唾液浸濕的陰毛變得粗糙，摩擦著宋理獻的嘴角，讓他的嘴變得紅腫不堪。

快速在口中抽插的肉棒突然退出，崔世暻抓住宋理獻的後腦杓，不讓他躲開，將白濁的液體噴射在他的臉上。

當崔世暻猛插時，宋理獻一直睜大眼睛看著崔世暻的表情，直到對方快射了他才閉上眼，睫毛上沾滿了濃稠的精液，顫抖著套弄崔世暻剛射精的肉棒，並將它貼在自己的臉上磨蹭。

崔世暻因高潮餘韻而顫抖，卻無法將目光從宋理獻的臉上移開，他幫忙擦去射在對方睫毛上的精液時，宋理獻慵懶地睜開眼睛，嘴角微微上揚，用紅腫的嘴唇蹭著那濕潤的肉棒，並熟練地舔舐柱身，這讓崔世暻感到莫名的不快，同時下腹又覺得燥熱起來。

「你果然驕傲得有理。」宋理獻低沉嘶啞的嗓音卻刺激著情慾。

聞言，崔世暻不解地挑起眉毛，宋理獻則露出滿足的笑容，「你，真是美味。」

「哈。」崔世暻宛如被擊中胸口般發出一聲呻吟，隨後床板劇烈晃動。

儘管被崔世暻掐著頸項壓在床上，宋理獻仍挑逗地舔了舔唇，當興奮引起的紅潮褪去，布滿紅痕的上身被陰影籠罩。

崔世暻輕撫著那被掐過的脖頸道：「理獻啊，你很會嘛。」

「很放蕩嗎？」那挑釁的眼神讓剛射過的肉棒再次勃起，微微顫動。

崔世暻皺眉，帶著冷笑回道：「有一點？」

兩人的嘴唇粗暴地交疊在一起，崔世暻的舌尖在宋理獻的口中翻攪，手探入浴袍中輕撫，指尖觸及的每寸肌膚都光滑柔嫩，那未經人撫觸的嬌嫩肌膚激起了他的施虐慾。崔世暻一手揉捏著乳頭，同時用嘴吸吮另一邊，粉嫩的乳頭受到刺激，逐漸變得堅挺。

「哈啊。」

宋理獻沉浸在逐漸沸騰的熱潮中，四肢無力地癱軟著，即使只是靜靜地躺著，呼吸也開始變得急促。崔世暻的每一次觸碰，都帶來一種陌生而詭異的感覺，讓宋理獻不自覺地蹙眉。

這是一種前所未有的感覺，似癢非癢，像在渴求著什麼，雖然難以定義這種感覺，但可以確定，這輕輕掠過全身的悸動並非只有痛楚。

宋理獻像幼獸般扭動著腰肢，輕聲呻吟，腳掌推蹬著床單，隨著肌肉的顫動，腰背如弓般拱起，臀部微微抬起，與崔世暻的腹部緊貼，下體相互磨蹭。

崔世暻勃起的肉棒高頂到肚臍，宛如燒紅的烙鐵。當宋理獻用那仍顯柔軟的分身摩擦著被唾液和汗水浸濕的烙鐵時，快感像滾燙的熱水澆在冰塊上迅速蔓延，慢慢地啃咬著分身。

「呃啊……」微弱的呻吟聲如哽咽般從宋理巘口中逸出。

宋理巘那如婊子般放蕩的表情瞬間消失了，他像個不習慣快感而感到害怕的少年嗚咽著。這樣的聲音，絕非那個平日帶領同學踢球或在夜裡與流氓鬥毆的宋理巘會發出的。

崔世暻懷疑自己的耳朵，抬頭望去，連咬在唇間的乳頭也吐了出來。宋理巘似乎也被自己發出的聲音嚇到，急忙用手掌摀住嘴，那令人屏息的快感瞬間褪去，兩人都睜大了眼睛。

「這……這是……」宋理巘想要解釋，但這下意識的反應卻令他啞口無言。先前滿口淫言浪語，什麼「來幹我」、「好吃」之類的話都說出口了，真槍實彈時卻露出如此青澀的反應，這模樣和那些沒有經驗卻愛逞強的菜鳥一樣，羞得宋理巘滿臉通紅。

「這是因為……」

靈魂所忽略的是，宋理巘天生就擁有著極其敏感的身體，這份敏感讓他輕易受到外界影響，比他人更早感知季節的變化，和常人相比，他更容易陷入悲傷，更深切地感受疼痛，因為他敏感的身體對情感有著格外強烈的反應。

更遑論直接的肌膚之親，在身體留著長瀏海遮臉的時期，只要他人輕觸他的腰際，他就會像皮球蟲般蜷縮成團，他最怕搔癢，因為會笑得喘不過氣，笑聲很快就會轉為呻吟。

宋理巘天生感覺敏銳，愛哭，即使靈魂鍛鍊肉體，這一點也始終無法改變。

短暫的靜默後，崔世暻眼角微微上揚，泛著紅暈的眼角如新月般彎起，眸中閃爍著光芒，在他眼中，宋理巘就像沾滿糖霜的軟糖，光是凝視就讓人唇齒生津。

「你也很美味，理巘啊。」

「不，喂，你這傢伙，住手，停下來！混蛋，啊……」

感覺不妙的宋理巘想要掙脫，卻無法抵擋崔世暻壓制的重量。崔世暻握住了他的分身，讓他四肢發軟，一種他從未體驗過的快感在他還未適應之時就要噴發，宋理巘急忙阻止了崔世暻：「等一下……有點奇怪，呼，真的有點奇怪！等一下，啊，崔世暻，等一下……」

握住他分身的手上下滑動，粉紅色的龜頭時而出現、時而隱沒在拇指與食指間的圓環中，乾燥的手掌在汗水和前列腺液的浸潤下變得濕滑，形成了一條黏膩的通道。黏膩的體液從指縫間流出，水聲四濺，本就輕鬆包裹在崔世暻手掌中的陰莖漸漸膨脹，塞滿了整個手掌。

沒有被有彈性的黏膜包裹，也沒有吃春藥，僅憑手掌形成的通道，陰莖就不斷膨脹，宋理巘感到困惑，卻無法阻止，他前世從未有過這樣的感覺，難以相信單憑手淫竟然能帶來如此強烈的快感。

靈魂本就不是同性戀者，這行為原是因崔世暻帶來的心靈滿足才開始的，但此刻敏感的身體卻讓這份決心黯然失色，只為那快感而顫抖。

「嗯……啊！」

宋理巘羞於承認的呻吟不斷從顫抖的喉間溢出，他那俊美的五官線條全都沉醉在快意中，微微顫動。

每當濕透的龜頭在崔世暻的腹肌上摩擦時，宋理巘的頸後就像觸電般戰慄，他雙腿纏繞著崔世暻的腰，原本想逃脫的動作逐漸轉為主動迎合，緊繃的臀部兩端微陷，隨著彼此的動作輕輕晃動。

「……啊！」

當壓抑的肉棒射出濃稠的白濁液體時，宋理巘四肢環抱著崔世暻，大腿因快感餘韻而顫抖不已，時不時如痙攣般抽搐著。

崔世暻輕柔地撫過他的腰際和大腿，將他的雙腿分開。

溫柔地阻止想要併攏的大腿，崔世暻說道：「張開點，這樣我才能看得清楚。」

「……」

宋理巘雙眼迷離，呼吸粗重，順從地按照崔世暻的要求抓住膝窩將雙腿分開，他的腰部隨著膝蓋被拉向肩膀柔軟地彎曲，臀部也隨之抬高，肉棒翻倒貼在腹部上，沒有半點贅肉的腹部只有幾道細微皺褶。

張開的臀部間隙露了出來，微微顫抖著，先一步來到飯店房間準備好的淺色穴口，被刺激了一次後濕潤不已，彷彿在期待著什麼似的，不斷開合著。

緊閉的穴口和彷彿染上粉紅花汁的淺色肉棒一樣也是淺色的，然而，那毫無縫隙的小洞裡，潛藏著巨大的慾望，而緊盯著洞口的黑眸在執念中無限沉淪。

執著的視線，讓肉棒逐漸變硬，濕滑的舌尖貼近穴口舔了起來，宋理巘嚇了一跳，想要抵抗卻又不由自主的雙腿發軟。

「不要……別這樣！」

雖然已經洗漱完畢，準備接納崔世暻，但對那裡不潔的成見還是讓宋理巘產生了抗拒感，他開始扭動身體想把崔世暻推開。不過，崔世暻強勢地按住了他的膝窩，柔弱的身體毫無抵抗地雙腿被高高架過肩膀，腰部半懸，臀部浮在半空中。

「……喂！」

灼熱的氣息觸及臀瓣之間，在皮膚上形成一層薄薄的濕氣，柔軟的舌頭很快舔過了穴口和會陰，舌尖掃過的地方變得濕潤敏感。

猜到宋理巘會因緊張而喘氣，因快感而顫抖，崔世暻仍毫不在意地將舌頭捲成尖狀，當他用舌頭撐開穴口進入褶皺內時，被他按住的膝窩明顯地顫抖了起來。崔世暻一邊撫摸著宋理巘的大腿，一邊細心地攪弄著穴內，濕滑的舌頭如蛇般鑽探入口，將穴口弄得濕潤滑膩。

一直到宋理巘的臉頰和胸膛泛起紅潮，崔世暻才抽出舌頭，放下他的腰。然而，宋理巘還來不及鬆一口氣，雙腿甚至還沒碰到床，沾滿潤滑液的手指便深入了穴口，已經被唾液濡濕的穴口輕易地接納了兩根手指。

手指向內深入，攪動著粉嫩的內壁，做著如剪刀般的擴張動作。

「唔嗯……」當手指按壓突起的前列腺時，因快感而發出的呻吟流洩而出。

「世暻啊……」

強烈的快感讓濕潤的聲音帶著哽咽，這聲音在床外是聽不到的，一直以為宋理獻堅強冷靜，如今卻哭著喊著他的名字，崔世暻感覺自己快要射了，趕緊擴張內部，持續摩擦穴口，用剪刀手指擴張內壁，然後拿出了保險套。

一直喘著粗氣的崔世暻，呼吸漸漸平穩下來，隨後響起撕開保險套包裝的聲音，房間一時陷入寂靜，突然宋理獻莫名其妙地笑了起來。

正專心戴保險套的崔世暻皺起了眉頭。其實崔世暻曾經自己練習如何戴保險套，為了不在宋理獻面前像個連保險套都戴不好的小孩，他一直很努力。

他帶著敏感的語氣問道：「你笑什麼？」

「看來戴保險套這種事不用教你了。」宋理獻的聲音顫抖得讓人心疼，卻依然不忘戲弄崔世暻。

崔世暻不甘示弱，拉過宋理獻的骨盆，用肉棒磨蹭穴口，然後說：「難道你還打算教我怎麼插入嗎？」

戴上保險套的龜頭不斷用力戳著腫脹的會陰，不甘心就這樣被戲弄的崔世暻，將內棒抵在穴口，快要進入時又抽了出來。

面對崔世暻的挑釁，宋理獻輕輕揚起嘴角，雖然全身因快感而泛紅，仍能展露從容笑意。突然，宋理獻的腳跟輕柔地在崔世暻的髖骨上畫著圓圈摩擦。

宋理獻故意迎上崔世暻的視線，腳尖在對方的髖骨上來回摩擦，緩緩向上掠過結實的腹部，最後停在他的胸前。柔軟的足弓恰好完全貼合在他的胸膛，那處相觸的肌膚因心跳加速而發燙。

宋理巚笑得眼睛彎成月牙，血管隱約可見的薄嫩肌膚泛著紅暈，原本銳利的眼神也變得溫柔，臉上殘存的柔弱顯得格外動人，他那魅惑的笑容宛如妖精。

「看你的表現嘍？」

「……」

那笑容讓崔世暻一時恍惚，隨後他感覺到宋理巚的雙腿越過他的肩頭，環住了他的背，膝窩掛在他肩上，小腿交疊在他寬闊的背部。崔世暻還未反應過來，就被拉向前，本來抵在穴口的龜頭深深地插了進去。

「……呃！」

還未適應褶皺張開的感覺，狹窄的內壁就被強行撕裂，宋理巚的身體因撕裂的痛楚，仰起了下巴。

雖然用心擴張過，但如小孩手臂般粗壯的肉棒要插進狹窄的穴口仍然很吃力，當崔世暻的龜頭擠入時，宋理巚因骨盆被撐開的陌生感而全身顫抖。

宋理巚喊不出聲音，只能不停顫抖，崔世暻為了不讓他受傷，小心翼翼地擴張內壁，即使一開始是宋理巚主動讓他進入的，但完全插入還是得由崔世暻來完成，這是一個漫長且需要毅力的事情。

崔世暻的臉上冒出冷汗，大顆汗珠順著肌膚滑落，最後匯聚在下巴，如同夏日驟雨打濕柏油路般，一顆顆滴落。

宋理巚將頭轉向一邊，忍受著疼痛，突然感到插入體內的肉棒停了下來，有粗糙的東西碰到了穴口，他輕輕睜開雙眼，看到崔世暻像等待許久般用手臂支撐在他腦袋旁，隨後將濕潤的額頭輕輕貼上。

「全部進去了。」

平時總能說出些令人臉紅的話，但此刻卻如天真無邪的少年般純真，崔世暻那純淨的笑容像夏日陽光下飄揚的白衣，清爽純粹，令人心神蕩漾。

實在太可愛了，叫人怎能不愛。

「……對，全部進來了。」

宋理巘將手插入崔世暻的髮間，如梳理般撥弄著濕潤的髮絲，崔世暻濃密的頭髮被汗水浸潤，散發出草木的清香，那股氣息宛如新修剪的草坪透出的草香，展現了肉體的青春活力。

宋理巘無法用言語表達內心的激動，只能緊緊擁住那濕潤的髮絲，讓唇瓣相貼，溫柔纏綿，兩人不停變換著角度。

溫柔的吻幾乎讓人融化，下方交合處流出了潤滑液。過量的潤滑液在高體溫下融化，讓穴口變得濕滑，宛如分泌出愛液般。

狹窄而濕潤的穴口，包裹著肉棒的灼熱黏膜，那撕裂內壁黏膜的每一下抽插，動作雖然單純，但伴隨著高漲的節奏，帶來的是極致的快感。宋理巘很清楚這種快感，因此希望崔世暻也能感受到。

「動啊，快點動。」宋理巘用低沉而沙啞的聲音催促著。

雖然想自己動，但第一次接納的肉棒填滿了內部，讓人不適到產生排斥感，內臟被擠壓的異物感與喉嚨被勒住的壓迫感相似，光是忍耐就十分困難，還能忍受的原因，是對崔世暻的情感和那股莫名撩撥神經的興奮感。

「呼……」崔世暻調整呼吸，慢慢地抽出肉棒，粉紅的嫩肉跟著外翻，宋理獻的大腿不由自主地微微顫抖。

「慢一點，好痛，慢一點……」

像探索內部似的小心地翻攪，那生澀的抽插動作如同幼獸般笨拙的擺動腰部，如火棍般的肉棒毫無章法地掃過內壁，當確定即使大力插入也不會讓宋理獻受傷的瞬間，笨拙的抽插變得激烈起來。

「……唔！」

崔世暻的胸膛壓在宋理獻的身上，肉棒不停地頂弄著小穴，猛烈的抽插不斷地撞擊著體內最深處。

「……啊，嗯！」

「呃、啊……」

崔世暻抓住想往上逃的宋理獻的骨盆，強行拉回到下方，粗大的龜頭改變角度，狠狠地刺向前列腺。宋理獻的腰像活魚般扭曲顫抖著，雖然沒有觸碰，但宋理獻的分身已經勃起，淺色的龜頭微微顫抖，滲出了愛液。

「世暻……啊！」

宋理獻本想讓崔世暻體會快感，沒想到自己也會有感覺，快感如海嘯般襲來，像細刺般蔓延到指尖，讓他的身體不由自主地扭動起來。

烈日之下那個在操場奔跑的強健身體，如今卻成為在床上顫抖著的白皙裸體，每當崔世暻插入時，那充滿生命力的身體就會因為無法承受快感而嗚咽。

這讓崔世暻再度動情，他漆黑的瞳眸雖深不見底，卻閃爍著灼熱的執著，緊抓宋理獻的腰固定住，如懲罰他般用力抽送，從肋骨收窄到骨盆擴張的那個凹陷處正是他的目標。

宋理獻柔軟的身體，按照崔世暻的意願而彎曲，大張的雙腿在空中搖晃，迎接著深入穴口的肉棒。

濕潤的陰毛摩擦著穴口，肉棒刺激著前列腺深深插入，這看似簡單的動作卻帶來了難以言喻的快感，主宰著全身。

崔世暻甩掉下巴上的汗珠，貪婪地占有著宋理獻。

「呃……」

當肉棒已經深入到無法再深入時，宋理獻緊緊摟住崔世暻的頸背，汗濕的胸膛與腹部緊貼摩擦，彷彿合為一體，夾在中間的宋理獻分身噴出了白濁精液，同時深入內壁的肉棒在某個點上開始膨脹。

「哈啊，哈啊……」

兩人一邊急促地呼吸著，一邊默默凝視彼此，隨後不約而同地吻了起來。他們沉浸在歡愉的滿足中，宛如墜入漆黑的海底，即使就此融化消逝也甘之如飴。

來不及拉上窗簾的飯店房間逐漸被晨光填滿，在陽光的照射下，淺色的睫毛折射出白色的光芒，當纖長的睫毛輕顫時，光芒如露珠般凝聚在睫間。

宋理巘因喉嚨如乾旱田地般乾裂疼痛而驚醒，那個被肉棒進出、發出呻吟與哭喊的喉嚨，現在正承受著難以忽視的痛楚。

宋理巘連眼睛都睜不開，艱難地在床上摸索前行，「呃，喉嚨好痛……」

他伸手在床頭櫃摸索，找到了昨晚留下的半瓶礦泉水，一口氣喝光後趴著休息片刻，這才慢慢恢復了些許精神。

宋理巘睜著惺忪的眼睛坐起身來，雖然不記得何時睡去，但房間的景象真的慘不忍睹，床下散落著脫下的衣物、皺巴巴的浴袍，還有幾個打了結的保險套。

他數了數崔世暻用過的保險套，尷尬地嘀咕：「真是健康啊。」

全身像被痛毆般疼痛難耐，尤其是承受崔世暻堅挺的臀部穴口，更是火辣到難以言表。

兩人都算是初嘗禁果。雖然靈魂有性經驗，但身體卻是第一次，特別是從後方接納肉棒達到高潮，對靈魂來說也是初體驗；崔世暻也是第一次，因此宋理巘在昨夜體驗了多次全新的感受。

宋理巘希望他至少在床上能坦率些，但崔世暻總是習慣性地壓抑，這一點令人不快，反倒是那些挑釁的舉動，倒是很合宋理巘的喜好，雖然好像有點太過火了，但既然兩人都感到愉悅，那便不成問題。

不過，想起那根東西頂著自己的前列腺，肆無忌憚地翻攪內壁，那貫穿脊椎的衝擊感，讓宋理巘感到害羞，只能假裝若無其事，看來得再多試幾次才能適應。

「嗯。」

宋理巘聽見背後傳來翻身的動靜，隨即感覺一隻手臂從後方摟住他的腰際，溫暖的氣息輕掃過他的背。

崔世暻雖還未完全清醒，但與其說是疲倦，不如說是沉睡後的滿足慵懶。

「……今天沒辦法去足球晨練了，怎麼辦？」

崔世暻的唇貼在宋理巘臀部肌膚上呢喃，能感受到他嘴唇說話的形狀，還伴隨著啾啾的親吻聲。

當崔世暻將鼻梁蹭在臀肉上時，細微的鼻息像粉末般輕輕灑落在肌膚上。

「足球？啊，足球晨練會。」

原本以為他會為了錯過這固定活動而惋惜，沒想到宋理巘根本沒把足球晨練放在心上。

反正參加足球晨練會也只是為了崔世暻，因為他即使睏得不停打盹，仍堅持要陪著去，雖然知道這樣折騰他有些過分，但宋理巘想念的正是那個為自己打包行李、陪著參加大學術科考試的崔世暻。

或許是從小生活艱辛，靈魂特別眷戀崔世暻那份細膩周到的照顧。

崔世暻為了保護他的肌肉不受傷，準備了熱敷包；為了暖和凍僵的身子，隨身帶著熱茶；還有那心疼地為宋理巘貼上的運動貼布。說來有趣，就連崔世暻每天早晨準備的紅蔘精華飲，都能讓宋理巘心情愉悅一整天。

因捨不得再讓崔世暻辛苦，所以足球晨練只打算在這個冬天參加，因此每一天都彌足珍貴，但其中一天卻被申智秀完全奪走，他怎能不惱火。

「沒有你，我去那裡做什麼。」宋理獻理所當然地回答，覺得這問題太過無聊，隨後重新躺回床上，與崔世暻一同鑽入被窩。

「再睡會兒，還沒到退房時間呢。」

其實要準時退房的話，現在就該準備了，但宋理獻沒有叫醒崔世暻，反而輕拍他讓他繼續睡，反正退房時間可以延後，對宋理獻來說，讓崔世暻好好休息更為重要。

那個高大的身體順從地靠近，枕在宋理獻伸出的臂彎上，鑽入他的懷中，他整個懷裡都充滿著崔世暻的氣息，讓宋理獻的愛意也如潮水般滿溢而出。

鍾路三街以珠寶商圈聞名，其中有一家自光復以來便屹立不搖的老字號銀樓。這間銀樓憑藉多年積累的聲譽，常有年長的家族長輩前來為子孫準備嫁妝、禮品，很少見到像高中生這般年輕的顧客。

——這兩個年輕人懂得金價嗎？

銀樓店員暗自納悶，但仍親切地接待：「請問有想找的款式嗎？」

金妍智努力讓自己不像個鄉巴佬般被這金光璀璨的店面給吸引，禮貌地對店員說：「我們自己先看看，有需要再找您。」

「請隨意參觀。」店員會意地點頭，沒有推薦商品就退開了。

店員一走，金妍智立刻戳了戳宋理巘的腰側。

和被金飾鑽石閃得目瞪口呆的金妍智不同，宋理巘卻像來過幾次般從容，他將手臂輕靠在玻璃展示櫃上，悠閒地欣賞著。

「你真的要在這裡買？」

「嗯。」

「你很有錢嗎？」

「嗯。」

宋理巘像在回答顯而易見的問題般，敷衍地應了聲，便繼續專注於陳列的戒指。坐立不安的金妍智走到他身旁，看著他正在欣賞的那枚鑲嵌著拇指大小綠色藍寶石的戒指，問道：「你奶奶要過八十大壽嗎？所以你才來這裡買禮物？」

宋理巘以幫忙挑選戒指為代價，闊氣地請金妍智去牛排館吃飯，但現在卻像使喚下人般數落她：「吃飽了就開始胡說八道，我剛才不是說過要買情侶對戒，妳不記得了嗎？」

金妍智覺得冤枉，立刻反駁：「我記得啊！我的意思是，你為什麼要在這裡選情侶對戒啊？」

而且還是在以準備聘禮、結婚禮物聞名的鍾路銀樓挑選，這與一般在平價飾品店選購情侶戒指的同齡朋友形成了鮮明對比。不過那副理直氣壯、得意洋洋的神情倒是一樣。

「這還用說嗎？當然要挑最好的送啊。」

──呃，肉麻。

金姸智搓了搓雙臂上的雞皮疙瘩。

繞著戒指展示櫃看了一圈的宋理巘，在一個連新婚夫妻都不會駐足的櫥窗前停下，「這個怎麼樣？戒指上的鑽石要大才顯得氣派。」

宋理巘指著一枚戒環粗厚的金戒指，中央鑲嵌著如指甲般大小的鑽石。

金姸智看了一眼宋理巘，不確定他是否在開玩笑，便問：「氣派？哪裡氣派了？是要去養老院參加比賽嗎？還是想被人尊敬？」

「妳要一直胡說八道嗎？」

「到底是誰在胡說八道啊？」

「我們這個年紀誰會去銀樓買情侶對戒啊？而且誰會喜歡鑲著大顆寶石的戒指？連我奶奶都會嫌它老土。」金姸智停止了揶揄，說明了問題所在。

「妳年紀小，什麼都不懂。」

「你瞎說什麼？我們同年，好嗎？」

宋理巘假裝沒聽見，開始闡述起自己的人生哲學：「首先寶石要夠大，才能引人注目，看起來才高級，金子也得多，戒圈要夠粗才氣派。」

「不對，那只是你自己的標準！一般人不是這樣想的啦！」

「大家不都是這樣嗎？把最好的東西給喜歡的人，這不是很正常嗎？」

金姸智一時語塞，宋理巘說的似乎有幾分道理，但她還是無法認同，先撇開對錯不談，光是想到朋友要收到那枚嵌著大鑽石的老氣戒指作為情侶對戒，金妍智就覺得必須阻止。

「又不知道什麼時候會分手，還送鑲著鑽石的戒指？而且收到的人應該也會感到負擔吧。」

「我會和他相伴一生，所以沒關係。」

「應該要迎合收禮的人的喜好才對，不是你自己的喜好啊。」

「我送的東西他都喜歡。」

「他只是假裝喜歡吧！」

「才不是呢。」

金妍智覺得自己是對的，但宋理獻卻惹人厭地耍嘴皮子，還強詞奪理，氣得她翻找手機。

「要不要問問看！」

「有什麼好問的，我說的才是對的。」

宋理獻盛氣凌人之際，金妍智怒氣沖沖地拿出手機，她搜尋通訊錄並點擊螢幕，竟然真的撥出了電話，手機傳出了鈴聲。原以為她只是虛張聲勢，沒想到真的打了出去，宋理獻嚇得急忙上前搶她的手機。

「喂！妳知道對方是誰嗎？竟敢……亂打電話！」

一陣爭奪後，宋理獻奪過手機，瞥了一眼螢幕，發現在拉扯過程中誤觸了結束通話鍵，只見聯絡人的名字閃爍著——崔世曝。

看到這個名字，宋理巘不禁汗毛直豎，雖然表面上裝作不在意，但他一直在意周遭目光，卻終究瞞不過最親近的好友。

金妍智搶回自己的手機，噘著嘴說：「你以為我是傻瓜嗎？」

「……」

「你叫世暻低調一點，別那麼張揚，我怕你們被別人發現。」

金妍智本就與宋理巘交情深厚，加上經常擔任班級幹部，從高中入學就認識崔世暻，所以她是第一個察覺到兩人變化的人。

學測結束後去遊樂園時，她開始懷疑兩人的關係，並從崔世暻莫名冷淡的態度中得到確認，這也解釋了崔世暻在校慶時的反常表現。

「我真的很冤枉。我們明明只是朋友，但大家都問我是不是在和你交往。感覺和崔世暻的關係也變疏遠了。」

金妍智接著抱怨道：「一直對我很親切的崔世暻，不知從何時起開始用戒備的眼神看我，我覺得很難過。」

她的這番話中並無對男生交往的指責或厭惡。

宋理巘對同性戀毫無偏見或排斥，所以能和崔世暻交往，但他也清楚社會對同性戀的評價。他認為不該輕率判斷個人信念的對錯，因此對於負面看法，宋理巘非常謹慎，不輕易指責其錯誤。

公然的敵意和露骨的憎惡可以當場反擊，但面對親密友人的厭惡目光，卻讓人害怕到不敢正面對抗。因為無法隨心所欲地改變他人的信念，所以他人如何看待同性戀，也近乎是一場賭博。

金妍智察覺到兩個男生在交往後，想必煩惱了許久，也許她曾感到排斥或厭惡，但經過一番內心掙扎後，她最終選擇了理解。

除了感謝之外，宋理巘找不到表達真心的方法，便不自覺地摸著後腦杓，尷尬地移開視線。

「……妳說的對，就算在戒指上鑲了鑽石，打架和解時也只會被要求多付點賠償金而已。」

宋理巘一向主張「與其挨打，不如反擊」，甚至還教人如何揮拳打架，但今天他卻無法違逆金妍智的意思。

「辛苦了。」金妍智禮貌地跟銀樓店員道別，推開了玻璃門。

從拿到戒指盒起就一直盯著戒指笑個不停的宋理巘，這才走了出來。

宋理巘完全採納了金妍智的建議，在銀樓挑選了一對最簡樸的戒指，沒有任何裝飾，僅是一個簡單的方角環形，兩枚戒指除了尺寸不同，設計上完全一致。雖然戒指上沒有鑽石讓他有些遺憾，但想到崔世暻本身就很耀眼，戒指樸素些也無妨。

經歷了一番波折後，終於為崔世暻準備好了戒指，宋理巘一時忘記了疼痛，豪邁地邁開腿，但遺忘的痛楚又再襲來，身體不由自主地尋找較為舒適的姿勢，一跛一跛地走著。

金妍智急忙從後追上，仔細觀察著宋理巘的步態，露出疑惑的表情。

「你哪裡不舒服？走路怎麼一跛一跛的？」

宋理巘雖然與金妍智交情深厚，但也無法透露那私密的真相，一時語塞，隨意編了個理由搪塞。

「運動的時候不小心扭到了。」

「你讀體育的，還這麼不小心？」

然而，宋理巘還沉浸在戒指帶來的喜悅中，根本沒聽見金妍智的嘮叨，不知是因為滿意戒指，還是因為想給崔世暻戴上而心花怒放，他的嘴角幾乎咧到耳邊。他目不轉睛地盯著隨戒指曲線流轉的光芒，笑得合不攏嘴。

「我要先走了，妳回家路上小心。」

宋理巘似乎急著回去給對方戴上戒指，一反常態地沒送金妍智到地鐵站，就這樣連頭也不回地匆匆離去。

「喂！宋理巘！我們不是說好要一起去咖啡廳嗎？」

金妍智想抓住宋理巘，但不知哪裡的活動剛結束，湧來的人潮擠得她沒抓到，宋理巘就消失在人群中了。留在原地的金妍智只能對著看不見的宋理巘生氣，隨後沮喪地垂下肩膀。

「我也想談戀愛。」

寂寞和無聊的感覺湧上心頭，不想回家的金妍智打算約其他朋友出來，打開手機聊天群組一看，沒想到今天出奇地安靜，當她滑著聯絡人名單，尋找可以約出來的朋友時，手機上突然跳出一條新訊息。

妳現在在鍾路？呵呵 我看到妳了 呵呵呵

「咦？」

是同班的男生──就是之前三年級男生舉辦足球比賽獲勝後，在披薩店裡問過宋理獻是否和金妍智交往的那個。金妍智並不知道男生之間發生過這些事，她環顧四周尋找說看見她的人，這時，又一條新訊息彈出。

我在馬路對面 呵呵呵

金妍智抬頭望去，果然馬路對面站著那位同班男生，與他對上視線時，他不像訊息中那般活潑，反而顯得有些靦腆地揮了揮手，金妍智也尷尬地回應。

呼嘯而過的車流阻隔著他們，特地繞到地下道見面又顯得過於刻意，兩人交情還沒好到能夠單獨相處，見面只會徒增尷尬，金妍智打算就此回家。

然而，那位男生似乎另有打算。

男生用食指輕點自己胸口，然後指向金妍智所在的方向，他的嘴唇輕輕開合，像是在說：「我過去找妳。」

春天將至，萬物甦醒，愛情也隨之萌芽。

⁂

畢業典禮結束後，人群全部湧向操場，天空開始飄起細雪，覆蓋著兩天前校園裡殘留的積雪。

從新館湧出的學生們因為在教室沒拍完照片而吵鬧不已，金妍智像是深知同學們回家後就難以全班齊聚，高舉著手臂，拚命揮舞著呼喚同學們過來。

「三年一班，集合！拍團體照！老師，和我們一起拍照！」

鄭恩彩也來到操場，和三年一班的大家會合，手持獎狀、畢業證書和花束的學生們齊聚一堂，興高采烈地擺出各種姿勢。

崔明賢和妻子在附近等待崔世暻，因為身材高大的緣故，鄭恩彩把數位相機遞給了他。崔明賢爽快地接過相機，將眼睛貼近觀景窗時，看到了與自己兒子並肩而立的宋理巘。

雖然被相機擋住了，但宋理巘還是感受到崔明賢不滿的目光，他悄悄收起笑容，從崔世暻身邊退開一步，但崔世暻卻伸手攬住宋理巘的肩膀，燦爛地笑著。

放下相機的崔明賢，眼睛越睜越大，即使細雪的反光讓他感到刺眼，但他既無法閉眼，也無法眨眼。

這是過去十四年來，在每天收到的崔世暻日常生活照片中未曾見過的笑容。那是他希望兒子能夠正直成長而放棄的笑容，那個他以為永遠不會再見到的笑容，竟然在這裡看見了。

崔明賢按下快門，想要永遠珍藏他心愛兒子的燦爛笑容。

拍完團體照，在同學們散開時，申智秀抓住了崔世暻的衣袖說：「可以跟我聊一下嗎？」

畢業典禮一結束，崔世暻就悄悄收到了宋理巘藏在背包裡的玫瑰花束，難得地雙頰緋紅。這花束貫徹了「送給崔世暻的都必須是最好的」理念，大得不像話，鮮豔動人，火紅的玫瑰緊密排列，完美襯托了崔世暻俊秀的五官。

「現在？」

「嗯，現在。」

崔世暻四處張望，尋找剛才還在身邊的宋理獻。只見他正與同學們玩起雪仗，在操場上跑來跑去。

平時的宋理獻必定會帶頭扔雪球，但今天卻忙著躲避，小心護著崔世暻送的向日葵花束，生怕弄壞。

察覺到崔世暻想加入雪仗，申智秀再次懇求：「我很快就說完。」

崔世暻見申智秀神情堅決，不忍拒絕，於是跟崔明賢和母親說明後，兩人移步到曾是焚燒場的空地，那裡在建築物後方僻靜處，無人打擾。

申智秀因為家人正在等待，便省去寒暄直入正題：「我保證不會對任何人說，告訴我真相吧！我絕對不會說出去，因為只有知道真相，我才能放棄理獻。」

看著申智秀一本正經的樣子，崔世暻饒有興致地觀察著，心想這番長篇大論，到底想問什麼。

申智秀吞了吞口水問道：「理獻……他是 Gay 嗎？」

就算在足球晨練會碰面的那天，崔世暻也無意向申智秀透露和宋理獻的關係，他沒有幼稚到會為了向一個萍水相逢的人炫耀而讓這段關係陷入危險。

他與宋理獻之間有著特殊的羈絆，他們不需要他人的羨慕或認同。

本以為自己明白這個道理，但當宋理獻送他戒指時，他終於理解為何人們會抵擋不住一時情緒而炫耀，最後讓自己陷入困境。

明知是愚蠢的行為，卻仍想炫耀戒指。

崔世暻回想起過去三年認識的申智秀是怎樣的人——她正義感很強，遇到不平之事就一定會說出公道話不可的性格。而這種正義感的根源，來自於她對自己坦蕩無愧的自信。

無論她對同性戀有什麼看法，她都會將無意間讓他人出櫃而陷入困境視為羞恥，她是個適合炫耀的對象，因為不必擔心祕密外洩。

「不是，理獻不是同性戀。」下定決心後，崔世暻立即回答。

申智秀聽出他並非想消除誤會或根除錯誤傳言，只是單純陳述事實的語氣，頓時鬆了口氣。

但是，話總是要聽到最後。

「我才是同性戀。」

「……喔？」

「智秀，妳放棄吧。」

崔世暻從容不迫地，彷彿帶著憐憫，又像在嘲諷那些妄想取代正室的小妾候補一般，從大衣口袋裡抽出左手——一枚前所未見、設計簡約的戒指，在他的無名指上閃耀著光芒。

一直扮演乖巧模範生的崔世暻，終於露出了狐狸般的本性，他長久隱藏的狐狸尾巴似乎已經生出小尾巴，數量越來越多，他的炫耀和挑釁不亞於擁有九條尾巴的九尾狐，幾乎能聽到狐狸的嚎叫聲。

崔世暻能隱忍至今確實了不起。

「是我勾引理獻的。」

積雪覆蓋的校園反射著光芒，令人目眩。

手捧紅玫瑰花束，左手無名指戴著情侶對戒的崔世暻看起來很幸福，若是崔明賢在場，必定會拍下這張值得珍藏的笑容。

（完）

番外四

愉快的校園生活（上）

D大學的正門在陽光下熠熠生輝，巍峨的校門似乎蘊含著能令青春沸騰的神祕力量。站在正門前的韓泰燮，用一句簡單的話道出了他內心澎湃的感動。

「這校園讚爆了。」韓泰燮緊握著斜背包的背帶，懷著既期待又忐忑的心情邁入校園。

環顧四周陌生的景致，那向來挺直的肩膀不自覺地微微縮了起來。

要形容韓泰燮這個人，有許多貼切的詞彙：大韓民國的棟梁、來自京畿道光明市、血氣方剛的二十歲青年、天生的領袖魅力、社交達人、團體的靈魂人物。

然而，若要精確形容韓泰燮，他大概就是那種標準的「我全都要」的人。

韓泰燮非常貪心，他渴望在學業和運動上都能出類拔萃，更想成為眾人追隨的對象，每當看到同學們信任並跟隨自己時，那份滿足感便會油然而生。

正是這股愛管閒事的熱情，加上寬容的胸襟和奉獻的精神，讓他的履歷越發豐富，最終順利考進了D大學體育教育系。

不過，噩耗往往會在人生正要扶搖直上之際突然降臨。

就在即將展開嶄新人生之際，他突然收到奶奶的訃告，親戚間為了遺產爭執不休，平日溫良的面具在金錢面前盡數剝落，暴露出人性最醜陋的一面。家族陷入混亂之際，韓泰燮強忍悲痛，卻因此錯過了迎新和入學典禮。

韓泰燮之所以過度擔心，是因為他在這所大學裡什麼人都不熟。

他深吸一口氣，為自己打氣：「呼，加油吧。」

其實韓泰燮並不擔心無法融入二十五名同屆同學中，他真正在意的是能否如願當上系學會會長，再次體驗那種被朋友們信任和追隨的喜悅。開學第一天是他最後的機會，儘管起步較晚，他仍決心要廣結善緣，無論是學長還是同學，懷著這樣的決心，韓泰燮邁開了堅定的步伐。

第一節課已經開始，校園裡人煙稀少，韓泰燮正匆忙趕往體育館，就在這時，一個微弱的呼喚聲傳來：「同學。」

起初韓泰燮以為不是在叫自己，專注趕路的他充耳不聞，但當他繼續向前時，那聲音變得更加急切：「那個，年輕的同學。」

「……嗯？」

韓泰燮這才停下腳步環顧四周，最後視線落在一條被建築物投下陰影的小路上，一個少年正緊貼著牆壁蹲坐在陰涼處。

少年看上去疲憊不堪，不僅面容憔悴，連嘴唇都乾裂發白，像是很久沒喝水一直在遊蕩，然而，他光滑的臉頰和如畫般清晰的眼眸卻格外引人注目，他穿著皮夾克和褪色的牛仔褲，整體打扮雖然刻意時髦，卻又流露出幾分桀驁不馴的氣質。

「有空嗎？」

第三次了。

經過反覆的接觸，韓泰燮終於明白自己為何總在那少年身上感受到違和感，少年的外表雖然青澀稚嫩，但言談舉止卻透著一股老成持重，讓人不禁聯想到那些囉嗦的長輩，特別是自己的大伯父，這種反差讓韓泰燮心裡越發不自在，甚至漸生反感。

近來的遭遇讓韓泰燮特別警惕。前陣子在車站，他就因為太過單純，差點被一個散發詭異氣息的邪教徒騙進地下室，這次他不願再上當，全身緊繃地盯著眼前的少年，腳尖暗自使勁，隨時準備逃走。

但宋理獻似乎累得完全沒察覺到韓泰燮的敵意，他本是精心打扮出門，此刻卻因在校園裡迷路整整一小時而顯得疲憊不堪。

「可以帶我去體育館嗎？」宋理獻用虛弱的聲音請求道。

這不過是大學入學第一天，但對他來說，已經是個漫長的開始了。

⚘ ⚘ ⚘

D大學周邊的小吃街每到新學期總是熱鬧非凡，擠滿了剛開學的大學生。在一家座無虛席的啤酒屋裡，體育教育系的新生們正熱烈地舉辦著開學慶祝會。油煙瀰漫的室內，突然爆出一陣響亮的笑聲。

「可以帶我去體育館嗎？」韓泰燮刻意壓低嗓音，誇張地模仿著宋理獻的語氣，這番表演立刻又引發了一陣哄笑。

等笑聲漸歇，韓泰燮開始描述起當時的情景：「他那樣壓低聲音說話，簡直像個黑幫大哥。」

「是像黑幫嗎？」坐在對面的宋理獻直視著他反問道。

韓泰燮連忙舉起啤酒杯打圓場，「哎呀，我就隨口說說！來，乾杯！」

見宋理獻也笑著舉杯相碰，似乎並不介意，氣氛才緩和下來。

「話說回來，宋理獻，你怎麼會把體育館和體育室搞混呢？」

「這兩個有什麼不同？」宋理獻一臉認真地問道。

宋理獻因為分不清行政大樓裡的體育室和獨立的體育館大樓這一字之差，讓他在大學第一天就錯過了第一堂專業課。

「名字就不一樣啊！」

「還好遇到了泰燮，我們收到理獻迷路的消息後想去接他，可惜正在上課，根本抽不開身。」

「泰燮，你沒選這堂課嗎？這可是一年級的專業必修啊，我們都得上的。」

「他說不知道是必修課，打算在選課更正期間跟我們對課表。」

即使只是安靜地坐著，周圍的談話仍不斷提到他的名字，這讓韓泰燮因成為焦點而暗自得意，痛快地灌了一大口冰涼的啤酒。

「嘶——」

運氣還真不錯，正好韓泰燮也要去體育館，兩人便決定同行。雖然不確定這個時間去體育館是否合適，但經過一番交談後，他們驚喜地發現居然是同系同級的同學，得知這個消息後，韓泰燮頓時放下戒心，坦白說出了自己的困擾。

因為奶奶去世後家裡出了些狀況，他沒能參加新生營和開學典禮，不知道同學們有群組，也沒有認識的人，選課時只能看著有餘位的課程盲目選擇。

一路上默默傾聽的宋理獻，在抵達體育館教室後，主動向同學們介紹了韓泰燮，同學們都熱情地歡迎了這位由宋理獻帶來的新朋友。

在學期初那種迫切需要交友的氛圍下，朋友的朋友往往能很快成為自己的朋友，只要有那麼一點聯繫就能迅速拉近距離。

韓泰燮慶幸遇到了宋理巘這個關鍵的橋梁。

體育教育系的同學大多熱愛運動，感興趣的話題也相近，從職業棒球到熱刺④足球，無所不談。而活潑健談的韓泰燮很快就成為了對話的中心，盡情享受著大學的第一次聚會。

混亂的課表也在選課更正期間，調整成和同學相同的安排，許久沒有參加這麼熱鬧的聚會了，特別喜歡社交的韓泰燮更是完全投入其中，對大學生活的期待和熱愛與日俱增。

「宋宋，你會當系學會會長吧？」

聽到系學會會長這幾個字，韓泰燮的眼睛一亮，轉頭看向角落裡那桌，那邊只有宋理巘正在和一位女同學安靜地交談。

「我不當，妳當吧。」

「啊，為什麼啊——不是你來當的話還有誰能勝任？你去競選吧，我一定會投你一票！」

「什麼？理巘說他不當系學會會長？」

這消息立刻引起了其他桌學長們的注意，紛紛站了起來。

「宋理巘！哥會全力支持你的！你就當一年級的系學會會長吧！」

學長們把宋理巘拉到自己桌前，開始滔滔不絕地宣揚當系學會會長的好處：人脈、履歷加分、教授人情、就業機會、公職考試訣竅——這些全都是韓泰燮夢寐以求的東西。

然而，宋理獻只是冷淡地一再重複：「我不當啦。」

叫他當系學會會長的嘮叨聲剛停，突然爆發出一陣歡呼。

「喂、喂！宋理獻要調炸彈酒了！」

這句話彷彿發射了信號彈，各桌的同學和學長們紛紛起身，目光齊聚在宋理獻那桌。面對眾人期待的眼神，宋理獻泰然自若地將啤酒杯排成一列，熟練地搖晃酒瓶，用手半掩瓶口讓啤酒注入杯中，再把燒酒杯擺在兩個啤酒杯上方，輕巧地用湯匙一敲，讓它們像骨牌般依序落入啤酒中。

那種在啤酒裡注入燒酒的技巧，究竟是如何製造出那樣的泡沫的呢？

他豪爽地說要乾杯，將湯匙插入啤酒杯裡，泡沫瞬間噴湧而出，現場的氣氛隨之沸騰。

學長們喝完宋理獻調製的酒後，同學們陸續回到座位。韓泰燮提議乾杯，但在目睹了宋理獻的表演後，這樣的敬酒顯得太過平淡，甚至有些寒酸，一個仍沉浸在興奮中的同學，開始向韓泰燮分享他錯過的趣事。

注釋④ 熱刺：熱刺全名為「托登罕熱刺足球隊」，目前於英格蘭超級聯賽比賽，南韓知名足球選手孫興慜加盟熱刺足球隊司職前鋒。

「理巘在我們新生營的時候表演了一招超酷的招式！先在旁邊放好滅火器，然後在洋酒上點火，那場面好精采。」

「連喝酒都跟黑幫一樣……」

「嗯？」

這句抱怨不小心從韓泰燮口中溜了出來，當同學豎起耳朵要他重複時，他趕緊裝作若無其事，在酒席上被人發現說了不當的話，對氣氛可沒什麼幫助。

「沒什麼啦，我只是隨口說說。對了，我們選系學會會長了嗎？」

「還沒選，不過是通過投票選的，反正一定是宋理巘啦。」

既然是投票選的，為什麼一定是宋理巘？初來乍到的韓泰燮不清楚之前的情況，純粹好奇地問道：「為什麼？宋理巘有什麼特別的嗎？」

「呃，那倒不是……」

見同學遲疑，韓泰燮這才意識到自己的話聽起來像在追究，趕緊找藉口圓場。

「不是啦，我是說，理巘連路都找不到，當系學會會長的話，不是該選個反應快的人嗎？」

「我覺得理巘會是個稱職的系學會會長。」

——我有信心能做得更好……

韓泰燮抿著嘴唇，終究沒說出口，系學會會長的工作他自信能勝任，但炒熱酒局氣氛的本事卻遠不及人，這份羨慕讓他心中五味雜陳。

開學慶祝會一直持續到末班車時間才散場，體育系的同學們把強健體魄的自豪感延伸到酒量上，聚會結束時幾乎個個都醉得不省人事，不過韓泰燮自從談起系學會會長的話題後，就刻意控制了酒量。

為了展現可靠的一面，他向二年級的系學會會長拍胸脯保證會照顧同屆同學，但他很快就發現，失去意識的醉漢沉重得像吸飽水的冬天棉被。

「呼——呼——民洙，清醒點，該回家了……走幾步看看，你這個臭小子。」

搬完第四個醉倒的同學，韓泰燮雙腿發軟，強忍著想把人丟在地上的衝動，勉強將人塞進計程車後座，關上車門。站在一旁的宋理巘則透過副駕駛座的車窗，告訴司機地址。

「到了之後，這位朋友的母親會在那裡等著，麻煩您了。」

計程車隨即開走。

把醉得不省人事的同學們都安頓好後，韓泰燮如釋重負地擦了擦額頭。和本著奉獻精神親自搬運同學而累得雙腿發軟的韓泰燮不同，只負責打電話問地址的宋理巘依然神清氣爽。

搬運完同學後，醉意突然湧上全身，韓泰燮跌坐在一家已關門的店家階梯上，大口喘著氣，這時宋理巘走過來，遞給他一瓶礦泉水。

「你還有車可以搭嗎？」

兩人雖然一起善後，但只有宋理巘看起來毫無疲態，這讓韓泰燮有些不爽，不過他還是裝作若無其事地接過礦泉水。

「呼、呼……離末班車還有點時間，你呢？」

「我的另一半說要來接我。」

「你有女朋友？」

原以為他肯定單身，沒想到居然有女朋友，韓泰燮大感意外。

但他不明白為什麼要用「另一半」這種稱呼。

見宋理巘用「另一半」而非「女朋友」，韓泰燮猜測對方可能是年長女性，於是問道：「你的另一半……是上班族嗎？」

稍作休息後，可能是因為疲倦，韓泰燮突然想抽菸，他掏出菸盒，正要抽一根時，像是想起什麼地順手遞給宋理巘，但對方搖頭拒絕，反而從口袋裡掏出一根棒棒糖吃了起來。

韓泰燮的表情變得有些扭曲。

——不抽菸就算了，為何偏要拿出棒棒糖來吃？是想表明自己在戒菸嗎？還是暗示他高中時也抽過菸？結論是想裝酷？明明喝酒喝得那麼豪邁……

韓泰燮對宋理巘難以捉摸的行為越發感到不爽。

「大學生。」

「嗯？大學生？啊，你是說你的另一半是大學生啊。」

女朋友是大學生卻稱作「另一半」，這讓韓泰燮更覺反感，就像在刻意標新立異。不過，宋理巘和體育系同學們關係甚好，韓泰燮怕表現出厭惡會被排擠，只好強裝鎮定，同時拋出了最關鍵的問題。

「漂亮嗎？」

「那還用說，超級漂亮。」宋理巘嘴裡含著的棒棒糖白色棒子微微上揚，像根叼著的香菸。

韓泰燮正想讓他秀張照片，宋理巘的手機就響了，瞄到螢幕上的愛心符號，韓泰燮心想這人也不是很正經嘛，看來是女朋友打來說要接他了。

「哦，你到了嗎？」

——跟女朋友講電話竟像跟死黨聊天一樣隨便，不懂欸，為什麼這麼粗魯的傢伙都有女朋友了，我就沒有呢……

韓泰燮心情複雜地吐出一口長長的煙霧，夜空中霓虹燈閃爍，還能看見雲朵隨風飄動。

「十字路口的便利商店？嗯，等我一下，我馬上過去。」

看來他要走了，韓泰燮抬頭想道別，卻被眼前的景象震住，連指間的香菸歪斜了都沒發現。

宋理巘站在電線杆下的暖白光中，低垂著睫毛接電話，一手插在外套口袋裡，不時用運動鞋尖輕踢著人行道的磚塊，時而咬著下唇似乎想忍住笑意，然而他還是笑出了酒窩，薄唇微張根本沒真的咬住。

說話語氣雖然冷淡，但那揚起的嘴角，以及害羞卻神采奕奕的眼神，都透著生機勃勃的氣息。

「不過，你怎麼喝酒了？我不是說過別喝別人給的酒嗎？現在和代駕在一起嗎？嗯，知道了。我馬上過去，別掛斷電話。」

宋理獻將手機移開嘴邊，對韓泰燮道別：「我先走了，你路上小心。」

剛才和女朋友通話時的笑容，面對韓泰燮時稍微收斂了些。

「呃？嗯。」韓泰燮呆呆地點了點頭。

他只顧著看宋理獻離開的背影，直到煙灰燒到接近濾嘴處碰到手指，才驚慌地甩了甩手，「啊！好燙！」

韓泰燮扔掉香菸，把剩下的礦泉水倒在被燙傷的地方，雖然手指隱隱作痛，但他的頭腦依然有些恍惚，不知所以然地悶悶不樂搔著臉頰。

真奇怪，不過是看到同為男人的傢伙笑了幾下，有什麼好大驚小怪的。然而宋理獻那抹笑容卻不斷在他腦海中浮現，勾起他莫名的好奇。

「接電話的女生會是誰呢……」

一陣清風輕拂過鼻尖，心臟突然悸動了一下，感覺像是肺裡灌滿了空氣，整個人輕飄飄的，韓泰燮輕按著胸口，心想大概是附近有提早綻放的花朵，聞到花香才讓他這般心動。

雜念在腦海中翻騰，那張洋溢笑容的臉龐卻怎麼也揮之不去，韓泰燮似乎明白那笑容代表著什麼，卻又難以說清，這種感覺令人煩悶。

絞盡腦汁的韓泰燮彷彿就要找到答案，卻又說不上來是什麼，最後索性放棄思考。宋理獻怎麼笑，與他何干？

「唉，算了。」

只是，那個能讓宋理獻露出那種笑容的女朋友到底是誰，這個疑問卻在他心頭越發清晰。

⚘ ⚘ ⚘

第二天，韓泰燮剛到系辦門口，就聽見裡面傳來一片喧嘩。果然，系辦裡擠滿了人，中間擺著一張矮桌，兩旁是破舊的皮沙發，學長學弟們混坐在一起，有些學長沒參加昨晚的開學聚會，韓泰燮便精神抖擻地向他們打招呼。

「學長好！我是韓泰燮！」

「新生嗎？」

「對，他和我們同屆。」

和同學們打過招呼後，韓泰燮勉強擠進沙發邊緣的空位，他伸長脖子一看，發現宋理獻正悠閒地靠在沙發最中央的位置，一派輕鬆地翹著二郎腿，和自己尷尬的模樣形成鮮明對比。

「學長請你們喝飲料，要當苦力的就跟著來。理獻，你過來。」

起身的學長直接點名宋理獻，雖說是叫苦力，但韓泰燮本能地感覺到，學長其實是特別看重這個後輩。果然，學長隨即摟著宋理獻的肩膀一同離開。

——真令人羨慕。

看著那個揉亂宋理獻頭髮打鬧的學長背影，韓泰燮心中湧起一股嫉妒。

——宋理獻為什麼那麼受歡迎？

韓泰燮完全不明白，宋理獻又不是那種能誘惑男女老少、散發荷爾蒙的魔性男子，到底是什麼原因讓大家都這麼焦急地找他？

當然，宋理獻受歡迎是有道理的，這點韓泰燮不得不承認——他長得帥氣，性格隨和，擅長帶動酒局氣氛，從衣著和配件看來家境不錯，但又不會炫富。

然而，像宋理獻這樣的人並非獨一無二，隨便掃視系辦一眼，就能找出好幾個有趣、圓滑、家境優渥又長相出眾的男生。

再說，系學會會長應該由能幹的人擔任，而不是單純靠人氣，至少，每個人都該有機會競選，像他這種因私事無法參加前期活動的人也應該有機會，但還沒來得及表現，系學會會長似乎就已經內定是宋理獻了。

更讓人不平的是，如果想跟同學們多聊幾句、建立交情，最佳話題居然就是宋理獻，畢竟大家都喜歡他，提到他自然能吸引注意。

「喂，你們知道嗎？」韓泰燮刻意提高嗓門，用輕快的語氣掩飾內心的嫉妒，眾人紛紛將目光投向沙發邊緣的他。

「宋理獻有女朋友了。學長，您知道嗎？」

「啊啊——宋理獻的女朋友，可有名了。」

「聽說她在韓國大學念書，又漂亮又聰明，理獻常常炫耀，據說她的學測只錯了幾題。」

看來她在同學間早有名氣，大家爭相補充細節，連韓泰燮都不知道的消息也一一浮現。

「理巘在新生營時把手機放在桌上喝酒，說女朋友打電話一定要接，結果他真的喝完懲罰酒後，跑到陽臺接電話了。」

「你們見過他接電話時的表情嗎？天啊，簡直像在演偶像劇，哇，雞皮疙瘩都起來了。」說完還真伸出起雞皮疙瘩的手臂，引得大家哄堂大笑。

這些玩笑話他們早就當著宋理巘的面說過，所以毫不避諱。但對初次聽聞這些消息的韓泰燮來說，卻笑不出來，在得知那個能讓宋理巘露出那種笑容的女孩更多資訊後，他不由自主地掏出手機開始搜索。

他打開ＩＧ，已經追蹤了包括宋理巘在內的同學們。宋理巘的頭像是條登山路上的野花，發文寥寥無幾，照片像是從母親相簿裡隨意挑選的，雖然貼文不多，但粉絲數量卻很可觀。

韓泰燮點開粉絲列表，不斷下滑，然而在眾多粉絲中，他無法分辨出誰是宋理巘的女友。

這樣找下去沒完沒了，他決定找些線索。

「知道名字嗎？」

有人不解地問：「理巘女朋友嗎？」

「呃……我不知道。」

韓泰燮全神貫注地搜尋可疑帳號，只顧著瀏覽女性照片，不停下滑，完全沒注意到周圍已經安靜下來。

韓國大學、韓國大學……僅憑學校很難鎖定目標。

「你在幹什麼？」

韓泰燮太過投入，坐在旁邊的女同學好奇地瞄了眼螢幕，隨即驚呼：「你在找理巘的女朋友嗎？」

——糟了。

韓泰燮這才意識到自己身在何處，抬起頭，發現所有震驚的目光都聚焦在他身上，急忙解釋：「啊，不是啦，我只是好奇宋理巘的女朋友是誰。」

女同學：「我也很好奇理巘的女朋友是誰，但通過偷看社群網站來打聽，這就有點像……」

雖然後半句話沒說完，但韓泰燮已經明白——跟蹤狂。

他心想完蛋了，急忙辯解：「不是這樣的，我是說，昨天我看到宋理巘接女朋友電話時，他笑得……」

他想提起那個令他印象深刻的笑容，但同為男性，總不能說另一個男人的笑容很美，所以他拚命地想解釋昨晚的情況，然而當時就覺得難以言喻，現在在眾人面前更是說不出口。

「因為他笑得有點奇怪，所以……」

「你是說理巘的笑容很奇怪嗎？」

一片冰冷的沉默。有時候，沉默比言語更有力量，就像現在。

——完蛋了。

看著同學和學長們不悅的眼神，韓泰燮心中警鈴大作，意識到自己的大學生活正在滑向邊緣人的深淵。

⸙ ⸙ ⸙

會長的原配夫人沈秀珍，絕對不會承認私生子的存在，只要她還在，就不可能讓宋理獻回到家裡，或分給他任何本該屬於她子女的公司股份。

自從酒店一見之後，她始終無法完全信任宋理獻，持續關注著他的動向——究竟這年輕人是個言而有信的人，還是個徒有虛言、狂妄自大的傢伙？

宋理獻確實遵守了承諾，考上了體育教育系，並表示想當老師，若他真能成為教師，至少學生們都會乖乖的吧——這是沈秀珍得知他升學後的第一個想法。

她希望他能成為稱職的老師，畢竟她不想與這年輕人為敵。

雖然說不上具體哪一點讓沈秀珍欣賞，但她只是不願將那股剛毅的氣魄變成敵人罷了。

只要宋理獻安分守己，沈秀珍願意給予獎勵，她支付了他四年的大學學費，還將首爾的一間公寓過戶到他名下。

沈秀珍事先裝潢好了公寓，讓他能隨時入住，這是她的一番心意，這處住所靠近宋理獻就讀的大學，其中的含義就是要他安心求學，別起其他心思。

然而，當初從沈秀珍手中接下公寓時，宋理獻並不打算搬進去，因為宋理獻的靈魂離去時，最後拜託他要照顧宋敏書，這讓他無法捨棄她獨自離開。但又不能讓房子空著，原本想看看能否出租，卻發現室內裝潢非常精緻，適合直接入住，於是改變了主意。

這公寓成了一個重要的據點，能讓宋理獻與心上人平靜安穩地相處。最重要的是，這裡是一個能讓對方做回自己的私密空間。

這裡實現了宋理獻所有的願望，下定決心後，他立刻將公寓的門禁密碼改成了崔世暻的生日，並邀請對方搬進來。就這樣，兩人開始了在老家與公寓之間往返的半同居生活。

在昏暗的門前，電子門鎖在匆忙中被反覆按下，發出刺耳的密碼錯誤警告聲，經過幾次焦急的嘗試，門鎖終於解開。大門一開，兩個身影急切地擁抱著進入，玄關的感應燈隨即亮起，映照出兩人明顯的身高差距。

兩人唇瓣緊貼，如打架般激烈地拉扯，在轉頭的間隙中傳出粗重喘息和悶哼，宋理獻趁機將崔世暻推開，「喂！等等，讓我……喘口氣！」

然而宋理獻好不容易騰出空間，這短暫的喘息已是崔世暻忍耐的極限，他滾燙的身軀充滿怒氣，將宋理獻推向玄關的置物櫃。

「……呃！」

宋理獻還沒來得及感受到背部撞上櫃子的疼痛，就被如同餓了幾天的狗般撲來的崔世暻給堵住了嘴。火熱的舌頭毫無技巧地在口中翻攪，難以控制的沸騰血氣粗暴地推進，帶來的興奮感如同交纏的舌頭和探索身體的手。

崔世暻愛撫著宋理獻胸膛的手，伸進了褲子裡，緊緊抓住了他裸露的臀部。

「你、你的……手！」

宋理獻被那緊抓臀肉的力道嚇到，驚慌地踮起腳尖，但依然無法逃脫完全包裹住一邊臀瓣的大手。每當臀部被拉扯時，那後穴張開的感覺讓他的腰忍不住扭動。

這樣下去，真的會在玄關發生關係，宋理獻拚命想推開崔世暻，但那令人窒息的吻讓他的手顫抖不已，根本使不上力。

「先洗澡，洗完再做，我全身是汗。」

這話反而讓崔世暻將鼻子埋進宋理獻的頸窩，深吸了一口氣，越是吸入宋理獻的氣息，崔世暻的呼吸變得越加急促，興奮的情緒蔓延開來。

宋理獻放棄阻止崔世暻，轉而提出了妥協方案：「去房間，在床上做。」

「那裡太遠了。」

「不過幾步路而已！」

崔世暻根本不理，只顧著扭動腰部，讓兩根變硬的陰莖隔著褲子相互磨蹭，宋理獻半硬的下體受到刺激後明顯變得更加堅挺。

感受到褲子拉鍊下那明顯的隆起，崔世暻的眼神閃爍著興奮的光芒，他輕輕撥開宋理獻被汗水浸濕貼在額頭上的髮絲，眼角露出狡黠的笑意，低聲呢喃：「都慾火焚身了，能怎麼辦呢？」

「你這傢伙……」

崔世暻在宋理獻泛紅濕潤的眼角輕輕吻了一下，隨即挺直上半身，動作觸發感應燈亮起，在燈光下，崔世暻交叉雙臂，抓住運動衫下襬往上拉。

上半身隨著舉起的雙臂自然地律動著，從平坦的胸膛到收窄的腰線，肌肉的收縮與舒張反覆交替，散發著青春的活力。

宋理獻的目光追隨著腹部肌肉的起伏線條，從中央一路向下延伸至肚臍處，他不自覺地嚥了嚥口水，喉結滾動的聲音在耳邊迴蕩。一直推拒的宋理獻終於動情，崔世暻邊脫上衣邊撥弄凌亂的髮絲，露出得意的微笑。

「我贏了。」

宋理獻不解地問：「贏了我很爽嗎？」

但更讓宋理獻無法理解的是，自己居然覺得這樣的崔世暻很可愛。

「嗯，非常。」

崔世暻跪下來解開了宋理獻的褲子扣子，連同內褲一起拉下，濕潤的龜頭彈了出來，他握住顫動的陰莖，將嘴唇湊近。

隨著那紅潤發亮的嘴唇越靠越近，宋理獻的下體因期待而更加堅挺。

看著紅潤的嘴唇輕吻著龜頭，宋理獻想像著口腔黏膜緊裹著陰莖的快感。可是，無論他怎麼等，那只顧摩挲龜頭的嘴唇就是不打算含入。

「你在幹麼？」等得不耐煩的宋理獻催促著，想將陰莖塞進崔世暻的嘴裡，卻被他偏頭避掉了。

「理獻啊……你得把腿張開一點才行呢。」崔世暻輕聲斥責，彷彿這是宋理獻的錯一樣。

「這樣我才能幫你吸啊。」

「你這傢伙，真是……」不管宋理巘如何咬牙切齒，那紅潤發亮的嘴唇還是故意當著他的面，像舔冰淇淋一樣舔舐著龜頭。這種挑起人的慾望後又故意吊胃口的技巧，可不是一般人能做到的。

曾經喝醉後哭哭啼啼央求做愛的傢伙，現在因為做過很多次，居然敢挑釁自己，真是讓人哭笑不得。然而，更讓宋理巘感到煩躁的是，這傢伙的挑釁居然有效？他此刻感到陰莖快要爆炸，迫不及待的反倒是宋理巘自己。

「你這個傢伙居然敢耍我。」

「我嗎？怎麼可能。」

裝模作樣的傢伙也掏出了肉棒，他看似從容，實則急不可耐，高高翹起的肉棒已經被前液浸濕。崔世暻不知羞恥地用宋理巘的陰莖摩擦自己的臉頰，同時握住自己的肉棒上下套弄。

崔世暻的動作緩慢且執著，雖然嘴角掛著淡淡的微笑，但眼神卻比黑夜還深邃，閃爍著凶猛的慾望。宋理巘感覺自己彷彿被這眼神侵犯，呼吸變得急促，乳頭也挺立了起來。

那雙潛藏在黑暗中的黑眸流露出陰險的愉悅，彷彿看透了一切，輕聲低語說：

「要我幫你吸嗎？」

宋理巘感到口乾舌燥，而他知道解決這強烈渴望的方法只有一個，他將自己的陰莖抵在那假裝不在意的嘴唇上，低聲道：「對，我想你幫我吸。」

崔世暻笑得眼睛彎成了半月，開心地張開了嘴，伸出舌頭輕舔龜頭，然後將陰莖深深地吞進嘴裡。

「唔……」宋理巘抓住崔世暻的頭髮，將他拉向自己的胯下。

崔世暻微垂纖長的睫毛，神態天真無邪，他毫不猶豫地吸緊雙頰，隨著陰莖越來越深入，鼻尖觸碰到胯下柔嫩的肌膚，崔世暻微微搖動著頭，輕柔地摩擦著對方的私密之處。

崔世暻刻意發出挑逗的吮吸聲，故意放鬆嘴唇，任由唾液從口中滑落，他輕柔地揉捏著睪丸，將唾液匯聚於手掌，隨後順滑地撫過會陰與後穴，將手指緩緩探入，輕輕摩挲著皺褶邊緣，在前列腺液與唾液的潤滑下，逐漸地增加手指的數量。

隨著每一次的深入，宋理巘抓住崔世暻頭部的手微微顫抖，身體不由自主地向前傾斜。

「呼……」

崔世暻用一隻手將拇指以外的四根手指插入穴口，慢慢地擴張內壁，另一隻手則伸向自己的褲子後口袋摸索著。

閉著眼睛沉浸在行為中的崔世暻，忽然間睜開了眼睛，原本摸索後口袋的動作戛然而止。

「啊——」一聲茫然的低嘆從他口中溢出。

正在高漲快感中喘息的宋理巘也隨之愕然睜大眼睛問：「怎麼了？」

他的聲音中透著被打斷節奏的不耐與隱約的焦躁。

「沒有保險套。」崔世暻吐出陰莖，帶著幾分驚訝的眼神望著對方。

「喂，你怎麼會……」宋理巘原本想責備他怎麼會忘了這麼重要的東西，但話到嘴邊又硬生生吞了回去，正值興頭上卻被潑了一盆冷水，讓他感到心煩意亂，情緒無處發洩。

其實臥室裡有保險套，但此刻焦急的不是崔世暻。宋理巘不願讓這火熱的氛圍就此冷卻，他渴望在這片混亂而緊湊的空間裡，親眼見證崔世暻攀上高潮時那顫抖而迷人的模樣。

宋理巘只猶豫了片刻，慾望壓過了所有理智。此刻，衣物顯得格外多餘，他迅速脫下上衣，甩開掛在腳踝的褲子，然後轉過身，將額頭抵在玄關的櫃子上，語調平靜卻帶著壓抑不住的渴望：「直接來吧。」

「……」

扶著玄關櫃的背影中，宋理巘纖細腰肢上緊實的臀部顯得彈性十足，圓潤的弧度上隱約透著珍珠般的光澤，讓人移不開視線。崔世暻的目光被牢牢吸引，未經觸碰的肉棒早已脹大，突起的血管昭示著壓抑已久的渴望。

原本與白皙肌膚相稱的粉嫩肉棒此刻已猙獰地轉為深紅，但崔世暻並沒有理會自己那脹痛的性器，反而用舌頭濡濕乾燥的嘴唇，他的舌尖如低垂的眼神般緩慢且執著地掃過唇瓣。

「你是和其他男人搞過才回來的嗎？所以不想直接做？」

宋理巘不知如何解讀這沉默，話中帶著嘲諷，光是假設就讓他不爽，皺起了眉頭。但很快，腳踝被緊握的力道讓他無法再分心思考其他。

「理獻啊，你怎能說這麼傷人的話。」

低聲抱怨的崔世暻，用手掌順著光滑的腿部曲線往上撫摸，然後站了起來。從宋理獻扭動雪白的臀部乞求插入的那一刻起，儘管宋理獻並非真的在乞求，崔世暻卻感覺腦海深處像是有什麼東西消失了一樣。

「你呀，如果敢跟別的傢伙搞在一起，到時我們就一起去死。」

「喂，我哪有……呃！」

宋理獻想掙脫崔世暻的束縛跟他爭論，卻先被厚實的胸膛壓制，崔世暻將宋理獻固定住，雙手抓住他的臀部，一下子將龜頭插了進去，只用唾液潤滑的內壁很乾澀難以進入，但崔世暻還是強行將肉棒擠了進去。

「你這個樣子，就像是迷上我的雞巴一樣。」

赤裸的肉棒鑽入時，緊貼著內壁，可以清晰地感受到它的形狀，如此鮮明的感覺讓宋理獻本能地抗拒，踮起腳尖想躲開深入的肉棒，但這個姿勢根本避不開從後方刺入的性器。

又長又粗的肉棒填滿下腹的瞬間，宋理獻忍不住用指甲抓撓著對方的背。

「放鬆點，好嗎？」

崔世暻的動作看似慵懶，手卻像揉麵團般拍打著臀部，內壁因驚嚇而瞬間緊縮。

「啊！」崔世暻因肉棒被緊緊夾住而發出滿足的呻吟，滿意地讚美道：「真乖，夾得真緊。」

宋理獻曾經在床上對崔世暻說過這句話，當時他把自己的肉棒塞進了崔世暻的嘴裡，但如今被拍打著屁股，聽到同樣的話，羞恥感與興奮感同時襲來。

崔世暻含住了在眼前晃動的耳垂，在嘴裡反覆翻弄，用牙齒輕咬著軟骨，舌頭來回舔舐。宋理獻感受到溫熱的氣息從濕潤的耳背升起，順著脖子的線條蔓延，讓他情不自禁地仰起了頭，為了忍住呻吟，他咬緊了牙關，下顎線條更加突出。

「叫出來，理獻……叫出來，好嗎？」

崔世暻一邊持續著濕潤的愛撫，一邊握住了對方不停顫動的陰莖，手掌輕柔地在顏色變深的龜頭上來回揉動，並輕輕擠壓。

「唔……」宋理獻強忍著不出聲。

崔世暻繼續愛撫著，讓他前端濕透的同時，用肉棒刺激著前列腺，每當那圓鈍的龜頭頂到前列腺，都有種快要尿失禁的感覺，讓胯下陣陣發麻。

「嗯呃……」宋理獻鬆開了緊咬的嘴唇，唇邊開始泛紅，輕輕張開，彷彿有電流在水面上流過般的顫慄席捲全身，讓他冒出了冷汗，肉棒執拗地戳刺著前列腺，蹂躪內壁。

眼前閃爍的感覺令宋理獻幾近發狂，他抑起後頸瘋狂地摩擦著和崔世暻相貼的某處，如青草香般的崔世暻體味變得更加濃烈。隨著崔世暻的存在感越來越強，那帶著汗味的濃烈體味、灼熱的體溫，以及套弄陰莖幫他手淫的手部動作，變得更加鮮明且執著，宋理獻也迎來了猛烈的高潮。

宋理獻的陰莖前端流出了液體，浸濕了崔世暻的手掌，他的手更加貼合著陰莖的形狀，滑順而有節奏地來回套弄著。

「哈啊……」

原本緊咬的下唇逐漸放鬆，嘴唇微微張開，像花生殼般裂開，嘴角跟著垂下，鮮紅的舌頭在喉嚨的深處顫抖著。

「哈啊，哈，嗯……」這呻吟聲是平時的宋理獻絕對不會發出的，因為那細嫩濕潤、脆弱的私處被挑逗而流洩而出。

宋理獻急忙想要摀住嘴巴，但從發出呻吟的那一刻起，向上頂弄的速度和力道就變得不同了。崔世暻緊緊抱住那纖細的腰，將宋理獻拉向自己，狠狠地插入，反作用力下腰部抽插的動作也漸漸變得粗暴起來。

每當肉棒插入，沾滿汗水的肌膚就會緊緊貼合，發出黏膩的聲音後才分開。被髖骨撞擊的臀部變得通紅，摩擦產生的熱度讓內壁刺痛得幾乎發麻，整個內壁變得敏感，只是輕輕掠過就讓宋理獻的腰部挺直。

「唔嗯，啊，嗚啊，啊……」之前堅決不肯發出的嬌喘，此刻卻不受控制地流洩而出。

「呼嗯，呼……」用身體壓著宋理獻的崔世暻也發出低沉的呻吟，並不停地抽插，他撐開了緊咬肉棒的內壁，貪婪地想進入更深處。

肉棒被緊緊包覆的物理刺激已讓人瘋狂，但更讓崔世暻失去理智的是，在他身下因快感而扭動呻吟的人竟然是宋理獻。

崔世暻雙臂環住宋理獻的腰，將他拉進懷裡，觸碰到突出的肩胛骨，感受到他瘦削而結實的厚度，那由緊實肌肉構成的身體能隨心所欲地靈活伸展。

宋理獻的身體的確充滿魅力，但最讓崔世暻血脈賁張的是，他可以盡情地占有宋理獻。

「世、世暻……」

崔世暻親吻著所觸及的每一寸肌膚，喉嚨發出低吟回應，兩人的上半身緊密相貼，下半身則淫亂地磨蹭著。

「啊，我、我好像，好像要射了……」那根東西以無法跟上的速度猛烈抽插，宋理獻的指甲劃過崔世暻的手臂，留下鮮紅的抓痕。

即使留下紅痕，崔世暻也沒要停下來，執著地挺進著低聲呢喃：「射在我手上，快點。」

崔世暻套弄宋理獻陰莖的手加快了速度。啪啪——肉體碰撞的聲音迴響著，快感如火苗般沿著血管蔓延到全身，宋理獻連踮起的腳尖都在顫抖。

「呼哈……哈啊！」

很快，白濁的液體噴射而出。

精液射出的瞬間，宋理獻的四肢如痙攣般地抽搐著。

長時間的射精過後，雙腿變得無力，全身癱軟幾乎要倒下，崔世暻及時扶住胸口劇烈起伏的宋理獻。

「哈啊，哈、哈啊……」發出高亢而嘶啞的啜泣呻吟。

崔世暻從背後深深頂入，按著宋理獻的下腹，用低沉沙啞的聲音輕聲道：「我的理獻，還真會叫啊。」

「……」

當宋理巘用淚眼怒視時，插在內壁的肉棒變得更為堅硬。崔世暻維持插入的姿勢，抱起了宋理巘的腰，當他身體被抬起時，內壁反射性地收縮，使得那根憤怒的肉棒形狀更加分明。

天花板上的感應燈啪的一聲亮了起來。

「呃！」

在玄關角落纏綿時，感應燈熄滅，適應了黑暗的雙眼忽然感到刺眼。當宋理巘睜開被白光刺痛的眼睛時，看見鏡子裡依偎在崔世暻懷裡的自己，靠在崔世暻的身上喘息，眼神迷離，身體泛紅。

「你看看。」崔世暻將臉頰貼在宋理巘的小腦袋上，溫柔地低語道：「我們，連在一起了。」

崔世暻用手臂勾住宋理巘的膝窩，讓他彎起一條腿，只見泛著紅光的肉棒在白皙的臀部間忽隱忽現。

宋理巘眼神迷離地盯著那一幕，突然開始扭動腰肢，起初動作生澀，無法跟上節奏，顯得笨拙，但隨著時間的推進，漸漸變得熟練，他緊縮著抽出的肉棒，擺動身體讓深入的男根進得更深。

宋理巘射精後變軟的陰莖又再度充血，莖身變得堅挺，隨著腰部擺動而搖晃，拍打著腹部。

崔世暻也將鼻子埋在宋理巘的頸窩，猛烈地挺動腰身，急促而專注的呼吸聲顯示崔世暻已經極度興奮，離射精已經不遠了。宋理獻把身體的重量壓向崔世暻，雙臂在空中揮舞著。

「哈啊……」

過了一會兒，熄滅的感應燈再次偵測到動作而亮起，宋理獻將手臂往後伸，抓住崔世暻的頭髮往後拉，埋在頸窩裡看不見的崔世暻抬起了頭。

「唔……」

即使沒有因後腦杓傳來的拉扯痛感而皺眉，被快感侵蝕的崔世暻也已經混亂不堪。往日端正的模樣蕩然無存，在慾望面前他赤裸無遺，被火熱的內壁緊緊包裹住的他，理智早已飛散，只剩下獸性，忠於最原始的感官。崔世暻的面容猙獰扭曲，像是決定要在內壁刻下肉柱形狀般瘋狂抽插。

儘管身體不受控制地顫抖，宋理獻依然緊抓著崔世暻的頭髮不放；即使呼吸困難，他仍然配合崔世暻的節奏擺動腰部，宋理獻那雙混濁的眼睛不知不覺間牢牢地鎖定在崔世暻的身上。

達到高潮的崔世暻露出了什麼樣的表情，宋理獻一刻也不曾錯過。因興奮而泛紅的臉龐，濕透後顏色加深的睫毛和雙唇，快感中微微扭曲的嘴角，每一條皺紋裡都流露著愉悅。

宋理獻開始感到焦急，他任由自己的分身在前方搖晃著，用後穴死死咬住了崔世暻。肌肉分明的大腿緊貼著宋理獻濕滑的肌膚，強壯的手臂壓在他的腰上，毫無縫隙地深入的巨物撕裂著內壁深處，讓他幾乎窒息，宋理獻弓起腰肢，發出細微顫抖的呻吟聲。

「啊……」

在最深處，那個只有崔世暻才能進入的地方，滾燙的精液奔湧而出，浸潤內壁的感受不再陌生，反而激發了慾望。

被崔世暻手掌包裹的宋理獻的慾望脹得飽滿，兩人四目相對時，宋理獻也朝著鏡中的崔世暻臉上射了出來。

⁂

臥室的整面落地窗俯瞰著漢江，夜歸的車輛在路上飛馳而過，留下斑斕的燈光殘影，漆黑的江水溫柔地接納這些光芒，折射出粼粼波光。

臥室布置溫馨而舒適，窗邊擺放著小茶几與單人椅，梳妝臺旁是通往更衣室的走道，更衣室則與浴室相連。

牆上原該懸掛的結婚照，此刻暫由一幅仿製名畫替代。

在這個為新婚夫妻精心打造的居所中，宋理獻正躺在寬敞的床上輾轉反側，即便床鋪寬闊，卻仍無法安撫他此刻的燥熱，他敞開睡衣前襟，急促的喘息格外醒目。

「該死，真他媽熱。」

宋理獻虛弱地用睡衣搧風，卻徒勞無功，臉頰不僅發燙，還浮現出細密的紅絲，微弱的風絲毫不能緩解他的煎熬，連揮動手臂的力氣都在流失，手一鬆開便無力地垂落，腫脹的唇間持續傳出急促的喘息。

每次縱慾過度都會是這副德性，儘管知道這個身體天生體弱，卻未料到會如此難以承受過度的歡愉。適度時尚可，一旦超出界限就必然發熱，確切地說，是高潮的餘韻無法消散，積蓄在體內反覆折磨著宋理獻。

即使多次經歷這樣的身體狀況，本該引以為戒，但人不是常說是健忘的動物嗎？抑或說，在慾望面前，人與野獸無異，難以自持。

於是宋理獻一再重蹈覆轍。

應該在玄關就喊停，卻被那隻小狐狸迷了心智，終至釀成大禍。往常一察覺過度就會斷然拒絕，可當不經意對上浴室裡藉口要幫忙洗澡而湊近的崔世暻那雙水潤純真的眼眸時，他就敗下陣來。

那雙眼該遮蔽或閉上才是，但心軟的他終究未能做到，這是致命的錯誤，明知會發熱難耐，宋理獻還是張開了雙腿，才落得現在這般狼狽。

為何偏偏對崔世暻毫無抵抗之力？明明自己向來不輕易讓步。

獨獨對崔世暻束手無策，怎麼想都令人費解。

原本怒視天花板的眼神，因陷入沉思而漸顯迷濛。

「嗯……」宋理獻從未深究過快感的本質。

一個未受過正統教育的幫派分子，不可能從性事中尋求深奧的哲理，就連與女性的歡愉也未曾令他發現超越肉體之外的意義。

然而，不知從何時起，崔世暻高潮射精時那張迷醉的臉龐便在腦海揮之不去，為了再度目睹那般神情，自己已不止一次主動將他推倒在床。

無論是崔世暻露出那樣的表情，還是因為自己而綻放如此神態，都令宋理巘心醉神迷。

對崔世暻的愛戀深切到讓宋理巘願意將席捲全身的快感拋諸腦後，只為急切地想看清對方臉上每一分細微的變化。

宋理巘思緒神遊，連床墊邊緣下陷也未察覺，直到一股涼意觸及額頭，渾濁的眼神才重新聚焦。

崔世暻從廚房取來冰敷袋，坐在床邊輕聲問道：「退燒了嗎？」

他將未完全吹乾的頭髮撥向一側，分出一道與平日不同的髮線，身著深藍色情侶款睡衣，襯得崔世暻的膚色越發白皙細膩。誰能想像，方才那個意亂情迷、幾近失控的人，此刻竟是如此端莊溫順。

即使被對方尷尬地注視著，崔世暻仍帶著溫柔的笑意，將冰敷袋輕柔地貼上宋理巘的額頭。

「你身體這麼虛，怎麼受得了。不如我去給你抓副中藥調養？」

——明知情況還硬要做的人是誰，居然還說要去抓中藥？

宋理巘真的是哭笑不得。

「你這是先給病後給藥嗎？」

「我能比這次更猛的呢。」

「夠了，這樣下去我會沒命的。」

當崔世暻欲躺上床時，宋理獻稍稍挪動身子，為他騰出位置。崔世暻側臥著，用手肘支撐太陽穴，另一手扶著放在宋理獻額上的冰敷袋，兩人就這樣閒話家常，分享著生活瑣事。

待冰敷袋中的冰塊融化，漸漸變得溫熱時，宋理獻摸索著腳邊的被子，緩緩拉上。一直保持相同姿勢幫忙冰敷的崔世暻也舒適地鑽入被窩。

「學校裡有人欺負你嗎？」

「你要去教訓他們嗎？」

「你又不是小孩，應該能自己搞定吧。」

宋理獻在被子裡摸索，找到崔世暻的左手，輕柔地將掌心相貼，手指穿過對方的指縫。這個看似親暱的舉動，其實是他檢查崔世暻左手無名指上情侶戒指是否妥當的習慣性動作。

無論是上下學還是約會，兩人相處時間甚長，若都戴著同款戒指，關係容易引人注目。於是他們決定只由一人佩戴，宋理獻便將戒指交予崔世暻。

其實是因為懶得戴戒指，才把它託付給崔世暻，卻找了個「運動時容易摘下弄丟」的藉口。

如今一有機會，宋理獻就要確認崔世暻是否好好戴著。

崔世暻將十指緊扣的手從被子裡抽出，在宋理獻的手背落下一吻，反問：「你呢？學校裡沒有愛惹事的傢伙嗎？」

「……」

照理說，宋理巘該像往常一樣抱怨崔世暻最愛惹事，但今天他反常地沉默，讓崔世暻不禁蹙眉。

然而，宋理巘腦海中浮現某人的身影，未察覺這細微變化便開口：「學校裡倒是有個讓我在意的傢伙。」

——原來在想別的傢伙，而且還是學校裡的。

崔世暻輕吻著宋理巘的手背，嘴角笑意漸深，每當他掩飾因就讀不同學校而生的不滿與不安時，總會露出這樣的笑容。

「他是同屆同學，但不大合群，無法融入大家。」

——竟然在性愛之後提到其他男人。

不過，宋理巘的心思其實不難揣測，他的性格向來無法對陷入困境的弱者視而不見，也正因如此，才會無法對從天橋跳下的宋理巘置之不理，無法對與父親產生齟齬的崔世暻袖手旁觀，如今又注意到了另一個傢伙。

「是嗎？真令人擔心呢。」崔世暻真摯地說著，眉頭微垂，善良的臉龐流露出一絲惋惜。

崔世暻真的擔心，不知道那個討厭的傢伙會不會因為宋理巘的好意而糾纏不休。雖然希望那個不合群的人能識相地自行消失，但這似乎不大可能。以宋理巘的性格，必定會伸出援手，崔世暻強作鎮定，打算先摸清那個已進入宋理巘視線的人是誰。

「是誰？你們系上不是都相處得很融洽嗎？」

「有一個突然出現的傢伙。」
「他沒參加新生營？」
「嗯，就是之前說過的，開學第一天迷路時幫我的那個人。」
「原來是個男生啊。」
在大學裡讓宋理巘注意的對象竟然是個男生？崔世暻聞言立刻湊近，表現出濃厚興趣。
崔世暻深知宋理巘不會將同齡女生視作戀愛對象，對宋理巘來說，二十歲上下的同齡女生在他眼中就像小孩子，完全沒有性吸引力。
崔世暻好歹是個男生，才會玩在一起，漸漸看對了眼，因為同為男性，能夠無所顧忌地打鬧玩笑，結果不只眼神相投，連心靈也契合了。
崔世暻也明白自己是特例，同齡男生對宋理巘來說與女生無異。然而，若思緒與心跳永遠同步，世上的愛情故事恐怕要減少一半了。
「他叫什麼名字？」崔世暻溫柔地問道，想要查明那個在大學裡吸引宋理巘注意的人究竟是誰。
雖然他不會對那人做什麼，但知道對方是誰和不知道簡直天壤之別。
「韓……」不假思索正要脫口而出的宋理巘，突然神情一變，迅速住了口，將陷在柔軟枕頭裡望著天花板的頭轉向崔世暻。
先前因為擔心韓泰燮而未曾留意，現在才注意到崔世暻眼中閃爍的異樣光芒。
宋理巘輕嘖一聲，看來崔世暻快要按捺不住了，雖然不知從何處起便心生嫉意，但若崔世暻不喜歡，那麼適可而止便是明智之選。

「喂。」

宋理巘翻身面向崔世暻，用雙手輕捧著他的臉，「不要說其他人的事了，給我一個吻好嗎？」

「現在是討吻的時候嗎？」

崔世暻明顯看出宋理巘想要含糊帶過的意圖而感到無奈，但宋理巘仍厚著臉皮繼續央求。

「大學裡大家都知道我有另一半了，別再生氣了，親我一下好嗎？」

「……」

「快點嘛。」

面對難得執著的宋理巘，崔世暻終究投降，輕輕在宋理巘唇上落下一吻。

這般點到為止的溫柔似乎難以滿足宋理巘，他微瞇著眼，低聲抱怨道：「你真的很不會親人。」

接著，他一把摟住崔世暻的後頸，將人用力拉近。

「好好學著，我只教你一個。」

這句獨特的承諾瞬間沖淡了崔世暻心中的醋意，讓他頓時成了洩了氣的皮球，臉上浮現無可奈何的笑容，彷彿方才的嫉妒從未存在過。

宋理巘的唇舌輕巧地探入那因微笑而微啟的唇瓣間，緩緩摩挲，這個吻不帶任何技巧，只是單純的溫柔碰觸，卻足以讓人迷醉。

崔世暻輕轉過頭，讓這份親密更加深入。

為避免窒息而短暫分離的唇瓣很快又再度相依，這樣輕柔的吻雖如蜻蜓點水般淺淡，卻帶來一種不亞於激情時刻的愉悅感受。

溫潤的觸感從唇齒間漫延至全身，直達腳尖，一股慵懶漸漸襲來，睡意矇矓的雙眼緩緩闔上，沉重的眼簾終究敵不過倦意。

與崔世暻在一起，一切都是如此美好。

無論是熱烈如火，還是平淡如水，是肆意放縱，還是規矩有序，只要兩人相伴，便能讓人感到無盡的愉悅。

（未完待續）

番外五

愉快的校園生活（中）

宋理巘深知這個世界已今非昔比，校園草坪上再也不見學生悠閒地吃著炸醬麵，智慧型手機和平板電腦取代了卡帶播放機與呼叫器，就連社會風氣也轉變成一入學就得為就業擔憂。

懷著畢業前通過任用考試的宏願，宋理巘步入了大學校門。

初時因過於熱情，不僅將每週四天的第一節課排得滿滿（其中一天要陪宋敏書看醫生），還選滿了學分，差點成了D大學的另一個妙麗。幸而在學長姐們的幫助下，課表終於恢復了合理的樣貌。

接著便是眾所期待的第一堂通識課。宋理巘挺直腰背坐在最前排，嚴守著九十度的端正姿勢，一字不漏地記錄著教授的每句話語，這般認真的態度讓教授也感到詫異，課後，他隨著其他體育系一年級的同學們魚貫而出。

這個系向來以凝聚力著稱，而這一屆的學生更是特別愛群聚。作為凝聚團體的核心——宋理巘正被同學們簇擁著隨意走動，突然間，他開始在人群中搜尋起某個熟悉的身影。

明明約好一起上通識課，卻不見韓泰燮的蹤跡。因為不可能讓同屆二十五人都選上同一門通識課，所以只有十幾個時間許可的人選了這門課，而韓泰燮在系學會聚會時也曾表示要選這堂課。

本就擔心他這幾天與同學們漸行漸遠，如今更是完全不見人影，讓宋理巘忍不住問起：「韓泰燮呢？他不是說也要上這堂課嗎？」

然而，當宋理巘提起韓泰燮時，原本熱絡的氣氛忽地凝滯了下來。

「怎麼了？說吧。」

看著同學們互相交換眼神的模樣，宋理巘察覺他們有所隱瞞，他停下腳步，表示若不說清楚就不走，同學們這才無奈開口。

「他有些奇怪，居然想打聽你女朋友的社群網站帳號。」

「我女朋友？」向來處變不驚的宋理巘驀然睜大了眼。

一提到女朋友就驚訝的反應立即引起同學們的好奇，但宋理巘渾然不覺，繼續追問：「我女朋友怎麼了？」

「可能是好奇吧，但偷查社群網站也太超過了，又不是什麼跟蹤狂。」

「他為什麼會好奇？」

他們都誤以為宋理巘的另一半是女生，這個誤會從未被澄清過，所以就算他們翻遍社群網站，也不會發現他的另一半崔世暻是個男生，但這種被人打探的感覺仍讓他不寒而慄。

宋理巘已經為崔世暻戴上了情侶戒指，到處提及自己有另一半，不過是為了安撫因就讀不同學校而感到不安的崔世暻。

他原以為表明有伴侶就能避免聯誼或相親的邀約，同學們自然也會失去興趣。本來一切都很順遂，沒想到竟然會有人去調查，正當宋理巘為這意外狀況感到困擾時，腦中忽閃過一個念頭。

「你們也想知道我女朋友的事嗎？」

「這個嘛……照片還是想看看的。」體育系的同學們吞吞吐吐地回答，其實他們同樣對那個讓宋理巘魂牽夢縈的女友充滿好奇。

雖然宋理巘偶爾會談起女友，但總是點到即止，讓他們無從深問——大家早已對這段戀情充滿疑問。

眾人雖然好奇，但察覺宋理巘似乎不願多談，便都識相地閉口不問，也正因如此，當韓泰燮貿然打探時，才會遭到大家的指責。

「唉，真是的……」宋理巘有些尷尬地撓了撓後腦杓。

他的疏忽在於低估了二十歲年輕人的好奇心。

在金得八的時代，到了被稱作「大叔」的年紀，人們不會過分關心他人的情感生活，隨著年歲漸長，人們不僅對他人的事務越發冷淡，在那個年紀若有人提及有了對象，還會顧慮到可能涉及婚外情，因此刻意避而不問。

黑幫生活的歷練也讓他習慣保持距離，因為在那個圈子裡，男女關係大多不夠純粹，深究下去往往只會觸及更多污穢之事。

反觀二十歲的大學生則截然不同，戀愛是他們最熱衷的話題，誰與誰在交往？如何相識相戀？每一個細節都能挑起他們無盡的好奇。

即便不是韓泰燮，日後也必定會有其他人對宋理巘的女友過分關注。宋理巘自己或許渾然不覺，但他早已成為眾人注目的焦點，他的另一半自然也會引起好奇。

「而且……」

同學們你眼望我眼，支支吾吾，似乎有難言之隱。

宋理巘察覺氣氛不對，催促道：「沒事，說吧。」

「他說你笑起來的樣子……很奇怪。」

這話一出口，同學們深怕宋理獻難過，立即轉而數落起韓泰燮。

「真可笑，什麼才叫正常的笑？」

「泰燮太過分了。」

「系學會聚會結束時，他還質疑為什麼理獻能當系學會會長。」

「那個……」在眾人忙著抨擊韓泰燮之際，一個身材嬌小的女同學默默舉起手來，眼神游移。

此時，方才還熱鬧的討論突然平息，她輕聲說道：「這只是我的猜測，但我覺得泰燮可能是因為想當系學會會長才會這樣。」

「我在系學會聚會上和他聊過，感覺他似乎很想當系學會會長。」

這個意外的事實，讓現場瞬間陷入沉默。

他們都明白機會應該公平分配給每個人，這是民主的根本。然而，韓泰燮因沒有參加新生營，並不知道他們推選宋理獻為系學會會長的原因。

「……不管怎麼說，系學會會長還是理獻最合適。」

「確實如此。」

大家似乎都回想起在新生營發生的事，紛紛認同這含糊的結論，同學們對宋理獻的喜愛並非出自單純的好感，在新生營「那件事」發生前，他不過是個擁有偶像般外貌的帥氣男生罷了。

那是二月的寒冬，人們仍需裹著長版羽絨外套，迎新會就在這樣的天氣下展開。

學長們來參加新生營本無可厚非，儘管同學們本就有些拘謹，多了幾位大四學長也無傷大雅，反正就大家一起尷尬也無妨。

在必須拉近彼此距離的壓力下，每個人都強迫自己提高興致，尋找共同點建立友誼，藉著遊戲培養同窗情誼。

隨著氣氛漸暖，酒局也自然而然地展開了。

寬敞的度假村客廳裡，新生和學長姐們分成幾組小酌，但當大四學長加入後，酒局的氛圍驟然改變。大四學長將新生們聚攏一處，一邊給他們斟酒，一邊闡述人生不如意十之八九的哲理。

大四學長尤其愛給新生們忠告，話題從軍旅生涯到人際關係，從戀愛經驗到校園生活，句句離不開「當年我啊」的開場白，聽得新生們難以共鳴。

但礙於他的學長身分，就連大二的系學會會長和新生營的學長們也不好出言阻攔，這場說教便這樣持續著。

新生們能夠稍微舒展發麻的雙腿，多虧了宋理巘。

他將同學們都推到一旁，獨自與大四學長對飲，不論是諷刺、嘮叨還是閒談，他都像個過來人般輕鬆地應對自如，若不看外表年齡，簡直要以為宋理巘才是閱歷更深的那個人。

其他學長們也對宋理巘心存感激，期盼他能撐過這個夜晚，望著他熟練地與大四學長觥籌交錯的背影，眾人不禁感到安心可靠。

若大四學長就此醉倒沉睡，或許事情還能有個圓滿的結局，然而，意外總在不經意間發生——醉醺醺的大四學長，突然點名要一位長相清秀的新生為他斟酒。

原本就略顯尷尬的氣氛，因這突如其來的冒犯舉動而徹底凝固，就在大二的系學會會長急於上前阻止之際，宋理獻的身影已籠罩在大四學長身上。同學們雖然只能看見他的背影，無法得知他當時的神情，但從大四學長驚恐的反應來看，想必不是什麼好臉色。

「小小年紀好的不學，盡學些不三不四的。」宋理獻留下這句如今已成為傳說的話語後，便對大四學長動了手。

他出手並非毫無章法，反而招招精準狠辣，雖然體育系的人都擅長運用身體，但沒人敢貿然仿效，眾人不約而同認定宋理獻這身功夫必是來自實戰經驗。

醉酒的大四學長連像樣的反抗都做不到，只能任憑挨打，可沒有人敢貿然上前制止，直到大二的系學會會長回過神來，急切地喊道：「喂，喂！快把他拉開！」

這時男同學們才一擁而上，抓住宋理獻的雙臂，將他從大四學長身上強行拉開。大四學長蜷縮成一團，像個破爛的垃圾袋般微微發顫，但宋理獻顯然怒氣未消，被拖走時仍朝著空中揮踢，口中不斷咆哮。

雖然這個系的上下階級關係並不嚴苛，但新生痛毆學長這樣的事件，終究無法輕易平息。

大家擔心會有和那位大四學長——如今被稱作「倚老賣老」的學長——同屆的人聽聞消息後前來整頓紀律。

儘管那位倚老賣老的學長確實有錯在先，他們也有理由辯護，但若學長選擇報警控告宋理獻毆打他，情況就不妙了……大家憂心忡忡，徹夜難眠。

次日清晨，倚老賣老學長竟與宋理獻一同現身，明明已將兩人安排在不同房間，不知怎的，他們卻一起從海邊走來。在度假村大廳來回踱步的大二系學會會長嚇了一跳，生怕倚老賣老學長是否骨折，然而眼前的景象令人意外——倚老賣老學長雙眼紅腫，顯然哭過，接著他真誠地向受害女同學道歉。

宋理獻對那位被點名倒酒的女同學說：「妳不必原諒他。如果妳想報警，我會陪著妳直到回校報案，在那之前，我絕不會讓那個學長靠近妳。」

這番話深深打動了受害者。

最終依照女同學不願事態擴大的意願，新生營中的這段不愉快就此落幕。因事件涉及受害者，不宜四處宣揚，所以沒有告知韓泰燮，但如今他若想當系學會會長，是否該讓他知道新生營的往事，這著實令人為難。

「不過，理獻啊，你當時到底對那個倚老賣老學長說了什麼？能讓他道歉啊？」

「沒說什麼特別的，他知道自己做錯了才道歉的。」

同學們再次對宋理獻佩服不已，什麼都沒說，竟能讓那個無可救藥的倚老賣老學長悔改。

「果然還是應該讓理獻當系學會會長。」

「我都說過幾次了，要是我當系學會會長，別人去加平玩水的時候，你們就能在溪谷享用松茸燉雞湯。」

「我們又不是大叔，幹麼要在溪谷喝松茸燉雞湯啊。」

同學們把宋理獻的話當作笑話，開懷大笑，但宋理獻是認真的。為這群新生倒酒也就頭幾天的事，回想起從前在黑幫時，小弟們為了炒熱氣氛要的那些把戲，如今要親自做來反讓他深感厭惡，更別提還要加上系學會會長的繁瑣事務。

聽說系學會會長就是個處理瑣碎雜事的職位，若真讓宋理獻當上會長，他就算是為了賭氣，也必定會帶大家去吃那松茸燉雞湯。

本就沒多少時間能和崔世暻相處了，哪裡還想接這種麻煩事？宋理獻在喧鬧的人群中偷瞄了眼智慧手錶，隨即悄然往後退了幾步。

「不過你們還是要和泰燮和好，泰燮也是我們的同學，聽說是因為家裡出了事才沒參加系上活動的，他應該也沒有惡意。」

連在穿校服吃營養午餐的年紀都未曾做過的排擠，成年後更不該發生，當那位身材嬌小的女同學率先提議化解與韓泰燮的誤會時，宋理獻也附和了。

「那下次就約泰燮一起喝酒吧。」

「今天就去吧！星期五耶，喝個痛快！」

正是愛喝酒的年紀，怎能白白浪費星期五呢？當這群二十歲的年輕人一提到喝酒就雙眼發亮時，宋理獻迅速找藉口脫身。

「我沒空。」

「欸，為什麼啊？」

「我約了崔世暻吃飯。」

「那叫世暻一起來啊！誰有世暻的電話？」

「我！」

本想藉此脫身，沒想到他們反而興致勃勃地要聯絡崔世暻。新生營結束後，首爾的同學們常常相約小酌，宋理獻因為要約會本不想去，但崔世暻表示好奇，便帶他去過幾次。

崔世暻即便在外校、他系的聚會中也頗受歡迎，這倒也不意外。天生的俊美容顏，加上謙和善良的性格，談吐間又顯得體貼隨和，儘管難以看透他的內心，卻總讓人不禁心生好感。

宋理獻也和大家一樣覺得崔世暻很好，但像今天這樣的日子——盡情玩樂的序幕才要展開的星期五午後——他不願與他人分享崔世暻。平日認真學習，不就是為了週末約會嗎？他不想受到任何打擾。

「喂，別打電話了，別總是找那個讀韓國大學的傢伙來，他也很忙的，今天也是好不容易擠出時間，吃完飯就得回家。」

宋理獻說起謊來眼都不眨，崔世暻確實會回家，但不是回首爾的老家，而是他們同居的家，然後度過激情的時光。

宋理獻雖然喜歡和大家相處，但和崔世暻兩人獨處的時光更讓他心癢難耐，牽手這樣的親暱舉動只有在兩人獨處時才能做，所以他急切地想要擺脫同學們。他已蓄勢待發，連藍色夾克下的連帽衫帽子都隨著他的動作輕輕晃動。

「下次我請客，今天就饒了我吧。」話音剛落，宋理獻就倒退著跑走了。同學們還沒來得及攔住他，抱怨聲已漸行漸遠，他朝那些充滿怨念的目光揮了揮手，隨即開始全力奔跑。

期待的心情讓宋理獻的腳步輕盈跳躍，轉眼間就穿過了校門。

原本約好在大路上碰面，卻在校門前的巷子裡發現了一輛熟悉的白色休旅車。宋理獻壓抑著嘴角的笑意，兩頰微微抽動，立刻鑽進副駕駛座，還愉快地吹起了口哨。

「現在開車技術不錯嘛，連巷子都敢開進來了。」

「算是沒白挨罵吧。」崔世暻在駕駛座上輕鬆地打趣道，彷彿除了宋理獻，沒人會這樣突然拉開車門鑽進來。

崔世暻也是放學後就趕來了，身上還穿著早晨送宋理獻上學時的同一套衣服，只是寬鬆的黑色針織外套已經脫下放在後座。他捲起襯衫袖子，將原本擱在排檔桿上的手朝副駕駛座的方向伸去。

那修長且骨節分明的手指和白皙的手背，因前臂肌肉結實而不顯柔弱，此刻正悄然探向宋理獻的大腿間。

看著崔世暻在他人視線無法觸及之處做出這般大膽舉動，宋理獻又好氣又好笑地調侃道：「之前抓著方向盤喊難的傢伙，現在倒是駕輕就熟了？」

「哎喲，我現在可是閉著眼都能開。」

輕揮幾下拳頭撒嬌後，宋理獻繫上安全帶，車子隨即發動，為了駛向大路必須穿過巷子，轉向時操控方向盤的手臂肌肉隱約隆起。學開車大約兩個月，如宋理獻所言，崔世暻的駕駛技術確實已相當純熟。

崔明賢為崔世暻購置了瑞典V品牌的車，這款以安全性能著稱的豪華座駕，價格高達數億韓元。

崔明賢一向要求崔世暻保持適度樸素，避免以物質劃分人的等級，然而，這個原則僅在崔世暻未成年時可行。不能為了強迫節儉而剝奪成年人的經濟自由，況且崔世暻母親的娘家極其富裕，他從出生起就擁有諸多記名存款和股票，對於這些財產，崔明賢只能提供建議，再也無法如從前般加以限制。

既已成年，只要不過度追逐名牌、消費習慣不大張揚，崔明賢也就無權干涉，汽車是他最後能要求兒子保持樸素的方式，但到頭來，他也沒有堅持。

若發生車禍，只能有一人生還，崔明賢希望那個人是自己的兒子，即便車身撞得面目全非，鮮血從變形的縫隙中滲出，他的兒子也必須活下來。

能用金錢提高生存機率，這又怎能省？崔明賢望著剛出廠、散發著堅固光澤的車身，雖感無奈，卻也沒有改變心意。

包裹引擎的冰冷鋼鐵會讓人變得麻木，駕駛者與車身融為一體，堅固的鋼鐵既隔絕了外界，也削弱了內心的罪惡感，因為感受不到生命的溫度與脈動，傷害他人的行為也就變得更加肆無忌憚。

崔明賢那脾氣火爆的兒子，若讓他開車，撞傷人大概也不是什麼難事。

他始終很好奇。

若兒子真的殺了人，他該如何是好？是帶他去警局自首？還是開車到私人土地，將屍體掩埋隱匿？

反覆思量許久，自己能否不協助掩藏罪證，直接領著崔世暻去警局自首？

即使在將車鑰匙交給崔世暻的那一刻，崔明賢仍然沒有找到答案。所幸兒子只把車子當作代步工具，崔明賢懷著複雜心情，不確定是否該為此感激兒子。而崔世暻則在宋理獻的監督下，謹守著交通規則。

宋理獻仔細觀察，確保不會擦撞到巷邊密集停放的車輛。崔世暻的駕駛技術雖然純熟，但在這種情況下也不得不放慢車速，當車子緩緩爬過下坡時，宋理獻趁機確認行程：「我們預約幾點？」

「六點，時間還很寬裕。」

每次都是烤大腸和烤五花肉，這次難得想換個氣氛，預訂了 Sky Lounge 的高級餐廳，雖說兩個大男人去這種地方略顯尷尬，但也沒有不能去的道理，宋理獻倒是頗為期待。

「你系學會會長的工作還做得來嗎？」

「還不就那樣，事多嘴雜又麻煩。」崔世暻凝視前方說道。

從前每學期都擔任班長的崔世暻，到了大學也當上了系學會會長。韓國大學雖有不少像崔世暻這般家境優渥又聰慧的人，但像他這樣外貌出眾、有錢、性格又好的軟柿子卻極為罕見。

當然，選崔世暻當系學會會長，並非因為想把他當軟柿子欺負，那些說他好欺負的閒言碎語，不過是某些愛比較階級、分高下的男生在背後逞強時的無聊玩笑。

崔世暻那些根深蒂固的習慣，比如出於好意請客吃飯、請酒，或讓出容易拿高分的通識課程名額等舉動，讓他顯得善良得近乎好欺負，但實際上卻無人敢怠慢他。

成年後被允許擁有的名牌精品、名車，以及出眾外表確實對崔世暻產生了些許影響，但這些不過是表象，真正讓人不敢輕視的，是他那「施予」好意的姿態，以及由此而生的優越感。

崔世暻因長期處在崔明賢的監視和班級的政治角力中，早已掌握了如何以善良形象凌駕同儕之上的訣竅。

對一個僅經歷過高三的靈魂來說，這些都是難以理解的事。

「你不是說要團購系上的外套？」

「嗯，現在正在投票選樣式，下週統計完投票結果就會向廠商下單。」

見宋理獻有興趣，崔世暻詳細解釋了系學會會長的職責，最後總結道：「和高中時差不多，只是規模更大，也更麻煩了。怎麼？你想當？」

「瘋了嗎？我才不想當系學會會長呢。」宋理獻口上說著拒絕，卻用舌尖輕頂著腮幫，似有所思。

他知道崔世暻不喜歡他談論其他男人，但能傾訴這種煩惱的也只有崔世暻了，只有他能理解肉體與靈魂的差異，並給出恰當的建議。

一番猶豫後，宋理獻終於開口：「……有人說想當。」

「那個不合群的傢伙？」

——真是個鬼靈精。

宋理獻打消了迂迴探詢建議的念頭，能瞞得過誰呢？連靈魂互換這種匪夷所思的事，崔世暻都能察覺。

「你怎麼看出來的？」

「最近你總提起他。」

「我只在床上提過一次。」

「對啊，你就是在床上提過他。」

「天哪，我這是犯了死罪啊。」

崔世暻忍俊不禁，不再糾纏細節，向宋理獻直接問道：「所以他怎麼了？還是無法融入嗎？」

崔世暻並非小氣到連提及其他男人都不行的人，只要不是在親密時刻，就算是關於他人的煩惱，他也願意一同商議，因為他希望能與宋理獻的人生緊密相連。

「聽說似乎是因為想當系學會會長，才與其他人鬧翻的。」

「想當系學會會長，為何要與大家鬧翻？不是更該好好相處嗎？」

「同學們都推舉我當系學會會長，他……就是那個不合群的傢伙，因為自己想當會長，所以看我不順眼，其他同學又因為他說我壞話而討厭他。」

「嗯哼。」崔世暻發出鼻音並點頭，似乎理解了來龍去脈，但身陷其中的宋理獻卻煩悶得直捶胸口。

「系學會會長真有這麼重要嗎？想當的人去當不就好了？有必要吵架嗎？不對，這根本算不上吵架，只是為了雞毛蒜皮的事在較勁罷了。」

看來仍無法平息內心的煩悶，宋理獻用力扯著上大學後留長的頭髮，邊扯邊發出「呃呃」的低沉呻吟。

他無法容忍團體中有人遭受排擠，天性使然，讓他無法對不幸者視若無睹，尤其送走宋理巘的靈魂後，這種偏執更形嚴重，眼見同窗之間有人被孤立，這種情況令他格外難受。

「對你來說，很困擾吧。」

原本頭痛得像水母般癱軟的宋理巘突然挺直身子反駁：「這話是什麼意思？」

他帶人都帶了好幾年，說他搞不定一個二十歲的小子，簡直是無稽之談。

崔世暻密切注意著對向來車，準備在下坡路盡頭駛入大馬路，他看似專注駕駛，卻仍精準地掌握了事情的核心。

「在你眼中，同學們不像是朋友，更像是孩子吧。」

「這……確實如此。」宋理巘彷彿被意外戳中要害般心頭一震。

大學生活確實新奇，廣闊的校園宛如小鎮，「老師」變成更顯尊貴的「教授」稱謂，厚重的專業書籍和在不同教室間穿梭上課的改變，這一切都讓他感到新鮮有趣。享受著從未體驗的青春，邁向平凡人生的第一步確實帶來了全新的樂趣。

然而，宋理巘卻像被一層無形的薄膜隔開，始終無法真正融入大學生活。三月初，所謂的大學生活不過是自我介紹與無止盡的酒局，在這充滿酒精與青春氣息的校園中，宋理巘顯得格格不入。

二十歲出頭的小子喝酒玩樂，能有多少新意？他在黑幫時代，比這更瘋狂的事都經歷過了。跟這些年輕人喝酒作樂一、兩次也就罷了，次數多了，他寧可去找崔世暻，也不願與同學們狂歡。

參加新生營的那位二十六歲大四學長也是如此。

對學長來說，新生們或許稚嫩，但在宋理巘眼中，那個連鬍子都刮不乾淨、臉上留著鬍碴的學長，反倒更像個毛頭小子，所以當這個連鬍子都沒長齊的傢伙竟敢說出要女生倒酒這種蠢話時，他便把人打得連哼都不敢出聲。之後，將他帶到海邊，給他一瓶飲料，還講述了金得八四十七年的坎坷人生來安撫他，但心中的疑惑卻更深了。

與那些笨拙地想裝作成熟的大人相處，宋理巘覺得索然無味。

崔世暻早已看出，宋理巘雖然積極投入嚮往已久的大學生活，但卻總是莫名地感到厭倦。

「應該與高中很不一樣吧？這裡不是學校，你往後遇到的人也都不再是未成年了。若只把他們當作孩子看待，恐怕很難溝通。」

崔世暻精準地把握時機，順利從下坡的小巷駛入大馬路，他用餘光瞥了眼宋理巘，給出忠告：「試著用與他們相同的方式，正面迎擊吧。」

這樣下去，宋理巘可能無法適應大學生活，雖然尚能應付，但那種局外人般的疏離感，終將在心頭留下揮之不去的疙瘩。儘管明白崔世暻的用意，但過往的經歷讓他無法像普通二十歲青年般輕鬆融入。

最終，宋理巘敷衍地將頭靠在窗邊，迴避了這個問題。

「我還能怎樣？他們都只是孩子啊……」

「這下麻煩了，我們家大叔心腸太軟了。」

宋理巘對這大叔的稱呼充耳不聞，無神地望著飛速掠過的都市景象，高樓大廈的倒影如膠片般在他蒼白的臉上流轉。

「唉，在社群網站找女朋友的事又該怎麼辦……」

「你這話是什麼意思？」

「喂，喂——」宋理獻似乎瞥見了什麼，突然將鼻尖貼上車窗，急切地拍打崔世暻的手臂。

「靠邊停一下。」

車子還未完全停妥，宋理獻已急不可待地搖下車窗。這裡鄰近車站，商店前的人行道上擠滿了來往的行人，宋理獻盯著其中一個揹著黑色背包的高大身影，提高嗓門喊道：「喂！韓泰燮！」

車子緊貼著行道樹停下，宋理獻從敞開的車窗探出頭大聲呼喚，但那個揹著黑色背包的人似乎沒有聽見，依舊往前走著。

「泰燮啊！韓泰燮！揹著黑色背包走路的泰燮啊！」

宋理獻渾然不知韓泰燮聽見會尷尬得想找地洞鑽，仍不斷呼喊著他的名字。崔世暻也十分機敏地鎖定了那個揹著黑色背包的身影繼續駕駛，路人們因這突如其來的喧嘩而駐足議論。

韓泰燮再也無法假裝沒聽見，揹著黑色背包的他停下腳步大喊：「別再叫了！真的超丟臉！」

試圖阻止宋理獻的韓泰燮，害羞得連耳根都泛紅了。

「果然是你，韓泰燮。」宋理獻將手臂倚在敞開的車窗上，滿意地勾起嘴角，韓泰燮則皺著鼻子，神情複雜。

總是坐在教室最後一排的韓泰燮，每到下課就急匆匆溜走，就是不想遇見同學們，卻在離車站不遠處被逮個正著，而抓到他的還是事件的始作俑者宋理獻。韓泰燮不願就此乖乖投降，仍朝著原來的方向邁進。

車子隨著韓泰燮的步伐緩緩移動，宋理獻緊貼著車窗，惱人地喋喋不休。

「你要去哪裡？」

「回家。」

「吃過飯了嗎？」

——怎麼可能吃過？

韓泰燮在心裡嘀咕著，繼續向前走，不過不管他走得多快，速度也比不過緊隨其後的車子。

「上車吧，一起吃飯，我請客。」

明明前一刻還因能擺脫同學們，與崔世暻獨處而雀躍，此時宋理獻卻自作主張地把韓泰燮拉進來。

「不用了，我要回家。」

離地鐵入口樓梯不到十步路，韓泰燮急於走到柱子底下，卻被宋理獻拋來的問句如魚鉤般勾住了腳步。

「你打算上學期間都一直躲著我嗎？」

那倒也不是，韓泰燮也是努力讀書才考上D大學的體育系，與人相處對他來說並非難事，就算現在與同學有些嫌隙，他也明白該如何修復關係。

然而，韓泰燮之所以主動疏離，全因為宋理巘。每次見到他，就彷彿在強關一個卡住的抽屜，心緒變得煩悶，他那張稚嫩的臉龐配上老成的舉止，那份違和感讓韓泰燮本能地築起防備，更別提他接聽女友電話時那詭異的笑容，令人百思不得其解，忍不住想一探究竟。

乾脆避而不見還比較好，但體育教育系的同學們幾乎都崇拜他，若要與同學和睦相處，韓泰燮就必須和宋理巘維持良好關係，所以他選擇疏遠大家。換言之，只要能與宋理巘搞好關係，就能和其他同學相處融洽。

就在韓泰燮躊躇不決時，趴在方向盤上觀察的崔世暻輕戳了戳宋理巘的腰側說：

「要換個餐廳嗎？」

崔世暻取消了 Sky Lounge 的預約，將導航目的地改至母親常去的中餐廳，這是個明智之舉——兩個男人在豪華餐廳用餐，雖要承受異樣眼光但兩人會很愉快；若是三個男人同行，儘管不會引來太多關注，但滿意度必定大幅下降。

韓泰燮並不知道自己差點去了那種燈光柔和、播放古典樂的情侶餐廳，此刻正克制著自己，不要像個鄉下人般打量這間高級中餐廳。

宋理巘將菜單推過來，說道：「想吃什麼就點什麼。」

這話聽來活像個暴發戶。

——真是笑死人了，以為自己是具俊表⑤嗎？

韓泰燮在心裡暗自吐槽著打開菜單，但一見密密麻麻的黑字就頭暈目眩，突然懷念起住家附近的雙龍小館，那手掌大小的傳單上清楚印著照片和菜名。

「我媽是這裡的常客，我也常來，讓我來點餐如何？」

「可以嗎？」太好了，韓泰燮暗自慶幸，趁崔世暻還未反悔，他連忙將菜單遞了過去。

崔世暻隨即喚來穿著正式制服的服務生，熟練地點了幾道菜。

韓泰燮啜了口水潤潤乾燥的喉嚨，趁機偷覷了崔世暻一眼，雖然在車上已經介紹過，但因為坐在後座沒看得很清楚，從側臉或後視鏡裡映出的眼神能看出他很俊朗，但正面看又是另一番風采。

整體來說，他五官勻稱完美，是張相當俊秀的臉，身材高挑，肩膀也頗為寬闊。當他翻動菜單時，貼身的條紋襯衫下隱約可見結實的肩部線條，那握著菜單的修長手指和整潔的指甲，都散發著迷人的魅力。

他左手無名指上戴著一枚設計簡約的金戒指，擁有這樣的容貌與身材，要是沒有女朋友才奇怪，韓泰燮在心裡為那位俘獲崔世暻的女孩默默鼓掌。

「泰燮啊。」

正在偷看的韓泰燮被崔世暻這一喊，嚇得渾身一顫，但崔世暻卻彷彿未見般繼續問道：「你有什麼不能吃的嗎？」

注釋⑤　具俊表：韓劇《花樣男子》的男主角名字，是金字塔頂端再頂端的富家少爺。

「沒有，我什麼都吃。」

他用低沉悅耳的聲音詢問，對服務生態度禮貌，再加上溫柔善良的性格，這一切都讓韓泰燮對崔世暻心生好感。

他自稱是宋理獻的鄰居好友，但光是這樣的資訊還遠遠不夠，像崔世暻這樣的人物並不多見，不禁令人好奇。

點完菜等服務生離開後，韓泰燮便忍不住問道：「你讀哪間大學？」

「韓國大學，經營學系。」

「哇，長得帥，連學歷也這麼厲害。」

「是吧？他考完學測後，連校長都親自來教室找他。」

誇的是崔世暻，但宋理獻卻莫名興奮得坐不住，崔世暻一邊用熱毛巾擦拭著雙手，一邊主動提起無人問起的事。

「我想和理獻讀同一所學校，所以慫恿他來唸我們學校，但他說不要。」

「你來唸我們學校啊。」

「別開玩笑了，他都考上韓國大學了，幹麼要來唸我們學校。」

韓泰燮指責他在胡說八道，宋理獻卻提出自己的見解。

「崔世暻重考來我們學校反而比較快，我重考能考上韓國大學嗎？可能要考個三、四次才有希望吧。」

「嗯嗯，這倒是真的，我可能也得重考一次。」

「我讀到快掛了，還是只拿到七級分。」

「你學測作弊了嗎？」韓泰燮被這個驚人的成績嚇得張大了嘴，宋理巘扔過來的衛生紙正好飛進他的嘴裡。

菜餚上桌後，時間悄然流逝，崔世暻只對宋理巘挑剔，在他人面前倒展現出極佳的社交能力，和宋理巘相比，他反而更能與韓泰燮交談甚歡。在同齡人之間的閒談中，崔世暻顯得格外遊刃有餘。

「真厲害，會跆拳道、合氣道，連劍道也會。」

「沒什麼，跆拳道是因為我爸是教練才學的。」

「你爸嗎？」

韓泰燮見宋理巘來了興致，立即挺直肩膀，刻意裝作不在意地說：「我爸曾是國家隊選手。」

「哇，真厲害啊。」

宋理巘嘟著嘴讚歎時，韓泰燮既羞澀又驕傲，忍不住用食指輕輕擦過鼻尖，父親是他的驕傲，宋理巘的反應讓他格外愉悅。

或許正因如此，酸甜油膩的中式料理格外對胃口，再加上幾杯高粱酒下肚，微醺的韓泰燮話也漸漸多了起來。

「一來是受我爸影響，二來是小時候看過一本超熱血的漫畫，就是那個……你們應該都知道，名字我突然想不起來了，一邊使出特攻武術，一邊噴射漢字的那本。我迷上那個漫畫後，社區所有的武術館都去了個遍。」

「當然看過啊。」

崔世暻沒聽到名字卻知道韓泰燮在說什麼，只有宋理巘一頭霧水，但韓泰燮卻像在問理所當然的事般追問：「宋理巘，你也看過吧？」

韓泰燮參加過全國童子軍活動、京畿道學生聯合營隊，再到金浦英語村，每次與來自全國各地的同齡人聊天時，從未遇過不知道這本漫畫的同輩。

「……」

「你沒看過？」

那部漫畫曾經風靡一時，是個容易引起共鳴的話題，原以為宋理巘會興奮地附和，沒想到他卻停下咀嚼的嘴，眼珠一轉突然開始狼吞虎嚥地吃起油麵。

「喂，你慢點吃，又沒人跟你搶，全給你吃吧。」

崔世暻低頭暗自發笑，隨即搶走了宋理巘的餐盤，以免他吃得太急，還倒了杯水遞給他，並幫他解釋：「理巘沒看過，因為他不喜歡看漫畫。」

「沒看過那部漫畫？你該不會是在國外長大的吧？」

宋理巘鼓著臉頰，咀嚼著食物，喉頭一動將食物吞下後說道：「……沒看過也很正常吧。」

「沒看過就沒看過，幹麼那麼激動？真是個搞笑的傢伙。」

宋理巘平時總顯得比實際年齡成熟，讓人感到距離，但這次他第一次看來像個同齡人，韓泰燮不自覺流露出與朋友相處時的親近。

「改天來我們道館玩吧，世暻你也一起來。」

用餐接近尾聲時，宋理巘阻止了想分攤費用的韓泰燮，結完帳回來後輕拍了拍崔世暻的肩膀。

崔世暻因要開車所以沒喝酒，正用茉莉花茶清口的他含著茶水微微抬頭。

宋理獻溫柔地整理著崔世暻散開的瀏海，輕輕地按著他的肩膀說：「你先去把車開出來。」

「現在？」

特意要他親自去取代客泊車的車子並非尋常要求，但宋理獻一邊按著崔世暻的肩膀，一邊催促道：「我剛才去看了下，店員很忙，可能要等一會兒，但我懶得等。你做得到的，先去開過來。」

韓泰燮聽了也覺得宋理獻在無理取鬧，大家都一起吃了飯，卻只讓崔世暻一人離開，這不大合適，於是他推開椅子，站起身準備離開。

「大家一起走吧，就算等也不會太久，沒必要這樣。」

「你先坐下，這裡的停車場很大，至少要等十分鐘。」

「那就大家一起出去等，為什麼只讓世暻一個人去？世暻，我們一起出去吧。」

男人應該講義氣，怎能讓崔世暻獨自去呢？韓泰燮在用餐時與崔世暻更加親近，此刻為他說話，並開始收拾自己的東西，他沒注意到宋理獻滿臉窘迫，加重了抓著崔世暻肩膀的力道。

韓泰燮還拿起宋理獻的背包遞了過去，「理獻，你的背包。」

本以為大家會一同離開，但不知崔世暻心裡打著什麼算盤，竟然乖順地推開椅子站了起來。

「不用了，泰燮。現在晚上還有點涼，你們就在這裡等著吧。」

他話音未落就離開了包廂，明明有理由可以發怒，卻依然如此體貼，這本該是令人讚歎的時刻，韓泰燮卻僵在原地，一直抓著椅子扶手維持著起身的姿勢。

——怎麼回事？是我看錯了嗎？還是因為酒精的緣故？

韓泰燮低頭看著自己捲起的袖子下的手臂，已經起了一層雞皮疙瘩，他看見崔世暻離開包廂前，目光在自己和宋理獻之間來回游移，那張俊秀的臉龐雖然依然掛著微笑，但眼神卻全然不同，與方才用餐時判若兩人。

那漆黑的瞳孔像是被潑上油的火焰般，閃爍著異樣的光芒，看起來就像個「頭殼壞去」的瘋子。

整個晚餐期間崔世暻都表現得溫文爾雅，怎麼可能露出那樣的眼神？韓泰燮覺得一定是自己看錯了，將這荒謬的想法歸咎於高度數的高粱酒。

崔世暻離開後，包廂內只剩兩人，宋理獻可能是醉了，重重地摔進椅子裡，連坐墊都深深凹陷。

「他們都跟我說了。」

「說了什麼？」

原本坐在位子上搓著臉想要醒酒的韓泰燮，此時也放下了覆在臉上的雙手。

「你好像誤會了，我不會當系學會會長的，你來當吧。」

當宋理獻提起學校的話題時，韓泰燮就明白了他故意支開崔世暻的用意，老實說，他不想讓崔世暻知道自己在學校遇到的事，因此心存感激。

「那又不是我想當就能當的，得同學們選我才行啊。」
「我會跟同學們說好的，你不用擔心。」
——跟同學們說好？
看著宋理巚一副自己很了不起的模樣，韓泰燮忍不住在心裡嘲諷。
或許是因為共進晚餐的緣故，韓泰燮心中的怨氣消了不少，現在看宋理巚也沒那麼討厭了。宋理巚大概本就是這種性格，就像韓泰燮為班級付出時，總能收穫朋友的讚美而感到滿足，宋理巚可能只是長得稚嫩，性格裡卻充滿了大叔氣息。
「我還有一件事想拜託你。」
一向自信甚至有些厚臉皮的宋理巚，今天罕見地像個青澀少年般扭捏，平時說話從不迴避眼神的他，現在卻開始擺弄起餐具。
「我女朋友。」宋理巚舔了舔嘴唇。
雖然他平時很會說謊，但要把方才一起吃飯聊天的崔世暻說成女朋友，心裡還是有些過意不去，做出了平時不會有的舉動。
「他很漂亮。」這句不是謊言，所以宋理巚沒有舔嘴唇。
「而且他家很富裕。」
「那又怎樣。」
從宋理巚開始炫耀女朋友漂亮時，韓泰燮就已經無語，終於忍不住脫口而出。好不容易支開崔世暻，結果卻在這裡炫耀女朋友，宋理巚似乎也意識到了這點，尷尬地搔了搔後腦杓，才切入正題。

「他的家世很顯赫，要是被發現和我交往，肯定會鬧得很大。他家……嗯，不大同意我們的關係。」

覺得說得不夠明白，宋理巘又補充道：「準確來說，是他們不喜歡我。」

學校裡沒人討厭宋理巘，當聽到世上竟有人討厭他時，韓泰燮難以置信地反問：「不喜歡你？」

「嗯，對方母親的態度我不大清楚，但他父親肯定不喜歡我……最糟的情況，我們可能得分手。」

「為什麼？因為家世差異嗎？」

「嗯，類似吧。」宋理巘無法說出與崔明賢之間的糾葛，只能含糊帶過。

但不知詳情的韓泰燮愣在原地，腦海中彷彿上演著一齣晨間連續劇：財閥、企業少爺、私生子、潑水、裝滿鈔票的信封、私奔……因為奶奶過世後爆發遺產爭奪戰，為了逃避現實而看過這類狗血劇，腦中很快浮現這些老套情節。

宋理巘雙手交疊放在桌上，身體前傾，韓泰燮震驚於電視劇般的情節竟成真實，身子也跟著前傾，屏息以待。

「可是我不能沒有他，我非常喜歡他，喜歡到失去他我就會死的程度。對，失去他，我也活不下去了。」

聽到宋理巘說出彷彿晨間劇男主角的臺詞，韓泰燮差點忍不住脫口而出「天啊，瘋子」，還好及時忍住了。宋理巘似乎被自己的話打動，邊說邊重複確認，那認真的模樣讓韓泰燮不忍直接罵他。

「我真的很喜歡他。」

宋理巚就是為了說這句話，才支開崔世暻，因為實在太難為情，無法當著本人的面說出口。對韓泰燮說也有些不好意思，宋理巚揉著泛紅的臉頰，清了清喉嚨。

「要是被發現就麻煩了，所以如果有人打聽我女朋友的事，請你幫我擋一下。」

「這種事我怎麼可能擋得住。」

和同學關係惡化，就是因為宋理巚的女朋友，現在還要他去阻撓，光是聽著就讓人手足無措。

「拜託你了。」宋理巚似乎也明白韓泰燮在擔心與同學的關係再度惡化，語氣顯得格外沉重。

從宋理巚認真的表情中，韓泰燮想起了開學聚會後，他在電線桿下接女友電話時的那抹笑容，直到現在他仍然無法解讀那個笑容的含義。

但是，感覺他對女友如此執著，無法分手，這讓韓泰燮忍不住衝動地問：「你會和她結婚嗎？」

看來宋理巚從未想過那麼遠，他慌亂地結巴起來：「結、結婚？」

韓泰燮今天已經多次看見宋理巚違和感崩塌的模樣，此刻他紅到脖子，害羞得完全像個二十歲的少年。他摸著脖子裝作不在意，卻用蚊子般細小的聲音堅定地說：「嗯，我會和他結婚。」

宋理巚的告白中，充滿了對愛情盲目的二十歲特有的稚氣與青春、魯莽與永恆。

宋理巚在電線桿下的那抹笑容，現在似乎有了些頭緒。

連普通的暗戀都未曾體驗過的韓泰燮，雖然還是說不清那個笑容的確切含義，但至少明白那並非什麼怪異的事。

那不是奇怪的事，而是特別的事。電話那頭的戀人對宋理獻來說無比特別，所以他才會在整個通話過程中不自覺地微笑。

當試著理解那份誤會的瞬間，關係也隨之轉變。

如今韓泰燮不再像從前般排斥宋理獻，那番稚嫩的告白反而讓他預感兩人能成為摯友。

韓泰燮婉拒了宋理獻要送他回家的好意，決定在附近車站下車。在餐廳包廂時還未察覺，但一走到外頭才發現已過了下班時間，街上人潮稀疏，街道也變得昏暗，只剩招牌燈火通明。

夜色漸深，酒足飯飽，宋理獻像躺在電熱毯上的倉鼠般，慵懶地癱在溫暖的副駕駛座上。路上車少人稀，讓崔世暻一人開車也綽綽有餘。每次坐在副駕駛座時都會幫忙看路的宋理獻，這是他第一次打起瞌睡。

「哈啊。」打著哈欠，揉著沉重的眼皮時，突然被左側射來的車燈嚇醒，大喊道：「喂，喂，小心！旁邊有車！」

砰——車身猛烈震動。宋理獻右手緊抓窗邊扶手，左手壓住崔世暻的胸口，等待車身的衝擊過去，這時崔世暻才後知後覺地反應過來。

「啊。」

「啊什麼啊！」宋理獻朝崔世暻怒吼，隨即轉身查看後座。

「韓泰燮，你沒事吧？」

「喔，喔。我沒事。」因急剎而身體向前傾的韓泰燮，抓住副駕駛座椅背，一秒後才愣愣地應道。

韓泰燮只是被緊急剎車嚇到，並無受傷。宋理巘這才鬆了口氣，心想沒出什麼大事，正要坐好時，與他們發生事故的車子走出一位凶神惡煞般的駕駛，一手扶著後頸，他有預感最大的麻煩才要開始，忍不住嘆氣。

要是和崔世暻一起的話，應該能快速解決，但身為肇事的崔世暻卻緊抓著方向盤不願意下車。

「你在幹麼？不下車嗎？」宋理巘催促道。

崔世暻看了他一眼，眨了眨那長長的睫毛說：「我不想跟不認識的人說話。」

——言下之意就是要我獨自去處理，是吧？

但誰會想要跟這種扶著後頸，擺明來找麻煩的人說話呢？宋理巘突然覺得自己像個傻子，氣得想揪住崔世暻的衣領，把他扔出車外，叫他自己去解決問題。

可是一看到他天真無邪地眨著長睫，心就軟了下來，無法狠下心將這麼可愛的人推向險惡的世界。

「唉，真是的，最好欺負的人就是我啊。」宋理巘一邊嘀咕著，一邊打開車門走了出去。

他先向因突發事故停在崔世暻車後的司機們打手勢，讓他們先行離開，疏通道路後才走向對方車主。對方駕駛在查看被撞凹的保險桿而火冒三丈，見到年輕的宋理巘就大發脾氣，但宋理獻毫不畏懼。

在車頭燈照射的擋風玻璃上，即時上演著宋理獻與對方駕駛協商賠償的過程。

「他是韓文哲ＴＶ[6]的忠實觀眾嗎？」從前座間的縫隙觀看的韓泰燮讚歎地喃喃自語。

韓泰燮也在考完學測後的寒假考到駕照，偶爾會開父親的車，但真遇到事故，絕對無法像宋理獻這般冷靜應對，肯定會手足無措。如果對方用威脅的語氣大吼，他就會嚇得順從對方要求，但宋理獻的應對方式，簡直就像有三十年駕齡的老司機。

對方駕駛一上來就指著自己車子凹陷的保險桿，氣得脖子青筋暴露，因為這事故完全是崔世暻的過失，所以表現得很強勢，但想起「在路上要避開昂貴進口車」的至理名言，又顯得有些遲疑。

一直表現得親切和氣的宋理獻，就是看準了這一點。

雖然車窗關著聽不大清楚，當宋理獻說了些什麼後，對方駕駛原本氣得要噴火的嘴巴閉上了，宋理獻又說了幾句，對方駕駛抿著嘴忍住笑意。情況看來不錯，應該能順利解決。

「哇，宋理獻太厲害了……」

「把理獻丟在這裡，我們先走？」

韓泰燮看得出神，將整個上半身都探到座位縫隙中，忽然聽到太陽穴旁傳來聲音，轉頭一看嚇了一跳。

「哦？」

坐在駕駛座的崔世暻和他近得幾乎能感受到呼吸，這麼近的距離通常會感到不自在，崔世暻卻像雕像般絲毫不動。

和那雙黑眸無聲對視的韓泰燮尷尬地摸著後頸，退回後座坐好，心想剛出了車禍還有心情開玩笑的崔世暻意外地孩子氣。

「不行。我們走了，宋理獻怎麼辦？」

「就叫他自己走過來啊。」

韓泰燮忍不住笑了起來，微醺感正好，俊秀的崔世暻又表現得如此親切，心情自然愉悅。

崔世暻等待韓泰燮笑完，手指在方向盤上輕輕敲著。

「你們倆聊了什麼？」

「我們倆？啊，你是說你去取車的時候嗎？」

「嗯。」

——可以說嗎？

宋理獻說過他不想讓人知道自己有女朋友，雖然崔世暻是鄰居好友，但可能不知道宋理獻有女朋友。

注釋⑥　韓文哲TV：由交通事故專業律師韓文哲所經營的 YouTube 頻道，針對各類交通事故案例，提供清晰的過失比例判斷。http://www.youtube.com/@HANMOONCHULTV

為避免多嘴讓宋理獻陷入困境，韓泰燮選擇隨口帶過。

「沒什麼特別的，就聊學校的事情，我們系上快要選系學會會長了，大家都在討論誰會當選。」

「你想當系學會會長？」

「我是想當，但因為是投票選的，所以不知道能不能選上。我現在跟系上同學們的關係有點尷尬。」

「啊，原來『那個人』就是你啊。」崔世暻冷靜地下了定論，同時觀察宋理獻是否看向這裡。

從在車站附近發現韓泰燮開始，到宋理獻甚至想取消約會也要帶他去吃飯時，崔世暻就猜到了韓泰燮的身分——他就是那個最近讓宋理獻操心的男人，無論是在床上還是約會，一直占據著宋理獻思緒的男人，崔世暻不可能認不出來。

「你知道我？」韓泰燮略顯尷尬地反問，這樣的關心對他來說有些太過了。

崔世暻透過後視鏡看著韓泰燮，黑色的瞳孔變得深沉，當宋理獻離開，只剩下他們兩人時，崔世暻親切的偽裝消失，僅存寒冷的敵意，嘴角的笑意也變了質，不再親切，反而更像嘲諷。

「理獻說了很多你的事。」

「很多？」

「嗯，很多。」崔世暻點了點頭。

其實只有兩次，但按崔世暻的標準來說已經太多了。哪怕只是短短十分鐘也不能讓步，內心扭曲到必須折磨對方，逼得對方喘不過氣，他才能消氣。

在崔明賢的壓迫下成長，崔世暻不能表露欲望，他的占有欲和獨占欲被壓抑扭曲。與宋理獻發生關係後，那份執著變得更加赤裸，甚至連故意撞車這種行為，他也毫不猶豫。

一直到晚餐時分還想著要幫宋理獻，看怎麼協助韓泰燮適應學校生活，崔世暻的善意卻因為盲目的嫉妒而扭曲消失。僅僅十分鐘，宋理獻未事先知會就支開崔世暻，與韓泰燮獨處的這十分鐘，足以讓崔世暻將善意轉為敵意。

從中餐廳出來上車後，握著方向盤的崔世暻用那深邃的黑眸冷靜地搜尋目標，製造了輕微的擦撞事故支開宋理獻。此刻，他如願以償地和韓泰燮在密閉空間裡獨處。

在燈火璀璨的紛亂夜色中，車內寂靜無聲，只能聽見崔世暻用食指敲打方向盤的聲音，噠、噠、噠、噠。

「理獻真的很善良，看到路邊有垃圾就會撿起來，聽到哪裡有貓叫就會去找，見到遊民就會買食物給他們。」

崔世暻直盯著韓泰燮，眼中的笑意變得更加深邃。

「他只要看到可憐的人就忍不住要幫忙。」

韓泰燮心想是錯覺嗎？崔世暻口中的「可憐的人」好像指的就是自己，儘管內心不願承認，但嘴角卻開始僵硬起來。

「……你是不是吃太多了？怎麼突然說這些莫名其妙的話。」

韓泰燮強迫自己擠出微笑，內心覺得自己很可悲，但他不想和崔世暻起衝突。

雖然只是幾個小時的晚餐，但韓泰燮對崔世暻的印象很好。老實說，若只有他和宋理潚一起吃飯，晚餐氣氛恐怕不會那麼愉快，宋理潚肯定又會故作成熟做出不合身分的舉動，而韓泰燮會覺得不順眼，兩人之間的隔閡無法消除。

崔世暻一直在為不懂同齡人話題的宋理潚辯護並從中調解，既然已經將晚餐變成互相理解的場合，就沒理由突然改變態度。

韓泰燮想相信崔世暻，但他深知他人不會依照自己的期望行事。

「理潚就是這樣，我也是因為他這種性格才喜歡上他，想幫助他，所以我本來不想介入你們之間，但還是感到些許不快。」

一直只用後視鏡與韓泰燮對視的崔世暻轉過身來，對向來車的車燈掃過，在他身上投下黑影，此時的崔世暻看起來完全像個陌生人。

「泰燮啊，別越界了。」含糊不清的指責成了一把充滿敵意的利刃。

「我不管你有多窩囊或多愚蠢，但別裝可憐博取同情後，再跟理潚單獨相處。」

韓泰燮感覺血液從身體裡流失，像被潑了冷水般手腳冰冷。

——這傢伙瘋了嗎？神經病？心理變態？

「你、你知不知道你在說什麼？」

「嗯，我是說不要和理潚走得太近，別覬覦他。」

就算和宋理潚再怎麼特別，也只是朋友，根本沒什麼好覬覦的。難以相信一個人竟然會突然變成這樣，讓韓泰燮更加混亂的是他完全聽不懂崔世暻在說些什麼。

「討好同學的事有那麼難嗎？有難到需要讓理潚同情你嗎？」

不過，這句話韓泰燮倒是聽懂了。崔世暻清楚知道體育系同學之間發生的事，並指責這都是韓泰燮能力不足所致，他把連這種簡單的事情都做不到的韓泰燮當作怪人看待。

韓泰燮感覺身體像被脫光般寒冷，但心臟卻狂跳得耳邊轟轟作響，雖然雙腳穩穩踩在地面上，卻頭暈得像是發生了地震。

「泰燮啊。」

謙遜和傲慢都屬於需要優越於他人才能擁有的特質，所以崔世暻一開始表現的謙遜要轉變為傲慢並非難事。

「好好做人吧。」

「…………」

「別再去查人家另一半的社群網站帳號了。」

這句話成了致命的一擊，先前的指責都只是鋪墊，那時激起的羞辱感此刻完全爆發。那件事不僅是他和同學們關係破裂的開端，也是韓泰燮至今都不覺得有什麼大錯，想隱瞞的往事，現在卻成了崔世暻口中的笑柄，韓泰燮感到憤怒不已。

「你……那件事，你怎麼會知道……」

不過最讓人氣憤的是，他根本不知該如何反駁。

原以為很親切的崔世暻突然改變態度，即使親眼所見也難以置信，他甚至不知要從何開始追究，也不知道自己哪裡做錯。

韓泰燮用手按住發燙的前額，冰涼的手與額頭的溫差鮮明，讓他感到一股寒意。

當頭腦逐漸冷卻時，在混亂的思緒中，崔世暻的話在腦海中掠過。

「理獻說了很多你的事。」

也就是說，宋理獻不只是在閒聊，而是在背後說他壞話，跟別人說，大學裡有個可憐蟲在打聽自己女朋友的事，崔世暻因為知道這件事才會看不起他。宋理獻到底說了多少壞話，不然初次見面的傢伙怎麼會如此看不起韓泰燮。

這才是崔世暻的真面目，之前表現出的親切模樣只是假象而已。

當韓泰燮推敲出這些粗糙的真相時，他更加無法反駁崔世暻，覺得自己像個傻瓜，什麼都不知道還以為能和宋理獻成為好友。

想到晚餐時自己開懷大笑的模樣，在他們眼中該有多可笑啊。

越是想到自己曾經真心相待，強烈的羞恥感就像陷阱般將他困住，現在無論做什麼，都只會被崔世暻當笑話看，他只想趕快逃走。韓泰燮想起父親曾告誡他，喝酒不能動手，他以喝了酒為藉口，打開了後座的車門下車。

崔世暻沒有阻止他。韓泰燮回頭一看，崔世暻臉上仍然掛著嘲諷的笑容，韓泰燮氣得想用力摔上車門，但一想起這輛進口車的價格時，即使氣得頭昏腦脹，也只能輕輕關上車門，最後留下的只是深深的屈辱。

韓泰燮緊握雙拳走遠的背影顯得格外淒涼。

宋理巚與對方駕駛達成協議後，對方一副放下心頭大石的模樣滿意地離開了，滿頭大汗回到車上的宋理巚，吐了吐舌頭，立刻察覺到少了一個人。

「哇，累死我了！崔世暻，你欠我一個大人情……咦，韓泰燮去哪裡了？」

韓泰燮的塊頭那麼大根本無處可藏，但宋理巚還是看了空蕩蕩的後座一眼，崔世暻按著宋理巚的肩膀讓他坐下，並順手幫他拉了安全帶。

「他說有急事就走掉了。」

「這麼突然？」

宋理巚順著崔世暻按的力道靠在椅背上說道：「再怎麼說也不能不說一聲就走啊，有急事的話，我也可以送他一程啊。」

「就是啊，真可惜。」

宋理巚從崔世暻手中接過安全帶扣環時停下了動作，崔世暻那充滿遺憾的回應太過親切，感覺有點做作，這過度的親切，讓他想起高中時新學期見到的崔世暻。

原本遲鈍的感覺忽然變得敏銳起來，這時，之前完全沒起疑的車禍現場開始顯得有些違和。

「……」

宋理巚注視著車禍現場僅存的保險桿碎片，這是崔世暻第一次出車禍，崔世暻的駕駛技術很好，對空間的掌握度高，反應也很快，比起小心翼翼地避免事故，他更擅長依靠直覺做出正確的判斷，即使踩油門加速他也不會害怕。

沒錯，他膽子很大，大到敢故意製造車禍的程度，輕微的擦撞在他眼裡根本不值一提。

不需多想，一直把新車開得好好的，連一點刮痕都沒有的崔世暻突然出了車禍，而說好要載到車站的韓泰燮，剛好在宋理獻不在時，沒打招呼就離開，這絕非單純的巧合。

若是如此，崔世暻為何要故意製造車禍？

「掉頭回去。」宋理獻忍不住冷冷地喝斥道。

酒意瞬間消退的宋理獻，思緒變得清晰，想到被崔世暻的惡作劇耍得團團轉，加上他故意製造車禍的荒唐行為，讓他感到憤怒不已，宋理獻深深吸了一口氣，試圖平復情緒，但他的眼角仍不受控制地顫抖著。

「現在回家恐怕講不完，還是找個安靜的地方去吧。」

離開市區後，同一條道路上的車輛逐漸減少，當進入路燈稀疏的郊外時，路上只剩下一輛白色休旅車。

宋理獻面無表情地凝視著車頭燈照亮的路面，道路兩旁是乾枯的灌木叢和鋪滿光禿禿樹枝的山坡。

在寂靜中前進的車子停在靠近登山口的一個偏僻停車場。人煙罕至，山影深沉，孤燈照射下的登山口如同獸口大開，越深入越暗，最後與山的黑影融為一體。

車子停在登山口唯一的路燈後方，引擎熄火後不知過了多久，山中貓頭鷹的鳴叫聲從車窗傳來。當光線透過座位間滲透時，宋理獻清澈的眼眸閃閃發亮，他轉過頭來說：「我是在養孩子嗎？」

崔世暻也將手臂靠在方向盤上，身體轉向副駕駛座，路燈的光線沿著他的側臉線條勾勒出輪廓。

「你對韓泰燮做了什麼？」

「嫉妒。」

這過於坦率的回答令宋理獻一時語塞，他舔了舔乾燥的嘴唇，才想起他們爭執的原因。

「到底有什麼問題？臨時取消晚餐約會是我的錯，但這有必要吃醋到要撞車嗎？為了一頓飯你就嫉妒到撞車？」

「我才不會為了一頓飯嫉妒，反正我會跟你吃一輩子的晚餐，就算哪天有人摻和進來我也沒關係。」

「那你為什麼……」

如果不是因為韓泰燮介入讓約會泡湯，那究竟是哪裡出了問題？明明吃得很開心，玩得也很盡興，宋理獻無法理解。正當他想要質問時，腦中突然浮現出一個荒謬的可能性。

「你該不會是因為我叫你先去拿車才這樣的吧？就那十分鐘？」

「嗯。」崔世暻露出苦笑。

「我嫉妒，連看到你和別人說話我都不喜歡，更討厭你因為同情而關心他們，我希望你只心疼我一個人。」

愛與嫉妒，像是紙張正反兩面密不可分的情感，這他都懂，所以宋理獻盡量不做會讓崔世暻討厭的事。因為學校距離遠，無法常常見到彼此，長得太美……有太多讓彼此不安的因素，但宋理獻已經盡力了，然而，無論多寡，從一開始就不可能完全消除這些不安因素。

宋理獻不能只顧著愛情而放棄一切。

雖然愛著崔世暻，但宋理獻的人生中並非只有崔世暻一人，就算是為了那個獻出肉體而離去的可憐靈魂，他也無法只關注崔世暻，按照他的期望而活。

「你也知道我不能那麼做。」

「我知道，我們未來一輩子在一起的時候，你沒辦法對許多人視而不見，你會去幫助他們，幫著幫著約會就被推遲，我會難過、誤解，我們會吵架，傷害彼此，最後被嫉妒吞噬，覺得自己才是受害者。」

平淡地訴說的未來讓人感到絕望，雖然可以猜到結局，但預測未來的崔世暻卻很鎮定，反倒是宋理獻感到窒息。

「唉……」宋理獻感到胸口像是被什麼壓住似的，捶打著自己的胸膛，這時手腕被崔世暻抓住，對上他那雙深沉幽暗的眼睛。

不像因茫然而感到窒息不知所措的宋理獻，崔世暻像是思考已久，眼神平靜且堅定。這是他長久以來的煩惱，來到這裡時，他也為這個思考做出了決定。

「理獻啊，利用我吧。」

一路開車開到這裡時，崔世暻吞下了嫉妒，放下了私欲，壓下了怒火，最終得出了這樣的結論，當他吞下令理智麻痺的嫉妒之後，很快就找回自己，答案也就自然浮現了。

「利用到我無法嫉妒的程度吧，隨便對待我也沒問題。你今天不是看到了嗎？我能做到的。」

面對終將別離的現實，宋理巘感到窒息，反之，崔世暻年輕而無所畏懼，毫不猶豫地選擇奮不顧身。

「像今天這樣……哪怕只有十分鐘也好，不要再把我從你的人生中排除，這樣就夠了。」

「……」

「如果有我不應該在的場合，提前告訴我，不要和我不認識的人單獨相處。」

滿天繁星的夜空如幕，懸掛在起伏的黑色山脊之上，崔世暻堅定的雙眼中閃爍著真心。

「不然我會失控的。」

「你啊……」宋理巘喪失了鬥志。

分離的恐懼雖被沖淡，卻像殘留物般隱隱作痛，他怎麼會恨崔世暻呢？雖然他有時顯得稚嫩，但他的真心總能讓年齡變得毫無意義。掩住嘴角轉過頭的宋理巘，耳垂在黑暗中微微泛紅。

在這輩子從未收過的告白面前，爭執變得毫無意義，宋理巘的臉頰紅了好一會兒，一時之間無法直視崔世暻。

「可是再怎樣，也不能開車直接撞上去啊……」

不過，這件事絕對不能輕易放過，就算嫉妒也該有個限度，世上哪有人會無緣無故去撞車。

宋理巚因為崔世暻太可愛而不忍發怒，最後只能以可惡罪來定他的罪。

不知珍惜生命，故意製造車禍的行為實在可惡。雖然崔世暻聲稱他評估過不會受傷才撞上去，但事故之所以稱為事故，正是因為無法預測後果，自以為能掌控結果的傲慢，應該一開始就拋棄。

想讓他明白這一點，但又不能對這個要他利用自己的傢伙發火，他不忍對如此珍貴的崔世暻說出任何難聽的話。

宋理巚經過深思後，脫下青色夾克，掛在椅背上，接著脫下了連帽衫。裡面穿的白色短袖T恤輕薄貼身，乳頭處微微突起。

對話結束之際，宋理巚忽然脫起衣服，崔世暻不解地問道：「你在幹麼？」

「為了讓你像個人。」

宋理巚熟練地開始準備，他抬起臀部將連帽衫鋪在座位上，坐好後抽出濕紙巾，仔細擦拭雙手，隨後解開褲子扣子。拉鍊聲響起時，崔世暻興致勃勃地靠了過來，宋理巚仍淡定地將內褲和褲子拉到膝蓋，接著打開手套箱，拿出潤滑劑。

「沒有我的允許不准碰，給我忍住。」

「嗯？」

崔世暻覺得情況不妙，想要抓住宋理巚的手臂制止，但被宋理巚拒絕。伸向宋理巚的手臂在那銳利的眼神前停了下來，不敢再靠近。

「我叫你忍住。」

「理獻啊。」

「這世上有哪個傢伙一生氣就去撞車的啊？我受不了你這種任性妄為的性格，給我改掉！」

宋理獻在手心擠滿了潤滑液，隨手扔掉了還在滴漏的瓶子後，便握住了自己的分身。只聽得見粗重呼吸聲的密閉空間裡，響起了濕潤的聲音，宋理獻兩手沾滿潤滑液，握住柔軟的性器上下套弄，溢出的潤滑液順著睪丸流到會陰處，墊在臀部的連帽衫上出現了深色的痕跡。

體溫融化了潤滑液，性器變得堅挺，握在手中的體積也變得更加粗大，在遠處路燈的微光照射下，黑色輪廓也產生了變化。

「唔……」

每次摩擦到胯下時，潤滑液都會四處噴濺，下腹完全濕透，因為射精感襲來，宋理獻緊閉雙眼，皺起眉頭，下巴微微突出。

「……」

崔世暻焦躁地舔了舔嘴唇，跨越到副駕駛座上，放平了座椅，像屋頂般覆蓋住仍握著性器向後仰躺的宋理獻。

他將手滑進白色短袖T恤裡，從腰部一路向上撫摸，把T恤拉到鎖骨處，平坦的胸膛上，興奮的乳頭尖挺地突起。知道只要吸吮那小巧的突起就會變大變硬的崔世暻，忍不住吞了吞口水。

但是，吐著粗重呼吸套弄性器的宋理巘，抬起頭冷冷地說：「手拿開。」

沙啞的聲音顯得混濁。崔世暻注意到宋理巘也興奮了，便微瞇著眼，手掌沿著裸露的腰線來回撫摸。

「讓我取悅你，好嗎？」

「還敢勾引。」

縱容這隻小狐狸的誘惑也得看時間地點，宋理巘今天絕對不會這麼容易就讓步。

「我不是說過不准碰我的身體嗎？」

「……」

「你，唔嗯……要懂得，呃……忍耐才行。」

「哪有人一生氣就開車亂撞啊。」

崔世暻聽懂了宋理巘帶著呻吟的抱怨，尷尬地笑著皺起眉頭，同時他的目光向下游移。宋理巘的臀部下沉，大腿抬高，那個在黑暗中若隱若現的穴口一張一合。

崔世暻的視線停留在緊閉的皺褶上，已經能猜到他在期待什麼了。

為了讓崔世暻更加焦躁，宋理巘將原本愛撫睪丸的手下移，滑過凹陷的會陰，輕輕揉著緊閉的皺褶，察覺到宋理巘意圖的崔世暻喉結劇烈起伏。

「唔……」

沾滿潤滑液的手指戳進穴口時，大腿不由自主地張開，乾澀的皺摺變得濕潤，吃力地吞吐著手指。大量的潤滑液在皺褶與手指之間流動融化，使穴口變得濕潤柔軟。

「嗯啊……」

雖然毫無章法地只揉按淺處，除了異物感之外沒有其他感覺，但崔世暻那執著的目光反而讓宋理獻更加興奮。當手指呈剪刀狀撐開小穴，融化的潤滑液沿著紅潤的內壁流出，這淫靡的畫面讓崔世暻按捺不住地哀求起來。

「讓我幫你，好嗎？我會讓你更舒服的。只有我知道你喜歡什麼。」

宋理獻喘息著，眼神迷離，卻仍斷斷續續地發出警告：「我，說過了……不准，碰我……」

當手指深入觸碰到前列腺時，宋理獻敏感的身體微微顫抖，大腿抽搐地靠攏，腰不由自主地扭動彎曲，隨著肩胛骨收縮手臂高舉，露出腋下誘人的嫩肉。

崔世暻的慾望高漲，他想啃咬吮吸宋理獻全身直到瘀青，甚至想瘋狂地磨蹭著他的性器。

崔世暻再也無法忍耐，跪著解開褲頭，當褲子褪到骨盆時，濕透的內褲散發出濃烈的氣味。

宋理獻睜開濕潤的眼睛，難以置信地問道：「……你射了？」

沒有任何肢體接觸，內褲卻已經濕透。微弱的光線下泛著光的深色痕跡，不可能只是前列腺液造成的濕潤，這讓宋理獻驚訝不已，光是看著他自慰就達到高潮，實在難以想像一個男人看著別人自慰就能射精。

崔世暻俯身向前，壓向驚訝的宋理獻，隨著身體前傾腹部收縮，腰線形成優美的弧度。

「因為你太誘人了。」

崔世暻握住射精後仍堅挺的肉棒，上下套弄著低聲道：「我這樣，很奇怪嗎？」在彼此面前自慰的荒謬情境，模糊了正常與異常的界線。

「……不會。」

宋理獻抓住崔世暻的後頸向下壓，將濃稠的潤滑液抹在他的頸後，壓低身子吻了上去，那被壓扁的柔軟唇瓣讓人無法抗拒。

「我想要你。」

修長的手指同時擠入穴口，粗細和溫度不同的手指交錯著按壓某個點，宋理獻像被電擊一樣猛然一顫。

「啊！」

崔世暻深深吻著宋理獻，同時不斷攪弄他的後穴，骨骼突出的前臂肌肉隆起，速度越來越快。

隨著穴口被撐到極限，融化的潤滑液四處飛濺，宋理獻想抓住崔世暻的手臂阻止，但身體因刺激而顫抖，使不上力，只能勉強抓住。

「啊，啊……嗯！」

濕潤的快感像藤蔓般迅速滋長，緊閉的眼簾內閃過白光，自慰時生澀的熱度被崔世暻的手點燃。

修剪得整齊漂亮的手指放肆地在內壁探尋，不斷刺激著發燙的嫩肉直到汁液四濺，執著地戳著同一點並來回摩擦的指尖迅速推高了快感，宋理獻的腳尖因快感抽搐起來。

「等等，慢、慢一點……」

難以承受的強烈快感，即使阻止手還是不斷地刺激前列腺。雷電般的快感在腦中閃現，未被撫摸的陰莖貼著肚臍抽搐著，射出濃稠的精液，噴濺在胸膛上的黏稠液體弄濕了挺立的乳頭後向下滑落。

崔世暻將因即將射精而顫抖的宋理巘大腿壓向胸口，趁內壁因射精而緊縮的瞬間，快速將肉棒深深插入。

「……唔！」

硬挺的肉棒在濕潤鬆軟的內部反覆抽送，宋理巘張著嘴大口喘氣，身體不由自主地顫抖。

崔世暻強忍著穿透脊椎的酥麻感，執著地壓著宋理巘，一次又一次狠狠地貫穿。包裹著肉棒的內壁又濕又熱，帶來純粹的快感，插入時緊密吸附，抽出時又纏綿不放的紅潤內壁，如此撩撥著崔世暻的本性，將快感推向極限，毫不保留地將彼此送上巔峰。

如野獸般興奮地喘著粗氣，車窗蒙上了一層水氣，汗水從崔世暻的鼻尖滲出，搖搖欲墜地滴落在宋理巘的眉間。

晃動中的宋理巘眼神迷離，他用雙臂緊緊環抱崔世暻的後頸，舔著崔世暻汗濕的臉，承受著下方傳來的快感，每當肉棒頂到內壁深處，腳趾都會不由自主地蜷起。

修長的腿在腰旁微微搖晃，隨著崔世暻的律動擺動，最終纏繞在他的背腰處，小腿緊壓著他的腰背，臀肉被擠壓到無法再深入時，兩人像抓住救命繩般緊緊相擁，全身在如白光般瀰漫的快感中顫抖。

　快感如白光般在漆黑的夜晚綻放，腳下那片泛白之地，因為彼此相伴而不再令人畏懼。

（未完待續）

番外六

愉快的校園生活（下）

為了驅散車內性愛過後的氣味，崔世暻開了一指寬的車窗縫隙，讓不合季節的冷氣從縫隙流洩而出。車裡的宋理獻躺在後仰的副駕座上，緊閉雙眼皺著眉頭，臉上流露疲態。

「好熱……」

臉頰發燙泛紅的宋理獻雖然喊熱，身上卻蓋著崔世暻的襯衫，此刻的身體狀況讓他連空調的冷風都難以忍受，呼嘯而出的冷風彷彿有實體般刺痛。

因為忍受不了熱而開了冷氣，但冷風一碰到皮膚就令他難受，崔世暻本來想幫他穿上衣服，但因為太熱，上身只穿了短袖T恤，最後還是拿了崔世暻的襯衫蓋在身上後躺下。

「唔嗯……」腰部不適的宋理獻艱難地翻身面向車窗，微微張開眼睛。

看見停車場一角販賣機前站著一個修長的背影，雖然只是牛仔褲搭配白色T恤，但因體格健碩而格外吸睛。這個人在猶豫片刻後，按下了販賣機的按鈕。

崔世暻從自動販賣機的出口處拿出兩罐飲料握在手中，發現宋理獻愣愣地望著自己，便露出燦爛的笑容。

這麼短的距離明明可以走過來就好，但他卻非得要跑步而來。

沾染了三月夜晚清新空氣的崔世暻坐進駕駛座，身上散發出山林草木與春夜花朵的芬芳。

崔世暻手握著罐裝飲料，將冰冷的手放在宋理獻的額頭說：「燒還沒退呢。」

即使宋理獻怒瞪著他，崔世暻依然嘻笑著，將冰涼的飲料貼在他的臉頰上，彷彿剛才不是用錢，而是用眼色從販賣機買來飲料似的。

看著崔世暻像隻純真的小狗般搖尾巴討好的模樣，宋理巘連氣也發不出，只好搶過飲料貼在發燙的後頸降溫。

「氣消了嗎？」

「我什麼時候生過氣？」

「要是讓你生氣兩次，怕是要出人命了。」

宋理巘翻了個身，面朝駕駛座躺下，崔世暻也同樣靠在座椅上，與他對視著。

「不要故意撞車，知道了嗎？」

「……」

崔世暻用鼻梁蹭著宋理巘的臉頰和脖子，卻始終不肯回答，這不是小孩子在耍賴是什麼？

「不回答嗎？」

「知道了。」

雖然逼問出了答案，但感覺就像被迫接受了一個磕頭似的，宋理巘又無奈又覺得好笑，忍不住笑出聲來。

「我這根本就像在養小孩嘛。」

崔世暻輕輕地牽起宋理巘的手，眼神溫柔地看著他說道：「就是啊，我這裡都是理巘在照顧的。」

那厚臉皮又帶點狡黠的模樣，竟然讓人覺得可愛，這絕對不是視力的問題。這程度已經算是重症了，宋理巘清楚自己客觀上有問題，但卻沒有想要改正的念頭。

「爽嗎？」

「超級爽。」

坦率直言不再隱忍的崔世暻，讓一切變得值得，就像挖掘到沒人發現的寶石般，內心充滿了自豪與滿足。

「那你做點讓人心動的事吧。」

崔世暻猶豫了一會，用雙手捧住了宋理巘的臉頰，與之前激烈的性愛不同，這次他小心翼翼地撫摸對方的臉，按照宋理巘之前教過的方法，臉慢慢靠近後溫柔地交纏著舌頭。

崔世暻的手滑過對方的脖頸來到肩膀，這時環抱肩膀的手傳來微熱的溫度，他慢慢地撫摸著線條分明的肩膀，同時加深這個吻，舌頭在口中恣意探索。

——這感覺真棒……

全身彷彿浸泡在溫水中般放鬆，宋理巘閉上迷濛的雙眼。

游移在肩上的手、交疊的唇與交纏的舌尖，以及柔和的暖意，都讓他感到無比地滿足。

⁂

韓泰燮回家後躺在床上，想了很久，怎麼想都覺得不對勁，崔世暻是第三者，又不是大學同學，沒有理由受到那樣的羞辱。

在安全的地方酒醒後，羞恥感彷彿巨浪般慢慢襲捲而來。

宛如人類在大自然面前顯得無助，韓泰燮面對這般憤怒只能束手無策地被吞噬。

當時不該像被趕下車般落荒而逃，怎麼會因為吃飯那短短幾個小時的善意，就心生好感地想要信任呢？

——你以為自己有多了不起？

那個時候應該當面質問他的，但卻連一句話都沒說就狼狽地下了車。韓泰燮越想越憤怒，氣得渾身發抖。

韓泰燮整個週末都沉浸在怒火中，最後如黑色骸骨般留下的是被背叛的感覺。表面對他說要好好相處，要他替女友保守祕密，背地裡卻到處說他壞話，讓韓泰燮感到深深的背叛，他原本單純地想與宋理獻成為好朋友，但這份背叛感並沒有指向直接侮辱他的崔世暻，而是像利箭一般射向宋理獻。

讓無故曠課的韓泰燮振作起來踏進學校的動力，並非憤怒而是背叛感。

韓泰燮在D大學的校園裡，到處尋找宋理獻，他今天肯定又在同學中傲慢地扮演領袖的角色。

沒有同學可以詢問他在哪裡，韓泰燮只能漫無目的地徘徊，直到在校內咖啡廳看到一群同學走出來，果不其然宋理獻就在人群中。韓泰燮氣沖沖地走上前時，一位同學先發現了他，熱情地揮手跟他打招呼。

「喔，泰燮啊，上午的課你怎麼沒來？這傢伙幫你代點名了。」

「哇，我沒想到代點名居然可以成功。」

「泰燮啊，你知道嗎？理獻說他今天第一次喝珍珠奶茶，是不是很扯？他還說為什麼要喝那些像青蛙卵的東西，他肯定是從深山來的。」

同學們刻意誇張地接近韓泰燮，假裝沒發生過之間的尷尬，而宋理獻也在其中。看著在人群中吸著珍珠奶茶的宋理獻就覺得討厭，韓泰燮整個週末心如焦炭痛苦不堪，而宋理獻卻厚著臉皮，一臉悠閒地吸著珍珠奶茶裡的珍珠，這讓韓泰燮的背叛感再次被憤怒點燃，沸騰了起來。

然而，韓泰燮無視那些熱情的同學，把他們當成透明人，他憑著僅存的耐心，打算把宋理獻叫到其他地方，給他最後一次解釋的機會。

「宋理獻，我們換個地方聊聊。」

宋理獻仍忙著用吸管吸入一顆又一顆的珍珠，無法開口說話，這時察覺到韓泰燮不對勁的同學們趕緊插話進來。

「怎麼了？你們倆吵架了嗎？」

「什麼事啊？怎麼了？幹麼這麼嚴肅？喂，別這樣，快點和好啦……」

宋理獻像沒長嘴似的，反倒是周圍的人吵成一團。看到同學們毫無理由地一味偏袒宋理獻，韓泰燮氣得不行，他們什麼都不知道，如果知道宋理獻背地裡幹了什麼，他們就不會這樣偏袒他了。

「你是不是在崔世暻面前說我壞話了？」

「你在說什麼啊？不是啦！理獻還說要跟你喝酒和好呢。」

宋理獻一聲不吭，反而是周圍的同學們忙著為他辯護，這讓韓泰燮氣得火冒三丈，他滿腔的怒火像蒸氣般噴發，如同煙囪冒煙。

他衝動地揭露了宋理獻的所作所為：「跟我和好什麼？要和好的人會跑去跟別校的傢伙說我壞話嗎？」

說著說著，當時的屈辱感再次湧了上來，事到如今，韓泰燮乾脆把心裡話全說了出來。

「他媽的，崔世暻那傢伙是瘋子吧？」

正嚼著珍珠的下巴突然停住，眼神如照片般定格，清晰的輪廓顯得冷峻，那淡色的瞳孔如霜刃般銳利，韓泰燮本能地想後退，卻使勁穩住自己的腳步。

過了一會兒，宋理獻跟著重複韓泰燮的話：「他媽的？」

雖然同樣是沒有感情的髒話，但感覺體感溫度卻不斷在下降。

「瘋子……」宋理獻像是在咀嚼什麼似的，慢慢地吐出了這句話。

他推開同學們，站在與韓泰燮相隔幾步的位置。

「崔世暻雖然與眾不同，但還不至於被你這樣說。」

他給人的印象一直是隨和又可愛，但現在卻明顯不同了，緊抿的嘴角和冷峻的眼神散發出前所未有的寒意，韓泰燮不由自主地吞了吞口水。

「你肯定是做了什麼，才會被人那樣說吧。」

宋理獻知道是崔世暻先激怒了韓泰燮，這是崔世暻的錯，他也能感同身受韓泰燮為何生氣。但即便如此，也不代表他會容忍別人罵崔世暻，就算崔世暻犯了錯，宋理巚也會站在崔世暻這邊，就算天塌下來也不會改變。

然而對受到侮辱的韓泰燮來說，這不僅讓他受傷，還讓他感到很委屈。

「我到底做錯了什麼！因為他對我好，所以相信他，崔世暻嘲笑我的時候，我一句話都回不了，只能被他羞辱！」

韓泰燮想到當時的情況，最讓自己感到委屈的屈辱感再度浮現。

「你女朋友有那麼了不起嗎？我不過是查了她的社群帳號，就該被大家罵嗎？」

韓泰燮喊出的抱怨提及了他從崔世暻那裡遭受的羞辱，但這同時也是他與同學關係疏遠的原因，自覺心虛的同學們肩膀微微顫抖，但這對宋理巚卻毫無作用。

「應該就是吧，誰叫你偷偷摸摸查別人的對象，活該被嘲笑。」

明明是崔世暻的錯，但宋理巚卻指責韓泰燮並袒護崔世暻，這讓韓泰燮理智全失，他的情緒變得極端、思維開始扭曲，甚至變得殘忍。

「那你呢？這就是你的伎倆嗎？請吃飯，假裝對人好，然後背後捅人一刀？」韓泰燮提高了音量。

「什麼？」

「假裝對人好也是為了滿足你的私心吧？你想當好人，又想當系學會會長，想獨占所有好處！」

韓泰燮的指責無意間觸及了宋理巚內心深處某個角落，這並非有意為之，就像隨手丟出一顆石頭，卻恰好打中了青蛙一樣，韓泰燮隨口的指責恰巧與宋理巚靈魂離去的那一瞬間重疊，讓宋理巚的心跳開始加速。

他對對方好並不是為了得到這具身體，單純只是心疼那個靈魂想要幫忙而已。然而，如今靈魂離去，他卻占據了這具身體，無論本意如何，都如韓泰燮指責的那樣占盡好處，留下了深深的罪惡感。

見到那張冷峻的臉開始動搖時，韓泰燮便下定決心繼續追擊。

「你的人生就是這樣過的嗎？欺負別人，然後再嘲笑他們？」

「說話小心點。」

「你才該說話小心吧！別在背後說人壞話！」

——要忍住，必須忍住，對方只是個小孩，才剛滿二十歲，身分證上的墨水都還沒乾的小子，不能跟這種乳臭未乾的傢伙一般見識。

宋理巘不斷自我洗腦要忍耐，即使手上用力讓外帶杯變形，他還是忍住沒有揮出拳頭，塑膠杯被捏得變形，上面的塑膠封膜也破了，溢出的飲料弄濕了他的手。

然而，韓泰燮卻精準地戳到了宋理巘的痛處，為了要加倍奉還自己受到的傷害，他誇大其詞地發動攻擊。

「你就是見不得別人好吧？什麼都是你最好吧？所有人都要喜歡你吧？全部都搶走，占為己有，連可憐人的東西也不放過，這樣你才滿意嗎？」

幾個月前，送走宋理巘靈魂時的無力感與罪惡感如同水位高漲的水壩般再次湧現。宋理巘深吸了一口氣，勉強壓抑著情緒，發出了警告。

「我警告過你說話小心點。」

「裝得一副自己多善良，表現得連肝都願意掏出來似的，結果被發現在背後說人壞話，就惱羞成怒了嗎？」

——忍住，忍住，必須忍住。

宋理巘反覆告誡自己，但他的手指卻越來越用力，將薄薄的杯子捏得更加扭曲，怒氣越來越強烈，韓泰燮就變得更加殘忍，只要能將受過的傷痛原封不動的還給對方，他什麼都做得出來。

不知不覺間，韓泰燮忘記了崔世暻，只挑宋理巘最憤怒的點進行攻擊，言語雖然無形，卻比刀劍更加鋒利，讓人感到如刺穿心臟般的劇痛。

「假裝關心別人，結果好處都自己占去，為了在大家面前留下好印象，說什麼要和我和好的鬼話，背後卻拿我當笑話看。」

宋理巘從來沒有那個念頭，他是真心為離去的靈魂著想，如果靈魂回來，他會毫不猶豫地交出身體，他感謝對方讓他實現能上學的終生夙願，若說還有什麼私心，也只是想跟崔世暻做最後道別，他絕對從未想過要嘲弄宋理巘的靈魂。

不過，韓泰燮並不知道宋理巘的想法，仍舊在他的罪惡感上狠狠地釘了釘子。

「你就是這種人，一副善良的樣子，占盡所有好處，還瞧不起別人。」

韓泰燮瞪大眼睛怒視著宋理巘，然後將自己滿腔的怨恨揉進字裡行間，咬牙切齒地說：「偽善的傢伙。」

宋理巘將變形的外帶杯扔了出去。

啪啊——

韓泰燮抬起手臂想擋住，但變形的杯子仍擊中了他的臉，杯內的東西灑了出來，奶茶濺入眼睛，讓韓泰燮痛得緊閉雙眼。

「喂，喂……喂，喂！宋理巘！快攔住他！」

韓泰燮彷彿聽見同學們驚慌地阻止，接著感到臉頰一陣劇痛，眼前一片昏暗，隨即重摔倒下，他還來不及為屁股著地的痛楚皺眉，左臉又挨了一記重擊，讓他整個人徹底癱倒在地。

「臭小子，你算老幾，什麼都不懂還敢亂說。」

宋理巘一把抓住韓泰燮的衣領跨坐上去，接連揮拳猛擊，儘管他情緒激動，拳頭仍精準地擊中同一個位置。韓泰燮嘴裡似乎破了，嘴裡傳來一股鹹腥的血味，即使韓泰燮嘴角滲血，宋理巘仍不停揮拳。

然而，身為運動健將的韓泰燮也不甘示弱，雖然因為飲料濺入眼中刺痛難忍，只能睜著一隻眼睛，但他揮出的拳頭仍準確地打中宋理巘的臉頰。趁著宋理巘的頭被打偏時，韓泰燮抓住他的衣領，將他往旁邊拽開，隨即翻身跨坐在宋理巘的身上。

厚重的拳頭毫不留情地落在宋理巘的臉頰上。

「他媽的，我啊！」韓泰燮一邊揮拳，一邊咆哮到喉結顫動。

與同學關係破裂積累的鬱悶，加上被崔世暻欺負的憤怒，讓他怒火中燒聲嘶力竭，臉上的奶茶和滾燙淚水混在一起從臉上滑落。

韓泰燮失去理智，胡亂揮拳狂吼：「我是真的想和你好好相處的！」

宋理巘的頭隨著拳頭晃動，即使臉頰和太陽穴連番遭到痛擊，他仍瞪大眼睛，在搖晃的視野中抓住韓泰燮的手腕並使勁扭轉。

「啊！」

宋理巘拽著韓泰燮的手腕，然後用力蹬地翻滾而起，而他起身的軌跡裡，那冰冷的眼神留下了殘影。

局勢逆轉了。

宋理巘騎坐在韓泰燮的胸膛上，緊掐他的喉結使他無法反抗，血跡斑斑的臉上，目光如刀般銳利冰冷，失去理智的宋理巘舉起拳頭對準韓泰燮。

被壓在地上的韓泰燮望著那高高舉起遮住陽光的拳頭，哽咽著說道：「我……」

怒火發洩後，他的內心只剩下深深的失望和空虛感。

「我以為我們是朋友……」

宋理巘的拳頭頓時停在半空中。

「我是真心的啊……」

躺在地上的韓泰燮無助地嚎啕大哭，滾燙的眼淚順著太陽穴流下。

韓泰燮失去戰鬥的意志，像個孩子般委曲地哭泣，就像宋理巘送走靈魂那天的哭泣一樣，此刻他也將內心的情感全部宣洩而出。

想起那天晚上傾盆而下的大雨，聽著韓泰燮滿是哀傷的哭聲，宋理巘的拳頭也失去了氣力。

❧ ❧ ❧

一輛白色休旅車停在地下停車場並熄了火。

崔世暻從駕駛座下車，身穿休閒風格的長大衣，下襬隨風飄動，他煩躁地撥弄著頭髮。拿起手機貼在耳邊撥出電話的同時，他焦躁地按著電梯按鈕，即使電梯門正緩緩開啟，崔世暻仍不耐煩地又按了一次。

宋理巘的手機仍然關機，他剛才開車時甚至以問候為藉口打給瑞山大嬸，但也沒打聽到宋理巘的下落。

在上升的電梯裡，崔世暻再次確認了一個小時前收到的簡訊。

世暻啊TT你能聯絡到理巘嗎？理巘就這樣走掉了，電話也打不通TT

「理巘打架了？」

崔世暻一收到宋理巘同系女同學的聯絡，立刻回撥電話了解整件事的來龍去脈，一問之下才知道，根本不是什麼小衝突，而是拳腳相向的激烈衝突，好不容易把他們分開後，宋理巘卻獨自離去。

女同學擔心地說，宋理巘臉色蒼白得像要昏倒似的，雖然想留住他，但他卻執意要走。

——太魯莽了。

還沒弄清韓泰燮是什麼樣的人，就因為無法忍受宋理巘故意避開自己和韓泰燮單獨相處而鑄成大錯，應該花時間慎重地警告才對，而不是故意製造車禍。崔世暻焦躁地回想著這個不符合自己作風的失誤，等待電梯抵達家門。

不管是不是失誤，現在因為太擔心宋理巘，都快要瘋了。

打開玄關門，一雙歪斜散落的運動鞋映入眼簾。

「呼……」崔世暻扶著玄關步伐踉蹌。

他確認了宋理獻的下落，這時才真正體會到雙腿無力是什麼感覺，隨後將像擲柶戲⑦般亂扔的運動鞋整齊擺好。

屋內沒有開燈一片漆黑，穿過客廳準備前往臥室的崔世暻停下了腳步，在城市微光籠罩的客廳裡，看到他要找的人正抱膝縮成一團。正要上前的崔世暻停住了，因為他發現蜷縮的宋理獻腳邊有一個空的燒酒瓶和盛了半杯燒酒的馬克杯，濃烈的酒味這才撲鼻而來。

崔世暻單膝跪在蜷縮於沙發前的宋理獻旁邊，大衣下襬皺成一團。

「理獻啊。」

「……」

崔世暻將手輕輕放在宋理獻的肩膀上，但宋理獻仍然一動也不動。

「宋理獻。」

「……」

「聽說你也被打了，讓我看看你的臉。」

崔世暻試圖抬起宋理獻的小腦袋，但他仍堅持不肯抬頭，最後崔世暻不再強迫他抬頭，轉而將他擁入懷裡。

「我和韓泰燮通過電話了，他說他沒事。所以，讓我看看你的傷勢。」

「……我應該要忍住的。」濕潤的聲音低沉沙啞。

宋理巘推開崔世暻抬起頭來，他的臉上布滿傷痕，凝固的鼻血、烏青的瘀傷、擦傷的皮膚，以及從嘴裡滲出的血跡，整張臉沒有一處完好。

「啊……」看著受傷的宋理巘，崔世暻覺得比自己受傷還要心痛。

崔世暻小心翼翼地用掌心捧著宋理巘的臉頰，看著他的淚水順著乾裂的血跡滑落下來。

「我應該要忍住的，可是我沒忍住。」

拚命忍住的哭聲在崔世暻面前徹底爆發，彷彿等待已久，滿眶的淚水分成數道，順著臉頰流下。

宋理巘從不吝嗇眼淚，因為經歷過坎坷的人生，他深知生活的艱辛，認為如果眼淚能釋放壓力，那就盡情哭吧。

但是，他從不在孩子面前流淚，因為他知道孩子容易受他人情緒影響，對世界崩塌有著深深的恐懼，如果在孩子面前哭泣，他們會陷入更深的恐懼與不安，所以無論發生什麼事，他都不會在孩子面前哭泣。

然而，不知從何時開始，這個原則在崔世暻面前瓦解了。

在別人面前裝堅強、裝冷靜、忍住淚水的宋理巘，在崔世暻面前不再壓抑，這證

注釋⑦　擲柶戲：韓國人過年會玩的傳統遊戲，通常有兩名以上參加者，通過擲出四塊特製的木板，來決定各自在棋盤上所走的步數。

明他不再把崔世暻當作孩子，當需要哭泣的時候，他會等待崔世暻。
終於等到崔世暻來了，他便將隱忍的委屈全部傾訴出來，不再忍住眼淚。
「韓泰燮說的那些，是因為他不知道才說的……」
大顆的淚珠一滴一滴地往下掉，宋理獻緊抿著嘴唇，只是靜靜地坐著哭泣，卻感覺呼吸困難，明明只是流淚而已，五臟六腑卻像被絞在一起。
「我知道，我也知道……」
宋理獻只要想起那個將自己的人生讓給別人後，還帶著幸福笑容離去的孩子時，他的眼淚總是不由自主地湧上來。
崔世暻托起宋理獻的臉，兩人目光交會，接著他對著那淚痕斑駁的眼角，像是施展催眠般輕聲低語：「你沒有錯，都是我的錯，是我先去招惹韓泰燮的。」
崔世暻那對黑色的瞳孔中，倒映出宋理獻淚流滿面的模樣。
剛止住淚水的眼眶又再度含淚，誰對誰錯都已經不再重要，韓泰燮挑起的傷口再次裂開，鮮紅的血流了出來，那是靈魂離去後留在體內的傷口，隨時都有可能爆發的傷口。
宋理獻鬆開了崔世暻的大衣下襬，整個人崩潰了。
「好痛苦……我好痛苦，世暻啊。」
至今他仍飽受惡夢折磨，夢中的宋理獻在黑夜中奔跑，夢裡的黑夜傾盆大雨，狂風暴雨席捲而來，四周難以分辨，黑色的樹木如同深海中的海藻般來回搖晃。
就是那一天，宋理獻靈魂離去的那個夜晚。

如今，宋理獻為了尋找靈魂仍在夢裡奔跑，赤裸的雙腳即使在黑暗中也散發著慘白的光暈，為了找回靈魂而不停地奔波。

在無法分辨天與地的黑暗中邁步，每一步都如同跳入懸崖一般，但即便如此，他也無法停止。

當從懸崖墜落，從惡夢中驚醒時，那種深沉的失落感壓得他無法獨自承受。

因此，每當從惡夢中驚醒時，他總會去找崔世暻。宋理獻靈魂離去的那一年冬天，他表面看似正常，但只要從惡夢中驚醒，即使半夜也會赤腳穿過夜晚的街道去找崔世暻。

在那個白雪紛飛的冬日，冷得街道結冰的清晨，宋理獻赤腳跑來找崔世暻並給他打了電話。那天用雙手捂住宋理獻凍僵的腳幫他取暖時，崔世暻下定了同居的決心，為了不讓從惡夢中驚醒的宋理獻再次在街上徘徊，崔世暻決定守在宋理獻的身邊。

宋理獻將額頭靠在始終陪伴在身邊的崔世暻肩上，默默承受著內心的罪惡感。

「宋理獻把身體留給了我，我應該好好活下去，我也努力撐著……但我不知道，我做得好不好……」

「你做得很好，是我的錯，是我搞砸了一切。」

「我決定要好好活下去……宋理獻已經離開了，不會再回來了……他說喜歡看我好好活著的樣子……也許他還在某處看著我，我想讓他看到我的努力，所以才決定好好活下去……」

——那個曾經只在身邊靜靜觀望的靈魂說他很高興，因為我打破了他身體無法達到的極限，說他很開心能親眼見到這些改變。

「我以為，只要我過得好，宋理巘也會在某個地方看著我，然後感到開心……但是現在我不確定了，世暻啊，我真的不知道該怎麼辦才好……」

「對不起，是我不對，對不起……」崔世暻輕輕地抱住宋理巘的頭反覆道歉。

崔世暻感到自責，明知宋理巘曾在靈魂離去後幾天不吃不喝，明知他是抱著怎樣的覺悟決定活下去的，自己卻因為那小小的嫉妒而失去理智。

雖然宋理巘的靈魂已經離去，但當金得八的靈魂進入少年身體時，對少年的處境產生了共鳴，那深植的釘子至今仍無法拔除，即使想拔也是終生無法拔除，所以連試都不曾試過，只要活在這具身體裡，就註定要帶著這枚釘子過一輩子。

沒有解決的方法。

宋理巘的靈魂已經離去，只剩下這具身體，他必須活在這具他無法拋棄也不能怠慢的身體裡。

正如他無法找到為什麼要活著的理由一樣，他唯一能做的，就是在這具遺留的身體裡盡最大努力地活下去。

❧ ❧ ❧

韓泰燮在無故缺席兩天後，終於來到學校，他拖著沉重的腳步爬上樓梯，臉上貼了好幾個大大的ＯＫ繃和膚色的痠痛貼布，就像少年漫畫裡的十八歲熱血男兒。

然而，人生並非少年漫畫，和宋理獻打架受的傷只有痛苦，毫無感動可言，他前往系辦詢問休學的腳步顯得格外淒涼。

——真的可以在大一的上學期就辦休學嗎？

翻遍了學校網站，但都沒找到有人在大一上學期休學的案例，不知是沒有人這樣做過，還是他對大學還有留戀，潛意識忽略休學資訊，總之他沒找到休學相關的手續說明。

心煩意亂的他，甚至想過重考，但即使重考，他也只能報考體育教育系，所以沒有勇氣退學。韓泰燮選擇去當兵，把軍隊當成避難所，雖然擔心復學後的情況，但他就像往常一樣，把煩惱丟給未來的自己，眼下只想找到出口。

韓泰燮以被拉進屠宰場的心情推開了系辦的玻璃門。迴盪著打字聲的系辦對韓泰燮來說也是冷漠的，不知道該找誰的韓泰燮，看到開學典禮上見過的體育系助教，便隔著隔板小心翼翼地詢問了自己的事。

「那個，我想休學去當兵。」

「報上學號和姓名。」

當韓泰燮報出學號和姓名後，原本只盯著螢幕的助教終於抬起了頭，接著看到滿臉貼滿ＯＫ繃和遮不住的瘀青，助教嚇了一跳。

「韓泰燮，你的臉怎麼了？」

「……我摔了一跤。」

助教感覺追問也不會得到答案，便不再多問，取而代之是用一種看到什麼怪人般的眼神盯著他。

「你才大一，辦什麼當兵休學？而且還是系學會會長呢。」

「什麼？」

「你們不是昨天才選了系學會會長嗎？選完後一群人跑來報告，在這裡賴了三十分鐘才離開。你們這屆怎麼那麼喜歡成群結隊啊？」

——我可沒跟他們成群結隊……

韓泰燮在內心無聲的吶喊，或許是情緒流露在臉上，助教看他一副要哭的樣子，忍不住嘖了一聲。

「你們這屆的同學好像都在福利社，去看看吧。」

一樓福利社的桌子旁，聚集了十多名同學正在吃著零食。塑膠包裝內側的銀色包裝紙攤開後像反光板般閃亮，讓桌子顯得格外明亮，這群剛滿二十歲的大學生們，充滿了青春的氣息。

仰著頭把零食丟向空中再接住吃的金民洙最先發現了韓泰燮，喊道：「我們系學會會長駕到嘍。」

當零食掉落砸到金民洙的鼻子時，其他同學順著他的目光看向韓泰燮，尷尬地揮了揮手。

還好，前幾天和宋理巘打架後陪他一起去保健室的朴載元，裝作自然地迎接了他，韓泰燮像個機器人般生硬地張開手腳走了過去，他對同學們還心存芥蒂，所以態度顯得生硬。

「為什麼我會是系學會會長？我又沒報名。」

因為聽到的話與傳聞不同，同學們驚訝了一下，開始說明事情經過。

「理獻說的，他說你報名了系會長會長，要求把你加入候選人名單，但因為只有你一個候選人，所以你就當選了。」

「你們不是想讓宋理獻當系學會會長嗎？」

——那為什麼選我？

雖然這句話沒有說出口，但背後的意思同學們都懂，場面頓時尷尬了起來，沒人敢貿然開口，只是互相戳著對方的腰要對方來說，這讓韓泰燮的埋怨加深。

這時雙臂交叉放在桌上靜靜觀察的金彩琳喊了他的名字：「泰燮啊。」她的聲音雖然不高亢，卻有著平息喧鬧、聚焦視線的力量，雖然被這麼多人盯著看壓力應該不小，但金彩琳卻毫不動搖地說道：「我們去新生營的時候，有個倚老賣老學長叫我倒酒，是理獻幫我擋下來的，他甚至狠狠地修理了那個討人厭的學長一頓，把事情處理得妥妥當當的……讓他當系學會會長是因為這件事，並沒有什麼待別待遇。」

金彩琳作為這次不幸事件的受害者，她沒有拐彎抹角，直接了當說明了事情，同學們因為難題得到解決也爽快地說出了實情。

「就是啊！我們才不會無緣無故叫宋理獻當系學會會長。」

「理獻一直說不當，硬要他當是我們不對。」

「應該早一點告訴泰燮的。」

他們有些不好意思，於是在打招呼之前，補上了早該說的道歉。
「泰燮啊，對不起。我們太敏感了，其實搜尋社群網站也沒什麼……」
「聽了理獻的話，覺得你生氣也是應該的。」
「宋理獻說了什麼？」
——難道又在背後說我壞話？
聞言，韓泰燮氣得眼裡冒火，正準備發作時，同學們趕緊壓著他的肩膀，想讓他冷靜下來。
「理獻說是他的錯，他承認世暻確實說了你的壞話，他說那天你們一起吃飯的時候氣氛很好，但是世暻……嗯，因為誤解了我們系上的事，為了替理獻出頭才罵了你，理獻因為和世暻是多年好友，所以不得不站在他那邊……」
「理獻也跟我們道歉，說給大家造成了麻煩很對不起，他還說你那時候能忍住真是了不起。其實，打架前，泰燮還特意把理獻叫到一旁，說要先聊聊。」
「對啊。我們當時不該出頭，還不明就裡地一直幫理獻說話……泰燮你會生氣也是情有可原的。」
「泰燮也是我們的同學，這事確實是我們不對。」站得最近的同學金允宇開玩笑似地用拳頭輕捶韓泰燮的肩膀道歉。
韓泰燮此時還是一臉疑惑，不明白發生了什麼事。
「對了，你知道理獻強烈推薦你當系學會會長嗎？聽說你們一起吃晚飯時聊了很多。你真的會跆拳道、合氣道和劍道嗎？從什麼時候開始練的？你的術科怎麼樣？應該考得不錯吧？」

當話題自然轉向共同興趣時，男生們揮舞著拳頭熱烈討論起來。

「韓泰燮，我真的對你刮目相看了。你們有看到他跟理巘打架時的拳頭嗎？哇靠，我還以為我在看格鬥比賽呢。」

「說真的，那時要不是理巘潑了飲料，這場架……」

「理巘會被打趴吧。」

「理巘也很會打啊。你不記得他接住泰燮拳頭的那一幕嗎？」

「喂，難道你們以打架為榮嗎？別再說打架的事了。真是的，你們男生怎麼都這麼幼稚？」

男生們似乎對宋理巘和韓泰燮的拳頭交鋒印象深刻，正想重現當時的場景，卻遭到女生們的斥責，她們致力想化解宋理巘和韓泰燮之間的芥蒂。

「理巘真的像從深山來的，他說自己不大了解現在年輕人的文化，沒信心當系學會會長，他說韓泰燮你更適合。聽說你高中時參加很多領導相關活動。」

「對啊，理巘雖然沒做 **PPT** 投影片，但那程度簡直就是在做簡報了，真的！他講了好多你高中時的事，說你很棒，一定能勝任，花了好多時間說服大家，聽完後我也覺得你很適合，所以就同意了。」

「我也是！」

——宋理巘真的那樣說？

還記得在中餐廳吃飯時心情很好所以有提過，但沒想到宋理巘會全部記得，韓泰燮愣了一下，回過神立刻詢問宋理巚的去向。

「現在宋理巚在哪裡？」

「他去報名社團了。」

當同學們因不確定地點而顯得驚慌時，金彩琳指向了一棟灰色的大樓說：「就是餐廳那棟大樓，那裡樓上都是社團的辦公室。」

韓泰燮快速飛奔到餐廳大樓。正當他煩惱如何在這棟大樓找人時，發現了一個熟悉的身影正走出大樓。

韓泰燮深怕錯失機會，於是大聲喊道：「宋理巚！」

但是，戴著耳機的宋理巚似乎沒聽見，自顧自地往前走，沒有停下來。他穿著蓋住他半個手背的象牙色連帽衫，外面罩著特大號的藏青色開襟毛衣，看起來像是穿了室友的衣服，所以特別寬鬆，走路時隨風擺動。

「宋理巚！」

沒有聽見聲音而繼續向前走的宋理巚突然停下了腳步，他從口袋拿出手機，看到金彩琳發來的簡訊後四處張望，發現從後面跑過來的韓泰燮，便把耳機摘下掛在脖子上。站著等待的宋理巚臉上貼滿了ＯＫ繃和痠痛貼布，快速走近的韓泰燮看到自己造成的傷痕，不禁心虛地躊躇了起來。

「你來這裡幹麼？」

「那個……」

雖然衝動地跑來了，但真正見到宋理巚時，腦袋卻一片空白，什麼都說不出來。

而宋理獻也同樣地開不了口，他也一樣感到尷尬，自認心智年齡高，卻像個未滿二十歲的小屁孩般打架。感到丟臉的宋理獻不自覺地摸了摸眉毛，踢了踢地面以掩飾尷尬。

「……」

「……」

韓泰燮覺得必須說點什麼來打破這詭異的沉默，看見宋理獻手裡折成一半的社團宣傳單，便靈機一動開口問道：「你加入了什麼社團？」

「木吉他社。」

「木吉他？」

「我本來就喜歡木吉他，我喜歡木吉他有那麼好笑嗎？大家都笑成一團。」

雖然韓泰燮什麼都沒說，宋理獻卻自己跳出來反駁，似乎已經被嘲笑很多次了。從前世開始，他就對彈奏木吉他懷有浪漫情懷，下雨那天他穿過發生車禍的天橋，就是為了去那間老闆會現場彈奏木吉他的咖啡館。七星派的小弟們也曾笑他，說老大的品味還真特別，雖然現在的容貌和體格都不同了，但身邊的人反應卻完全相同。不管怎樣，從以前到現在都沒有人理解他的感性。

宋理獻悶悶不樂地踢著人行道磚時，韓泰燮鼓起勇氣，開口說出了他來找宋理獻的真正目的。

「……你為什麼那麼做？」

「什麼事？」

「你為什麼讓我當系學會會長？我聽說你在新生營教訓了那個討人厭的學長，幫同學解圍，明明你才適合當系學會會長，為什要推薦我？」

「是金彩琳跟你說的嗎？」

韓泰燮默默地點了點頭。

「這不是什麼好事，你別傳出去。」

「……」

「李智恩挺擔心你的……你知道李智恩是誰吧？個子有點矮的那個女生，大概這麼高。」宋理巘比劃著自己的胸口，大概估量了一下李智恩的身高，她是那個在同學們指責韓泰燮時，說著要好好相處而替韓泰燮說話的女生。

不想讓氣氛變得尷尬，宋理巘故意提起了李智恩的話題，但很快又無話可說，於是問起了韓國人最常問的寒暄問題。

「那個，嗯……你有按時吃飯嗎？」

「……」

「……要我請你吃飯嗎？」

如果是別人，韓泰燮一定會心存感激，因為開學初期過得實在太辛苦了，他甚至可能會感動得握住對方的手流下眼淚。然而，對方偏偏是宋理巘，作為不和的起因，他的幫助讓韓泰燮明知不該這樣，卻因那點可笑的自尊心，帶著自卑感反過來挑釁。

「你覺得我很可憐嗎？」

宋理巘像聽到什麼鬼話般挑起他細長的眉毛說：「你哪裡可憐了？吃得好過得好

的傢伙。」

「那你為什麼這樣對我？」

韓泰燮實在說不出「照顧」這樣的字眼，說話變得支支吾吾。

「為什麼，為什麼對同學們……」

作為跟同學們說那些話的當事人，宋理巘不可能不明白韓泰燮想說什麼，他抬頭看了看天，又看了看地，還環顧左右來往的路人，似乎在逃避什麼，最後他深深地嘆了一口氣，不得不從遠處收回視線直視了韓泰燮。

「因為我們是朋友啊。」宋理巘緊握著想要蜷縮的手指。

金得八二十歲時都沒說過什麼朋友、義氣之類的話，現在卻要跟一個毛頭小子談什麼熱血友情。

然而，沒有比這句話更貼切的解釋了。

畢竟，他就是二十歲的宋理巘。

「朋友之間哪有什麼可憐不可憐的。」

「……什麼朋友啊。」

才激烈地打了一架，宋理巘還說是朋友真可笑。打完架還說是朋友，這傢伙是沒自尊心嗎？以為說是朋友就能抹去在背後說壞話的事嗎……韓泰燮本來想反駁說「不是朋友」，但奇怪的是，他竟然感到安慰，說不出話來。

當感受到終於都結束了的安心感時，這段時間的委屈湧上了心頭。韓泰燮吸了吸鼻子，用棒球外套的袖子遮住眼角。

「你在哭嗎？」宋理獻彎下腰成L字形，從下方仰視韓泰燮遮住的臉。

韓泰燮不想讓人發現自己在哭，轉向另一邊，但宋理獻看到他眼角閃爍的淚光，驚訝地問：「真的哭了？」

因為和韓泰燮打過架，已經讓宋理獻的水準降到了小學生程度，他執著地跟著轉身的韓泰燮，從最初的驚訝變成惡作劇，不過是一瞬間的事。

當宋理獻笑著問「你在哭嗎？」時，韓泰燮忍不住發了火：「我沒哭啦。靠，有東西跑進眼睛裡了啦。」

宋理獻果然是因為韓泰燮才沒接電話，他抓了抓後腦杓，掏出了手機。隱約見到螢幕上有一個愛心符號，是他女朋友打來的電話。

「喂，幹麼。」

他沒好氣地接了電話，不只如此，他態度變得更差了，似乎女朋友說了什麼讓他皺起了眉頭。

「對，我加入社團了。怎麼連你也在笑？我彈木吉他有什麼好笑的……什麼？你找到了？怎麼找到的？……知道了，等我，我馬上過去。」

不過，他不耐煩的眼神並沒有持續很久，他的嘴角微微上揚，連眼神都變得柔和起來，雖然看起來像在抱怨，但那份默默流露的愛意卻是無法隱藏的。

「不知道，你那種先捅人一刀再給藥的毛病要改一改了。」

不久，他垂下眼簾，嘴角浮現燦爛的笑容，那正是開學聚餐結束後，韓泰燮在電線杆下見過的笑容。韓泰燮又再一次被那個笑容吸引，忽然想起在中餐廳裡，宋理獻拜託他保密女朋友時說的話。

那個說沒有女朋友可能就活不下去的宋理瓛。

以及說非常喜歡，甚至想結婚的宋理瓛。

「……啊！」

煩惱雖然可能延續許久，但頓悟往往只在一瞬間。

瞬間的頓悟化為驚嘆脫口而出。在各種資訊累積之後，韓泰燮終於能說明開學聚會那天，在電線桿下看到的宋理瓛的笑容。

他無法跟同學們清楚說明那個笑容，只能說它奇怪，這也是理所當然的，因為他無法用語言來完整表達那個笑容的全貌，所以韓泰燮才會如此苦惱。

那笑容是一個完全墜入愛河的男人的微笑。

韓泰燮站在原地，凝視著那彷彿愛情具象化的笑容許久，在明媚的陽光下與戀人通話的宋理瓛，看起來比任何人都幸福。不知為何，韓泰燮突然有種衝動，想要守護這個若沒有電話那頭的戀人就不會綻放的笑容。

之後隨著同學們之間的感情逐漸加深，新的學年也迎來了新生，總有許多人對那個只存在於傳聞中卻從未現身的宋理瓛女友感到好奇，每當發生這種情況，韓泰燮便會積極出面阻止，而那是尚未到來的未來故事。

（完）

番外七

璀璨之星

書房一片寂靜，只有偶爾靜音滑鼠的點擊聲，以及筆電鍵盤敲打的聲音，如同柴火燃燒的輕微聲響，在這寧靜中悄然迴盪。

宋理巘沒有動過同居公寓的裝潢，但書房例外，他先是將那張個人專用的大型辦公桌，換成一張能容納八人的實木大桌，並添置了數張不同款式的椅子。

曲線造型的落地燈和擺放於各處的加濕器，營造出舒適的氛圍，書櫃上展示著崔世暻因新愛好拍攝的照片，以及宋理巘驕傲展示的系上外套，為空間增添了親密感。

書房裡唯一沒有改變的就是占據一整面牆的書櫃。在這個被改造成咖啡館般的書房裡，宋理巘比任何人都更加認真地在準備期中考。

大一的考試科目是能有多少？但宋理巘仍未擺脫高三考生的拚勁，距離考試還有一個月的時間，他已經開始按照學長姐的建議擬定了計劃。大學和只需專心讀書的高中不同，需要操心的事情很多，要準備論述考試、報告和分組活動等，他甚至放棄了週末夜晚的娛樂，坐在書房裡專注地操作筆電。

「啊！」

宋理巘突然捂住後頸作勢要倒下，正在敲打鍵盤寫報告的崔世暻也停下動作。

崔世暻還沒來得及問發生什麼事，宋理巘就發出哀號：「PPT 不見了！」

宋理巘懊惱地趴在桌上，沉默持續片刻後，忽然雙眼冒火般坐起來敲打手機，並啃咬著彎曲的食指。

「金彩琳，完全聯繫不上。」

通識課分組的組員們在收到某位組員無故退出的訊息後紛紛回覆了，只有同組且是體育教育系同學的金彩琳沒有回覆。

然而，金彩琳的消息卻從一個意想不到的地方得知。

崔世暻儲存了正在寫的報告，伸了個懶腰後說道：「彩琳去參加聯誼了。」

「你怎麼會知道她現在在做什麼？」

「是我安排的，對象是我的同學。」

宋理巘投以懷疑的目光，唸書的興致頓時全消，他忙著處理手機上不停傳來的訊息，煩躁地撥亂了頭髮，和組員們交換意見後，發現沒有解決辦法，只好認命地操作靜音滑鼠。

靜默片刻後，他突然憤怒地握緊拳頭猛捶桌面，顯然無法接受這種從未發生過的狀況。

「真是膽大包天！自己該做的事不做，還敢無故退出失聯裝死？世風日下啊，抓到這臭小子，我非打斷他的腿不可！」

看見宋理巘越說越激動，好像真要去抓住那個失聯的組員打斷他的腿，世暻用腳底推地，滑動椅子的輪子。

「沒收理巘的假牙三天⑧。」

注釋⑧　沒收假牙：年輕人在網路上表達對中老年人囉唆說教感到厭煩時使用的說法，除了「沒收假牙」外，「沒收紅蔘軟糖」、「禁止收看《6點家鄉》兩週」等說法，也被用來貶低或嘲諷中老年族群。

順暢滑動的辦公椅撞上宋理巘椅子的扶手後停了下來，崔世暻將頭輕輕靠在宋理巘的頭上，讓他無法起身，然後看向顯示著PPT畫面的筆電螢幕。

難怪他剛才那麼安靜，原來是在製作PPT，只見游標在目錄處閃爍著。

「你在做PPT嗎？」

「沒辦法啊，明天就要發表了。靠，早知道會這樣，應該早點做報告的，白白等了。」宋理巘一邊埋怨，一邊繼續動手操作。

「負責資料調查的人說現在可以傳過來，反正是我要上臺報告，趕快做完簡報再準備就好。啊，講稿要怎麼找時間寫，考試要怎麼找時間讀啊！」

「真辛苦啊。」

崔世暻托著下巴，看著滑鼠游標快速移動，學期初連點擊滑鼠都很生疏，現在唸了一陣子大學，倒是挺熟練的。

果然，沒有什麼學習方法比親身體驗更有效了。

崔世暻原本托著下巴像看戲般旁觀，現在卻悄悄用肩膀輕碰宋理巘的肩。

「你真的要用這個報告嗎？」

宋理巘轉了轉眼珠，斜眼瞄了一眼，然後繼續在PPT中輸入文字，投影片上，只見一隻藍色的海獺捧著貝殼，黑亮的眼睛閃閃發光。

「你不覺得這很可愛嗎？結果大家都不喜歡。」

「大家的意見一致，肯定是有原因的吧？」

不覺得可愛竟然也能這麼拐彎抹角地表達，真是辛苦宋理巘的同學了。宋理巘本想反駁，卻咬住了嘴唇，本以為至少崔世暻會站在自己這邊，沒想到和同學沒有什麼不同，就算不可愛，說可愛會怎樣，難道天會塌下來嗎？

越想越生氣的宋理巘打開網頁搜尋了一番，然後轉動筆電展示給對方看。

「這傢伙跟你長得很像。」

螢幕上出現一隻粉紅色松鼠⑨，手拿著核桃歪著頭，雖然很可愛，但說外表像崔世暻，似乎有點牽強。

宋理巘從未看過有藍色海獺⑩角色的漫畫，但當他說沒看過時，體育系的同學們非常驚訝，立刻幫他在YouTube上找了影片。現在他也知道這些角色的性格，宋理巘越看越覺得松鼠這個角色跟崔世暻簡直是絕配，感到非常滿足。

「裝可愛又做作的模樣，完全就是崔世暻。」

沒有發出聲音，只是動了動嘴巴的崔世暻，用手輕觸筆電觸控板，開啟了新的頁面，「理巘啊，你跟牠很像。」

畫面出現了一隻緊皺眉頭、眉間隆起如尖山的憤怒浣熊⑪角色。宋理巘也知道這角色的性格，還有什麼情況下眉間會出現那樣的皺紋，宋理巘努力壓制自己正要像那隻浣熊一樣皺起的眉間。

注釋⑨　粉紅色松鼠：日本漫畫《暖暖日記》裡的角色。

注釋⑩　藍色海獺：日本漫畫《暖暖日記》裡的角色。

注釋⑪　憤怒浣熊：日本漫畫《暖暖日記》裡的角色。

這場沒有勝負的爭執結束後，崔世暻將手伸到宋理巘握著滑鼠的手下方，推開了他的椅子，占據了宋理巘的位置後，崔世暻接手了筆電，點擊滑鼠操作起來。

「我做 PPT 的時候，你去寫講稿。」

「你不是要寫報告嗎？」

「報告下週才要交，時間很充足。」

「下週才要交的東西，你幹麼現在做？」

崔世暻沒有回答，直接打開程式，開始為要放入投影片的人物照片去背。

「我來做會比較快。」

滑鼠和鍵盤的操作雖然簡單，但卻在速度和品質上展現了極大的不同，當去背後的人物照片放入白底的投影片時，宋理巘似乎明白了為何那隻藍色海獺角色會被反對，即使是審美遲鈍的宋理巘，也看出了明顯的差距。

「因為是通識課，內容不難，而且調查資料也有了，你寫講稿的時候，告訴我重點就可以了。」

確實把簡報交給崔世暻做對拿高分更有利，看著陽春的簡報搖身一變成了專業水準時，宋理巘也不好再堅持己見。

想到崔世暻期中考在即，還有報告要寫，自己卻占用他的時間，宋理巘感到過意不去，偷偷觀察他的臉色，小聲地承諾日後一定會報答。

「……如果學校有人欺負你，就叫我，我會立刻過去。」

不過，崔世暻移動著滑鼠，只是用簡單的要求化解了這個情況。

「要謝我的話，就親我一下吧。」

——真是個善良的孩子。

宋理巘毫不猶豫地抓住了崔世暻的後腦杓，因為通識課組員突然失聯，連累崔世暻無奈扛下責任，宋理巘懷著感激的心情，給他送上了一個深情的吻。果然，改造過的書房氛圍很適合接吻。

❧ ❧ ❧

這是一座天花板呈拱形的挑高體育館。學生們正劃破水面在五十公尺的水道中游泳，踢水的動作激起了如波浪般的水花，飛濺的水珠透過窗戶折射著陽光，閃爍著透明的光芒。

游到水道盡頭後折返的學生觸摸了觸控板，在水中等待的下一位學生隨即出發，在這如齒輪般緊密相扣的接力中，宋理巘毫不落後。當前面的學生一觸碰到觸控板，在水裡待命的宋理巘立刻猛蹬池壁，如火箭般彈射出去。

他這驚人表現，並不像是上了幾小時速成課就能達到的水準。

游泳理論課程結束後進入實作，宋理巘是班上唯一沒有學過游泳的人。

但他曾因派系鬥爭被丟進仁川海域，所以學會了求生式游泳，也就是毫無章法的狗爬式。倚仗著不怕水又會漂浮的優勢，接受了教授的速成教學，加上運動神經不錯，在水道上游了幾圈後，就能自如地破浪前進。

教授快速地看了所有的成績，滿意地點了點頭，接著吹響了掛在脖子上的哨子。

嗶——

原本像迴轉壽司般在水道上輪流游泳的學生們全部停了下來，遠處的學生也游回池邊，戴著白色泳帽的體育教育系學生們像漂浮的水餃般聚在一起。

「大家辛苦了，今天的值日生是誰？」

「是我和宋理獻！」韓泰燮在水中遮著腋下舉起手。

教授的視線從韓泰燮移到宋理獻的身上，盯著他看了一會兒，似乎想說什麼，最後只抿著嘴唇。宋理獻滿懷敬意，專注地看著教授，等待著教授發言，但教授什麼也沒說，只是揮揮手示意學生們離開。

「整理好再離開。」

「謝謝老師！」

體育教育系的學生們聽到哨聲集合後，用宏亮的聲音高喊著口號，結束了這堂游泳課。

女同學們先往淋浴間走去，男生們則藉口要幫忙整理，聚集在韓泰燮和宋理獻身邊，當她們消失在淋浴間的牆後，立刻如氣球被針刺破般傳來喧鬧聲。

男生們將那些用於練習手部動作、夾在雙腿間的浮標收集起來，在送到器材室時聽到女生們的聲音，彼此交換了眼神。

「女生們好像也發現了。」

「發現了什麼？」

只有宋理獻沒跟他們交換眼神，他若無其事地詢問，其他人立刻把他轉了過來。

「哇靠，再看一次還是覺得很驚人。」

水流順著裸露的背部滑落，凹陷的豎脊肌清晰可見，背上布滿了如枯葉般褪色的痕跡，沿著脊椎延伸，宋理獻白皙的皮膚讓那些痕跡顯得更加情色。

「宋理獻，你瘋了吧。你跟女朋友也該節制點，你沒看見剛才教授欲言又止的樣子嗎？」

「教授？」

嚇了一跳的宋理獻拚命扭頭想看自己的背，但脖子的長度有限，後腦杓也沒長眼睛，無法親眼看到自己的背，但也猜到他們在說什麼。

應該是每次事後，崔世暻趁宋理獻虛脫無力趴著的時候，總是特別喜歡咬他的背，那些應該就是崔世暻留下的咬痕。

因為宣告要準備期中考而進入禁慾期，所以最近都沒有做，也就沒有特別注意，看來崔世暻留下的痕跡還沒褪去。

「你女朋友也太猛了吧？這些痕跡都是她用嘴留下的嗎？也太強了……根本是吸盤吧。」

「你難道看不出來嗎？這裡上面跟下面的顏色都不一樣？這根本不是吸盤的問題，而是極度執著才留下的痕跡。這是連續幾天……咳咳，總之，這不是一夜之間就弄得出來的。」

「啊啊——」同學們對韓泰燮提出的合理分析發出讚歎聲，他們一副恍然大悟的樣子，真心誇獎著自己沒察覺到的事實，活像是一群烏合之眾在比較誰高誰矮。

雖然已經成年，但不過才幾個月，性愛對他們來說仍是剛踏入的未知領域，即使是有女朋友的同學，也只是慢慢開始嘗試基本體位，宋理巘敢於進行大膽的性愛，令他們感到新奇不已。

金民洙用食指擦拭宋理巘背上的痕跡，想看看能不能擦掉，然後說道：「如果下次痕跡還在，理巘你就得穿連身泳衣了。」

「週末應該又會重演一次，痕跡怎麼可能會消失？只會變得更深吧。」

「他媽的也太色了，羨慕死了。」

因為被教授發現而嘆氣，暗自反省以後要小心點的宋理巘，聽到帶著羨慕的讚歎時忍不住輕笑。

——這些小屁孩去哪裡能看到這種好事？

又不是未成年，對這些什麼都懂的臭小子也不需要裝得多健康。

宋理巘揚起嘴角露出冷笑，展現出男性的氣勢。

「羨慕嗎？」

與伴侶發生關係並不受性別的限制，而且，與其說宋理巘和男人做愛，不如說是和崔世暻做愛，因此沒有被男人壓在身下的羞恥感。宋理巘因擁有人人垂涎的崔世暻而感到自豪，以及分享極致快感的滿足感，讓他不由自主地挺起胸膛，引來同學們帶著調侃的指責聲。

「這傢伙簡直就是野獸啊，野獸。」

「哎喲，好色喔。你們也太激烈了吧。」

善後整理結束後，宋理巘不理會那些廢話，從人群中走出來朝淋浴室走去，同學們也一窩蜂地跟了上來。

「好好用功讀書吧，這樣自然會遇到好女生。」

「你這話也太老派了吧？有時候覺得你比我爸還要誇張。」

宋理巘抓住說他老派的傢伙，一邊用力按摩他僵硬的肩膀（痛苦的慘叫聲迴響著），一邊問起了下午的安排。

「今天誰負責預約自修室？」

「難得停課，幹麼念書？期中考還早得很。」

「剩不到一個月了。」

「這樣下去，宋理巘不會是系上第一名吧？」

「我可不能讓那種事發生。從今天開始進入血戰期中考，有人要加入嗎？」

話題很快就轉到期中考上，宋理巘一邊與同齡人開著帶點虛張聲勢的玩笑一邊移動時，感覺左手腕一陣震動，他低頭看智慧手錶，上頭彈出了一條新訊息。

空無一人的房子裡響起玄關密碼鎖開啟的機械聲，宋理巘進門時甩掉運動鞋，把郵差包往沙發一丟，隨即走向廚房。

沒花什麼時間就找到了，崔世暻透過筆電的通訊軟體聯絡，說早上開洗碗機時把手機忘在這裡，果然手機就放在餐桌上。

「年紀輕輕的就開始丟三落四。」

宋理獻拿起手機，解鎖後確認是否有收到重要的訊息。

「真是的，崔世暻，沒有我你要怎麼活啊。」

雖然訊息很多，但看起來沒什麼急事，宋理獻正打算只拿了崔世暻的手機就輕鬆出門，穿著襪子的雙腳忽然停下了像在走廊滑冰般的滑行動作。

「啊，對了。」

天氣預報說晚上會下雨，宋理獻撿起扔在沙發上的郵差包，取出沉重的專業教科書，揹上空包後走到玄關，拿了兩把折傘放進包裡。隨後，他往地面敲了敲鞋頭，把運動鞋穿好後就走出了家門。

計程車駛過韓國大學正門後又開了好一段路，最後才在一棟標示為經營學系館前停了下來，宋理獻這才理解為何剛才司機問他該系的具體位置，他隨即環顧了一下這晴朗的校園。

「我們學校簡直就像小孩子的遊樂場一樣。」

現在的關鍵是，要如何在這個廣大的校園裡找到崔世暻，宋理獻原以為到系館就能見到崔世暻，後來才想到他的手機在自己這裡。心想他晚點開筆電就會看到，於是傳了自己已到學校的訊息，然後開始漫無目的地隨便走動。

所幸這次沒有選錯，宋理獻很快就發現了崔世暻。

「喔。」

不過，他不是一個人。

不知道他們要去哪裡，崔世暻的身邊擠滿了同學，身高比其他人高出一個頭的崔世暻非常顯眼，臉上依舊掛著那溫和的笑容。

因為腿長步伐快的崔世暻，左右兩邊是身高相仿的男生，後面則跟著女生和步伐較慢的人。在歡笑喧鬧的人群中，崔世暻也露出了相似的表情，他本就性格沉穩，不像同齡人那樣活潑，但他仍以適當的微笑引領著大家。

每次問他學校生活時，他總是顯得興致缺缺，但似乎並非完全如此，雖然不知道他內心的真實想法，但外表上他看起來就是個普通的大學生。迎面而來的風吹起了崔世暻的瀏海，隨風飄過的櫻花瓣拂過他的額頭，襯托出他立體的五官。

在燦爛的陽光下，二十歲的崔世暻比任何人都更加閃耀。

「……咦？」宋理獻按著心臟附近，剛才為什麼心跳加快？手掌下能清晰感受到急促的心跳。

是因為很久沒見過崔世暻和別人在一起的樣子嗎？不，是第一次嗎？宋理獻看著眼前陌生的景象，遲遲沒能靠近崔世暻，只是尷尬地搔了搔後後腦杓。被崔世暻吸引目光的並不只宋理獻一人。

「你看那裡。就是他，他就是經營學系的新生。」

路過的兩名女大生其中一人用平板電腦包遮掩地指著崔世暻時，站在她們身後的宋理獻不經意間聽見了這段對話。

「他就是那個人嗎？長得真的很帥耶。」

「對啊，人就該懂得放下！得把妳前男友忘記，才能看到這張臉後說出『長得帥』這種話。」

「我不是說過別提那傢伙了嗎？」

為了快速轉移前男友的話題，女大生們開始談論起崔世暻，關於崔世暻的傳聞很快從外貌擴展到他個人的生活。

「他可是以榜首成績入學的，聽說他家世也很厲害，他母親是S百貨公司的社長，就是那個集團旗下的子公司啊，就是那種名門望族。」

這些都是在崔世暻高中刻意隱瞞家世時從未聽過的傳聞。上了大學後，崔世暻依然沒有親口提及自己的家庭，但在韓國大學裡，有許多從小就與崔世暻家族來往密切的財閥人脈，即使不是出自他本人之口，關於崔世暻是怎樣的人，也有太多人可以透露，反而比高中時期有更多的流言流傳。

「聽說他高中時就超受歡迎，就算什麼都沒做，女生們也會主動告白。」

崔世暻本人很少談論這些事情，所以大多數內容宋理巘都是第一次聽到。金得八時期，他只知道一些關於崔明賢的事，關於崔世暻僅止於他是崔明賢的獨生子，因此，他不由自主地被女大生們八卦式的談論吸引了注意力。

不知不覺間，宋理巘裝作若無其事地跟在女大生們的後面，偷聽著關於崔世暻的傳聞。

「那又怎樣，聽說他現在被女朋友管得死死的，他女朋友好像是很強勢的大姐頭類型，經營學系的帥哥連大氣都不敢喘，他在新生營上就表明自己有女朋友，斷然拒絕了所有聯誼、系聯誼和相親，因為怕女朋友生氣。」

宋理獻滿意地點了點頭。在這種情況下，恐怖統治似乎也不全然是壞事。

「經營學系的校草也真奇怪，他哪裡不夠好要被管成這樣？」

「可能是那個女生很厲害吧。不然就是鐵了心絕不放手。」

她們邊走邊聊的目的地是圖書館，其入口處設有閘門。看見周圍的人拿出手機感應後，關閉的閘門就會打開，宋理獻也機靈地拿出崔世暻的手機，輸入用自己生日設定的密碼，打開大學 APP 找出行動學生證，這一連串動作跟在校生一樣熟練。

談論著崔世暻的女生們感應了學生證條碼通過閘門時，宋理獻也急著想要去感應條碼。

「喂喂——」伴隨著焦急的聲音，後方伸出的手抓住了準備穿過閘門的宋理獻的外套領口，用力將他拽過去。

「……唔！」

宋理獻感覺後頸被抓住，差點向後跌倒，他手忙腳亂地掙扎著，卻被後方堅實的胸膛穩穩接住，被擁入的懷抱中散發著清新溫暖的香氣。

「你要是進去裡面，我就沒法追了。」一黑髮輕輕滑落，崔世暻探過頭來，露出燦爛的笑容。

——明明看到他往別處去了，他的朋友呢？怎麼會被發現，然後跟過來的？

被崔世暻拖到圖書館外的宋理獻，不悅地開口問道：「……你是從什麼時候開始跟著我的？」

「從說我被管得死死的時候開始。」

也就是說，他大概從中途就開始跟了。宋理獻因為被抓到偷聽女大生們談論崔世暻的八卦而感到尷尬，心虛地把手機遞給崔世暻。

「再怎麼忙，也不該忘記帶手機吧。」

「我是故意落下的。」

「啊？」

崔世暻坐在高高的花壇邊緣，滑著擱置了半天的手機，他那濃密的頭髮隨著髮旋形成了一個漩渦，烏黑的頭頂就像他難以捉摸的內心世界。

「為了讓你來。」

崔世暻將確認過的手機放進口袋，抬起頭露出爽朗的笑容。

「你昨晚不是說過，今天下午停課，所以陪我玩吧。」

崔世暻像個天真孩子提議一起玩，輕鬆瓦解了宋理獻之前還嚴厲督促同學準備期中考的防線。

「你的願望清單裡沒有校園約會嗎？我的有喔。」

「我剛才加上了。」

如果說讓人做平時不會做的事是愛，那麼創造出原本沒有的事物也是愛，宋理獻剛才為了遷就崔世暻而臨時編造的願望清單就是證明。

「要牽手嗎？」

「別這樣，沒必要被傳成同性戀啊。」

崔世暻跟上先走一步的宋理獻，想偷偷牽手，宋理獻卻把手插進了外套口袋，光憑長相就能在路上引發流言的傢伙，如果被人看到和男人牽手，絕對瞞不住。看出宋理獻在意周遭目光，崔世暻特意湊到他耳邊輕聲低語，帶著笑意的眼角因調皮而顯得更加細長。

「那就勾小指吧。」

「那樣看起來更像同性戀。」

宋理獻躲開了那隻想從外套裡拉出他的手，像魚鉤一樣勾著他的小指頭，但卻沒能躲開像握手般伸過來的另一隻手。

「這樣應該可以吧。」

「——哎喲！」

崔世暻將手臂高高舉起，左右搖晃著與宋理獻十指相扣的手。雖然宋理獻的體格不差，但和崔世暻相比相距甚遠，只能跟著崔世暻揮舞的手臂搖搖晃晃。

崔世暻隨心所欲地搖晃著宋理獻，但適時控制力道，以免對方的手臂脫臼，見他頭暈目眩就緊緊摟進懷裡。

雖然沒人能看出這個像是惡作劇延續的擁抱中所暗藏的私心，但從崔世暻抱著宋理獻搖晃時的模樣，不難看出他有多開心。

宋理獻坐在梯形教室最後一排，吸著崔世暻在校內咖啡廳買的冰巧克力，觀察著三三兩兩聚集的學生們。崔世暻因為還有專業課需要回教室而感到抱歉，但對於宋理巘來說，這新鮮的景象還挺有趣的。

不像體育教育系只有一個班的規模，經營學系的學生人數眾多，專業課的教室規模就截然不同，不過，看起來大家似乎都互相認識，每個路過的人都跟崔世暻打招呼，然後好奇地問起陌生的臉孔是誰。

「坐你旁邊的是誰啊？」

「別的大學的朋友，我邀他來玩的。」

宋理巘揮手向他們打招呼，露出臉滿足大家的好奇心，並回答了叫什麼名字、讀哪所學校、和崔世暻是什麼關係等瑣碎問題。

看著他們走向前排座位的背影，宋理巘點了點頭說：「這個年紀對什麼都充滿好奇呢。」

接近上課時間，沒有人再經過，當教室逐漸坐滿時，宋理巘忽然想到了一種情況，「要是教授突然問我是誰怎麼辦？」

「對準前面那個人的後腦杓藏好，別被看見了。」

崔世暻親手捧著宋理巘的小腦袋，將他的頭對準前排那個人的後腦杓。宋理巘半坐在椅子的邊緣，壓低坐姿隱藏自己，然後斜眼瞪了崔世暻一眼。

「這樣看來，你沒考慮後果就帶我來了？」

「這才浪漫啊。」

清新的綠蔭一片翠綠，從敞開的窗戶吹進來的風讓人心動不已，那個曾經矇矓憧憬卻從未具體想像過的大學校園，比想像中更加青澀動人，可能是因為身體改變和年齡變小的緣故，但最重要的還是崔世暻的存在。

因為崔世暻而得以旁聽的經營學原理課，宋理獻雖然聽不懂，卻如此讓人心動又心癢難耐。

下課後，教授叫住了崔世暻，雖然不知道他們說了什麼，但看到教授拍著崔世暻的肩膀開懷大笑的樣子，似乎很喜歡崔世暻。

「受人喜愛的傢伙在哪裡都一樣啊。」宋理獻想起了高中時獨占老師們的寵愛。教授鼓勵完崔世暻後離開，回到教室最後一排的崔世暻，身邊跟著幾個男同學。

「不好意思，我跟朋友已經約好了。」

「朋友也可以一起來啊！因為是別的學校嗎？沒關係啦，我們不在意這種事，同年的都是朋友啊。」

「亨鎮前輩特別交代一定要帶你去。」

不知道要去哪裡，但看他們一直纏著說不去的崔世暻哀求的樣子，似乎是因為這位亨鎮前輩，不知道是不帶崔世暻去會被責罵，還是帶上他會有額外好處，總之就是不肯放手。

仔細觀察這一幕的宋理獻不禁又想起了高中時期，他本以為這只是似曾相識的既視感，但後來發現，高中時和崔世暻一起晚自習時也發生過類似的事情。

那時也有個臭小子想以崔世暻為核心組讀書小組並試圖搶走功勞，崔世暻即使知情仍默默忍受，當時對於崔世暻的隱忍感到不解，但現在知道實情後，為被迫忍耐的崔世暻感到憤怒。

宋理巘擔心崔世暻在大學也像以前那樣受欺負還默默忍受，緊盯著他的動靜，準備隨時衝上前去制止任何不平之事。

「走啦！前輩說帶你去才會給考古題。」

——考古題！

憤怒只是一時的，宋理巘的眼睛突然亮了起來，上大學後的第一次期中考，宋理巘第一次知道考古題的存在，從可以提前知道教授出的考題這點來看，考古題簡直是一個新世界。

宋理巘搜集考古題時，甚至把新生營、開學典禮聚餐，以及和前輩們參加各種酒局建立的交情，都歸結為是為了得到考古題的命運安排。因為與愛管閒事的韓泰燮很合得來，輕易就拿到了通識課程的考古題，讓他好一陣子都不用發愁。

應該讓崔世暻也感受一下考古題帶來的喜悅，而且前幾天的通識課，崔世暻還為了潛水的組員幫忙製作 **PPT**。報恩的機會來得比想像中快。

「好啊，走吧。」宋理巘連同崔世暻的東西也一起收拾好，迅速站了起來。他走向那些纏著崔世暻說要一起走的傢伙，搭著他們的肩膀，讓他們一臉茫然地被牽制住。

「走吧，朋友。」

雖然不知道要去哪裡，宋理巘依然氣勢十足地走在前頭。

——我今天一定要讓崔世暻不花一毛錢就拿到考古題。

在豬肋排店裡，趁服務生上小菜時，宋理巘暗自下定了決心，他甚至拿走了崔世暻放著錢包和手機的外套，壓在自己的外套下，以免崔世暻搶著付錢。

「理巘？宋理巘？名字挺不錯的。」

「哦，很高興見到你，在植啊。」

完全不怕生的宋理巘和崔世暻的朋友們簡單自我介紹後，表現得就像認識了幾個月的樣子。這種酒局他在黑幫時見得多了，何況對方還只是剛成年的年輕人，宋理巘有信心今晚能和他們打成一片，順利拿到考古題後全身而退。

說已經在附近的前輩們，很快也來到了豬肋排店，從聽到亨鎮前輩時就猜應該是男生，果不其然，三位學長全都是個頭高䠷的男生。當席地而坐的學弟們想站起來時，他們立刻就制止了。

「快坐好，別起來，站起來幹麼，不用這麼麻煩了。」

「你們來得挺早的，等很久了嗎？」他們脫下外套摺好，在兩桌中找到空坐墊後坐下。

從進店前就滿臉笑容的他們，在打量學弟們時發現崔世暻後，笑容頓時變得更加燦爛。

「世暻，好久不見！入學典禮之後就沒見過了吧？見你一面還真難。」

「怎麼會呢。我特地跑來就是因為想見學長您啊。」

「哈哈，世暻，沒想到你也會說這種討人喜歡的話。」

「別叫學長，太生疏了。世暻啊，就叫我哥吧。」

當他們吵鬧地互相問候說些場面話時，點的醬烤肋排上桌了，服務生將醃得入味的肉放上烤盤後就離開了，雖然有桌邊代烤服務但看到留下的夾子和剪刀，似乎是要讓客人自己根據用餐速度烤肉，但是沒有人主動拿起夾子。

宋理獻用如鷹般銳利的眼神掃視在座的每一個人。

有兩張桌子，八個人，其中有考古題的學長有三位。

三位高年級、年長又手握考古題的實權學長是不會烤肉的，因為烤肉這種事是看輩分決定的。

如果不是相愛的關係，宋理獻是絕對不會拿起烤肉夾的，尤其是當場面變成雄性之間的地位爭奪戰時，他更是不可能會去碰夾子。他赤手空拳從行動隊長躍升成老大心腹的過去，已經深深烙印在靈魂裡，他的氣勢和尊嚴不會因為換了個身體而消失，宋理獻不會主動做出降低自己地位的事。

總之，去除有考古題的學長們，剩下的就只有同年級的臭男生了，這些才剛長鬍子的小子們哪裡可愛了，為什麼要幫他們烤肉？宋理獻索性等著其他二十歲的小子們主動去烤，然而，崔世暻卻一點也不懂得察言觀色。

「我來烤吧。」明知道是氣勢之爭，崔世暻卻毫不在意地拿起夾子，把剩下的肉放到烤盤上。

宋理獻見狀，怕崔世暻要烤，急忙搶過夾子並制止他：「肉都烤不好的傢伙烤什麼烤，吃就好了，把那邊的蒜頭放上來。」

當夾起排骨時，切成蜂窩狀的長條肋肉像彈簧般拉長，等到血色消退，再用剪刀將肉剪成適合入口的小塊。醃過的肉稍不注意就會烤焦，因此把剪好的肉移到火候較弱的邊緣，然後將新的肉放在火勢強的烤盤中央。

醃料滲入肉裡，焦糖色的醬汁緊附在肉塊上烤至金黃，散發出微甜的香氣，肉汁飽滿的肉塊泛著油光，烤得恰到好處，令人垂涎欲滴。在嗅覺和視覺的雙重刺激下，讓人忍不住吞了吞口水。

反觀隔壁桌的烤盤，醃料和肉都燒焦了，急得他們直冒冷汗，看不下去的學長搶過夾子親自烤肉，兩個烤盤的極端對比也反映了隔壁桌壓抑的氣氛。

宋理獻將從廚房煮好的大醬湯放在烤盤上加熱，然後轉動烤盤讓大醬湯轉到崔世暻的面前，這時一位持續觀察他們的學長露出好奇的神情。

「你就是宋理獻吧？世暻的朋友。」

崔世暻事先詢問是否可以帶其他學校的朋友去，學長們也都爽快地答應了，又不是別人，是崔世暻的朋友，只要能邀請到崔世暻參加酒局，他們都非常歡迎。

崔世暻這才介紹了宋理獻：「他是我高中同學，也是鄰居，走路大概要十分鐘吧？」似乎難以準確估算，咬著筷子皺起眉頭。

這時宋理獻替他給出確切答案：「近到摔一跤鼻子就能碰到的距離。」

桌邊眾人神色微妙地變化了，傳聞中崔世暻老家的那個地段，土地價值對普通人來說完全是天文數字。

傳聞或許可視為謠言，但客觀的數據不會騙人。聽過崔世暻的傳聞後，當場用手機查就可以知道那座豪宅的價格是否屬實，因此在座的所有人都知道，那個地區的獨棟住宅價格之高和氣派程度。

「那你也是住梨泰院那邊嗎？」
「對啊，我住那裡，獨棟住宅。」
雖然宋理巘認為用居住地來評價一個人毫無意義，但他也知道有時候居住地確實是個無需多言的指標。在這種場合，不需要假裝謙虛，必須讓初次見面的人知道自己不是可以隨便怠慢的對象，這樣之後的相處才會輕鬆。
果然，大家看宋理巘的眼神也變得不一樣了，當他們確信他和崔世暻一樣是財閥之子時，原本因為他是外校生而畫下的界線也消失了。起初堅持要帶崔世暻來的目的，就是那些大四應屆畢業生想獲得S百貨公司實習錄取的有利情報。
如果宋理巘和崔世暻一樣是出身顯赫，那麼趁此機會認識一下絕對有益無害。韓國大學的學生們似乎已經放下了對外來者的戒心，宋理巘為了拿到考古題也下定決心好好表現，一群人就像在桃樹下結拜的義兄弟般舉杯暢飲。
不過，這份義兄弟情僅止於今晚。
當烤肉見底，酒意正濃時，他們之間的隔閡已經完全消失了。
「哇哈哈，理巘啊！你怎麼不選我們學校啊！」
在一位不斷拍著宋理巘後背大聲說話的學長面前，堆著一團宋理巘調製炸彈酒時用過的濕紙巾。宋理巘說要讓學長們體驗飄飄欲仙的感覺，拿梅花酒作為基底，倒入燒酒卻不混合，專注品味香氣，覺得好笑的他們就這麼喝著，結果當場就喝完了一整瓶梅花酒。
宋理巘酒量好、口才佳，還特別善於察言觀色，說出別人想聽的話，加上長得像偶像清秀俊俏，天生就討人喜歡，他就算什麼都不做也會得到疼愛，更何況還主動表現親切，讓人無法不喜歡他。

偶爾他的笑話帶著大叔氣息，但在微醺狀態下，連這點都變得可愛。

「你這傢伙真可愛，你們說他是不是長得像貓啊？」

當相處變得融洽，大家對肢體接觸也變得毫無顧忌，尤其是坐在宋理獻身邊的韓國大學學長，完全不抗拒肢體接觸，不只摟住他，還說他像自己養的貓，伸手摸了摸他的眼角，揉捏他的臉頰。

每次這種時候，崔世暻的笑容裡都會出現蜘蛛網般的裂痕，但正如蜘蛛網般纖細，所以沒人察覺。連敏銳的宋理獻也因為那個過度觸碰的傢伙讓他渾身起雞皮疙瘩，好不容易才忍住想扭斷對方手腕的衝動，而沒能注意到。

雖然最後還是忍不住扭住對方手腕按在桌上，但含糊其辭地說是在展示防身術，就這樣笑著帶過了。

當烤盤逐漸冷卻時，即使有抽油煙機吸走煙霧，學長們似乎還是覺得悶，紛紛拿起香菸站了起來。

「想抽支菸，理獻你抽菸吧？一起去吧。」

沒有什麼比一起抽菸迎合那些無聊的吹噓更容易熟絡的方法了，但沒有必要為了交朋友而打破自己戒菸的堅持，於是於是宋理獻搖了搖頭。

「我不抽菸。」

「體育系的就是不一樣，這麼早就開始保養身體了。」

強迫別人喝酒抽菸的老派行為已經成為網路文獻中流傳的過去式，學長們也不再勉強，把注意力轉向了崔世暻。

「世暻你也不抽菸嗎？」

「是啊，哥。」

哥？這個從未聽過的稱呼讓人覺得非常刺耳。宋理巘用舌頭頂了頂臉頰內壁，歪著頭看著崔世暻與學長交談的側臉，眼神中滿是厭惡。

「走吧，趁現在跟哥學學，反正去當兵後都會抽的。」

「我還想再多撐一下。」

「總之你就是太乖了，要會抽菸才能交際應酬啊。唉，這險惡的世界，真不知道你怎麼活下去。」

宋理巘一直以輕蔑的目光看著像訓斥小孩般對待崔世暻的學長，當目光與學長對上時，他便露出親切的笑容，做出請便的手勢指向出口。

大家都出去抽菸了，桌邊只剩下宋理巘和崔世暻。此時，宋理巘搶過崔世暻面前的燒酒杯，一飲而盡。

嘶——因為喉嚨發苦而皺眉的宋理巘，張口咬住崔世暻遞來的肉片，隨即開口囑咐道：「不准喝其他傢伙倒的酒，只能喝我倒的。」

他接著把剩下的肉全放到崔世暻的盤子裡，然後叫了服務生過來。

「請幫我們換木炭，然後再加點一份醬醃牛排骨和生牛肉片。」

「好的。」

拿著鐵叉的服務生移走了烤盤，收走了燒成白灰的炭。

宋理巚趁著服務生收拾空盤整理桌面時，又追加點餐：「燒酒和啤酒再各來一瓶，那邊的空瓶請留一個。」

「只要留燒酒瓶嗎？啤酒瓶呢？」

「留燒酒瓶就好。」

當服務生要收走堆積的酒瓶時，宋理巚回收了一個綠色酒瓶，別人喝酒他不管，但他無法忍受崔世暻被灌醉，於是把礦泉水倒進空的燒酒瓶裡。

「你自己看狀況，喝這個吧。」

崔世暻接過裝著礦泉水的燒酒瓶，露出曖昧不明的笑容，一邊往宋理巚嘴裡塞了一塊肉，一邊說道：「你別喝太多酒。」

「你年紀小不懂，這種場合用酒來壓制氣勢是很基本的。」

「壓制了氣勢又能怎樣？」

——能怎樣？當然是為了幫你拿到考古題啊。有了考古題就能考好，早點就業安定下來，這樣才能結婚……

可能是酒的緣故，思緒開始往奇怪的方向飄移，宋理巚拍了拍因酒變得發燙的臉，強迫自己清醒。

「喂。」

不知是酒意還是拍打導致他臉頰泛紅，但眼神卻清晰地凝視著崔世暻，他那雙淺色的瞳孔與纖細的身材很相襯，但那雙眼睛讓人無法將他看作柔弱之人，清澈透明又帶著堅毅的眼神，既正直又純粹，但偶爾也會讓人意想不到。

「也叫我一聲哥吧。」

「這麼突然？」崔世暻一臉錯愕。

宋理獻淡定地要求：「叫來聽聽。」

崔世暻用他那張漂亮的臉蛋乖巧地叫了一聲哥，竟然讓他興奮起來，宋理獻從沒想過自己會因為一個男人叫哥的聲音而有反應。旁邊學長的觸碰讓他只想把他的手腕折斷後摔出去，但是當崔世暻的手碰到裸露肌膚時，自己下身卻硬了起來，或許就是最大的不同。

從崔世暻嘴裡喊出的「哥」和他的親密接觸一樣，都讓宋理獻感到興奮，他完全沒察覺到某種癖好正悄悄形成，宋理獻像隻滿懷期待而興奮的小狗，熱切地渴望著崔世暻。

渴望著那張展露笑顏的美唇喊出一聲「哥」。

「大叔，您年紀都一大把了，怎麼還這麼幼稚。」

「你這傢伙。」

然而，每當崔世暻像隻狡猾的狐狸行事時，想聽的話他是不會輕易說出口的。崔世暻一邊給惱火的宋理獻倒著裝滿水的燒酒瓶，一邊以狐媚的眼神暗示著自己內心的渴望。

「我們要不要現在趁機開溜啊？」

喝了酒的宋理獻卻一臉正色道：「現在嗎？不行。」

他為了拿到考古題花了多少心思討好，現在可不能讓之前的努力白費，聽到開溜兩個字，他順勢轉過身往後看，確認那些出去抽菸的傢伙是不是已經溜走了。

因為這樣，宋理獻沒看到崔世暻喝的是那瓶還剩下一半的燒酒，而不是那裝滿水的燒酒瓶。

出去抽菸的人身上帶著菸味回來了，雖然不知道他們在外面聊了什麼，但一位興致高昂的學長提議換個場地續攤，但是追加的餐點已經全部上桌了。

「理獻，這是你點的嗎？啊，我們本來想換地方的。」

「換個位子坐吧。我來烤出最好吃的肉給您。」

宋理獻輕聲安撫著發著牢騷的學長坐下，心想瘋了才會跟你們去續攤，拿到考古題後就是再也不見的關係了。要乾淨利落的收場，就必須在此劃下句點，如果花太多錢，可能就無法一夜切割，宋理獻謹記適可而止的道理，耐心地安撫學長們坐下。

宋理獻將點好的生拌牛肉放在看起來已經厭倦調味排骨的人面前，然後將肉片放在熱得幾乎可以看見熱氣蒸騰的烤盤上，滋——黑色的烤盤溫度高得肉片一接觸就冒出煙霧，逐漸熟成淺褐色。

當餐點讓人覺得膩了，聚會就會提早結束，宋理獻盤算著時間，打算讓他們喝點酒吃點肉後，拿到考古題就打發他們走。看他們已有幾分醉意，估計再過一個小時聚會就能結束，宋理獻打算把後續清理工作交給崔世暻的同學們，自己溜回家，於是調整了炸彈酒的比例。

正當大家舉起插著小黃瓜條的酒杯乾杯時，那位被宋理獻扭過手腕的學長遞出了手機。

「理獻啊，給我你的號碼，我們保持聯絡吧。」

「好的，學長。」宋理獻巧妙地躲開想勾肩搭背的學長，接過了手機。

「不是讓你叫我哥的嗎？別那麼見外，嗯？」

「一日是學長，終身是學長。」

表面上恭敬有禮，實際內心卻充滿了叛逆的喧囂。

——怎麼可能？瘋了才會叫這個毛都還沒長齊的小子一聲哥！

宋理獻咬緊牙根，故意將最後一個號碼輸錯，然後才將手機還了回去。

「世暻好像喝醉了。」

宋理獻忙著給學長們斟酒，這時才注意到崔世暻的狀態，因為身旁的學長太煩人，他沒能注意到崔世暻，現在仔細一看，發現崔世暻和平時不大一樣，雖然臉色沒變，但黑色的瞳孔卻渾濁迷茫，嘴角還掛著傻笑。

擔心別人也會看出崔世暻與平時不同，於是想要搶走他的酒杯。

「就是啊，眼神都渙散了。世暻啊，別再喝了。喂，快點把世暻的酒杯拿走。」

「我沒醉，我很清醒。」

「我還真沒見過哪個說自己清醒的人是沒醉的。」

崔世暻緊抓著那杯盛得滿滿的酒不放，硬是喝了下去，但他卻沒喝乾淨，酒從嘴角溢出，反而更突顯了他的醉態。他的眼神渙散，嘴角帶著止不住的傻笑，一手托著下巴，身體似乎不聽使喚，上身像個不倒翁般前後搖晃。

——這傢伙情況不大妙。

宋理巘將本該一口乾掉的燒酒杯貼到嘴邊慢慢品嚐，同時目光緊盯著崔世暻。酒量通常與體格成正比，體格健壯的崔世暻酒量向來很好，就連宋理巘也只見過他醉過兩次，第一次是足球晨練會時期，和申智秀玩喝酒遊戲，結果喝過頭醉倒了。送完申智秀回家的路上，崔世暻哭著說想和宋理巘做愛，於是他們有了第一次的親密關係。後來宋理巘問他，那時候是真的是醉到哭了嗎？崔世暻坦白說因為無法和宋理巘發生關係而感到難過，才會喝到酩酊大醉。

因為不能做愛而感到委屈，喝酒後又大哭，這種丟臉的事，崔世暻自己也知道，為了讓他承認這一點，宋理巘那天讓他喝下了四瓶燒酒。這也是宋理巘第二次看到崔世暻醉倒。

崔世暻爛醉時會說出平常藏在心裡的心事，把平常用笑容掩飾的真心說出來，這就是崔世暻喝醉的習慣。

當然，臉色泛紅或舌頭打結等生理變化也是有的。以崔世暻為例，他的臉頰會微微泛紅，表情變得木然，雖然情緒會變得激動，但並不會變得多話或是愛笑，就只是發愣地看著。

但是現在，坐在對面托著下巴的崔世暻，臉色看起來與平時無異，卻笑得異常輕浮，這種笑容雖然是典型的醉酒特徵，但卻不是崔世暻喝醉的特徵。更何況，他手中的燒酒瓶裡裝的其實是水，根本不可能喝醉。

周圍的人紛紛勸崔世暻別再喝了，說他已經醉了，只有宋理巘歪著頭，自言自語地低聲說：「好像沒醉啊……」

與崔世暻短暫交會的眼神中閃過一絲狡黠，宋理歞拿著燒酒杯的手頓時僵硬，電光石火之間，搖搖晃晃的崔世暻倒向了烤盤，連阻止的機會都沒有。

「……呃！」

「呃啊！」

「世暻啊！」

滑落的燒酒杯灑出透明的液體，在桌面上滾動著，沿著扇形的軌跡滾動的酒杯，最後在桌邊晃了幾下才停住，剩餘的酒流了出來，在桌上積成一小灘後滴落，悄悄地浸濕了牛仔褲。

現場頓時寂靜無聲。

「……」

宋理歞渾身發麻，頓時忘了該如何呼吸，吸進的空氣凝結在胸口，沒有起伏。他用力跪坐時，坐墊邊緣的珠飾深深地壓迫著骨與肉，帶來劇烈的疼痛，但他卻不敢有絲毫動作。

當手背下的烤盤越來越燙，他只覺得心寒膽戰。

宋理歞垂下顫抖的眼睛，從烤盤的縫隙可以看見極度炙熱的炭火裂開，像包藏熔岩般，讓他眼前一陣暈眩。

千鈞一髮之際，宋理歞伸出手掌接住了崔世暻的臉頰，避免他倒向烤盤。倒下的崔世暻毫髮無傷，但卻一動也不動，似乎是睡著了，儘管成功避免了危險，宋理歞的心臟仍然狂跳不止。

「哈啊——」當確認了那如無人踏足的雪山般白皙光滑的臉頰完好如初後，宋理獻才吐出一直憋著的那口氣。

一直到其他人抓住崔世暻的雙肩將他扶起之前，宋理獻托著崔世暻臉頰的手，動也不敢動一下，當他跌坐在地時，支撐崔世暻頭部重量的手臂早已麻木失去知覺。

本來預計在一個小時內結束的酒局，在確認崔世暻沒有受傷後立刻解散，宋理獻半扶半揹著醉得不省人事的崔世暻，走出了豬肋排店。

跟著出來的人將崔世暻的外套披在他的背上，並將崔世暻的斜背包掛在宋理獻的脖子上，一臉擔憂地說：「真的不用我陪嗎？至少陪你到搭上計程車吧。」

「不用麻煩了。」

「那你好好照顧世暻，保持聯絡。」

「好的，我會聯……唔……」本來安靜地靠著的崔世暻突然身體一軟差點倒下，宋理獻手忙腳亂，連話都沒說完。

宋理獻忙著重新抓住崔世暻的手臂，攬住他的腰，連招呼都沒打就匆匆離開了。想到只要再晚一步，崔世暻的臉上就會留下烤盤的印痕，宋理獻的心臟至今仍撲通狂跳。

宋理獻覺得，只有趕快回家，把崔世暻安頓在床上，然後用手撫摸他那完好的臉，自己驚魂未定的心才能平復。一心只想回家的宋理獻，想快步走向大馬路攔計程車，卻發現原本容易拖著走的崔世暻突然變得沉重了起來。

「理獻……」

高挺的鼻梁蹭著頭髮，濕潤的氣息拂過頭皮，混著酒氣的體味似乎變得濃烈，崔世暻的重量壓在宋理獻的後頸上，差點跌倒的宋理獻勉強穩住重心，回頭看了一眼。

「清醒了嗎？你要是覺得撐不住，就該說一聲啊，幹麼硬撐……唉，算了。胃還好嗎？」

見崔世暻清醒過來，宋理獻放心地像炮彈般嘮叨個不停，但當那顆烏黑的頭頂埋進他的脖頸時，他立刻閉上了嘴。或許，只要看到崔世暻的臉完好無損，暫時什麼任性他都會接受。

「我好像要吐了……」

「現在嗎？但是這裡沒有廁所，稍微忍一下，我馬上幫你找。」

說到心情，讓人心驚膽顫的崔世暻無疑是不共戴天的仇人，但不論可愛與否，他都是自己的伴侶。宋理獻不想讓這個愛乾淨的傢伙在街上出醜，於是環顧四周想找商業大樓的廁所帶他去。

然而，在這條醉漢橫行、隨處嘔吐鬧事的街上，有哪棟大樓會好心地開放廁所。

就在宋理獻苦惱於無法打開鎖住的廁所門時，崔世暻突然靠在他身上，指向某個角落。

「我們去那裡吧……」

那是一條狹窄昏暗的小巷，非法安裝的空調室外機占滿了牆面，只能勉強容納一人通行。雖然沒有人經過，但終究是街道，不能讓崔世暻在這種無法漱口的地方嘔吐，宋理巘輕拍著崔世暻安撫他。

「再忍一下，到車站就會有廁所了……」

「唔嘔……」

崔世暻摀著嘴，似乎隨時要吐出來，宋理巘沒有選擇，拉著搭在肩上的崔世暻的手臂，快步向前跑去。宋理巘胸前的郵差包和掛在脖子上的崔世暻的斜背包，隨著他的步伐不停地左右搖晃。

扶著崔世暻走進狹窄的小巷時，不小心撞到了空調室外機，沾到了外機上乾涸的雨水污漬，弄髒了牛仔褲。但到了巷子中間時，不知為何已不再碰到空調室外機，也感覺不到肩上的重量，腰也能自然地挺直了。

「你怎麼了？」

身體突然變輕，宋理巘困惑地轉身尋找剛才掛在自己身上的崔世暻，他像松鼠發現臉頰裡的橡果被偷走一樣，轉頭一看，結果崔世暻竟然好端端地站著。

「你……」

崔世暻將披在肩上的外套穿好，然後從宋理巘的脖子上取下自己的斜背包，那動作行雲流水般乾淨俐落，就像沒喝醉過一樣。

崔世暻站直了身子，撫平皺起的外套下襬，順手撥了撥頭髮，整理著自己的儀容，身上聞不到酒味，原來他從一開始就沒有醉過。

對啊，的確很奇怪，崔世暻怎麼可能喝那點酒就醉了。大概弄清楚情況後，宋理巘氣到說不出什麼好話，他深呼吸了幾次，斟酌了十遍，才勉強說出還算能聽的話。

「你是故意裝醉的嗎？」

在豬肋排店裡歪著頭裝醉的崔世暻，聽到宋理巘低聲說他好像沒醉後，便突然向烤盤倒下，如果宋理巘沒接住他，他也會自己停下，因為他壓根沒想要毀掉宋理巘喜愛的臉。

然而，無論真相是什麼，宋理巘確實被騙了，而他擔心著崔世暻會受傷的心情是真心的。

「呼——」

宋理巘的後腦杓像被重擊般隱隱作痛，揹著身材壯碩的崔世暻時未感到的疲憊，此刻如潮水般襲來，他雙腿發軟靠著牆，用手掌遮住眼睛，花了好一會兒才壓下心中的怒火。

「你演技挺好的嘛？」

當宋理巘放下遮住視線的手掌時，崔世暻結實的胸膛宛如一道牆擋在他面前，將自己的腿穿插在腿軟膝蓋微彎的宋理巘的腿間。巷子兩端的燈光閃爍不定，在他們的五官上投下了光影。

淡如水墨般的陰影覆蓋在崔世暻的五官上，冷淡地靠近宋理巘，混雜著酒氣的體香撲面而來，讓人有些微醺的眩暈感，而崔世暻的呼吸輕輕拂過宋理巘的肌膚。

「理巘啊，你以為只有你會討好年紀大的傢伙嗎？」

平淡的語調中帶著鋒利的嘲諷，讓宋理巘的眼神變得冰冷銳利，他無視與崔世暻緊貼的距離，微微低頭幾乎要吻上對方。

兩人清澈的眼眸在近距離內交會，宋理巘低聲咆哮：「你就因為不爽這點，就把臉貼在烤盤上嗎？」

「總比把坐在你旁邊那個像野豬的傢伙手臂砍下來去烤要好吧。」

「……」

崔世暻說的話有太多錯誤之處，宋理巘一時語塞不知該從哪裡開始糾正。崔世暻口中的「像野豬的學長」其實並不年長，比起讓崔世暻受傷，不如砍了其他人的手臂去烤，不，崔世暻的臉和其他人的手臂都應該完好無損才對。

不過，崔世暻顯然不這樣想，在只有兩人的巷子裡，他露出一種冷冷的怨氣。

「你幹麼要忍受那個（學長的騷擾）？」

宋理巘只忍了一次，第一次對方突然捏他的臉時，他忍了下來，但第二次他就不再容忍，直接扭開對方的手臂，避開對方的觸碰。

「我躲開了，不讓他碰。」宋理巘生氣地反駁。

「你是在縱容他吧。」

崔世暻看似冷靜，其實情緒也越來越激動，說話速度也變快了，因為在酒局上壓抑太久，耐心早已消磨殆盡，當只剩下兩人時，崔世暻再也無法戴著善良的面具假裝好人。其實，崔世暻從一開始對宋理巘就不曾隱忍，總是坦率地展現自己的真心。

「你明明可以扭斷那頭野豬的手臂，但你卻沒那麼做，像個沒種的人一樣放過他，理由是什麼？你喜歡上那個傢伙了嗎？」

「沒種……哈，所以呢？如果我喜歡那傢伙呢？如果我喜歡到什麼都不敢反抗，你想怎樣？」

「……」

崔世暻平時說起尖酸刻薄的話來毫不手軟，此刻卻咬住了嘴唇，當他以平靜的表情說出如此傷人的話，卻又露出受傷的神情時，宋理獻的心猛然一沉。

那種表情太犯規了，宋理獻為了維護自尊，突然脫口而出一直藏在心底的真相。

「我那是想給你考古題啊！為了讓你考試能考好！」

「考古題？」

崔世暻像第一次聽到似的，突然冒出的考古題讓他完全摸不著頭緒，宋理獻為了考古題而壓抑自己的脾氣，但崔世暻根本完全忘記學長給考古題這件事。對崔世暻來說，考古題根本不重要，他就算沒有考古題也能考得很好，反而得知宋理獻為了考古題而去討好別人時，讓他感到深深的背叛感。

「你就只為了那幾張破紙嗎？」

「你說什麼？那幾張破紙？」

「那幾張破紙有比我重要嗎？」崔世暻的胸口激動起伏。

雖然因為互相說了狠話，導致崔世暻的氣勢稍微減弱，但那冰冷的語氣仍未退去，因為他實在是無法理解。

「你又不貪心，不想要我，為什麼會想要那幾張破紙呢？」

宋理獻像是聽到什麼有趣的話似的，疲倦地靠在牆上的他抬起了頭，他的臉上雖有疲態，眼神卻充滿挑釁地掃過崔世暻。在蔚藍城市的燈光照映之下，宋理獻微微翹起嘴角，露出了一抹冷笑。

「你說我不想要你？」

崔世暻誤會了。誰說不想要崔世暻了？不是只有崔世暻一個人感到不安和焦躁，宋理獻也在壓抑著想獨占崔世暻的慾望，只靠一枚戒指勉強克制。

「別開玩笑了。」

雖然彼此是對方的唯一，但僅憑唯一還不足以生存，有限的世界終將走向自我毀滅。為了延續這由離去的靈魂所賜予的豐饒生命，宋理獻也不得不壓抑著不亞於崔世暻的占有欲。

「你連一根頭髮都不能受傷。」

崔世暻不在乎受傷，像拿自己身體當作人質一樣任意對待，這讓宋理獻感到憤怒。對宋理獻來說，身體是最珍貴的，但崔世暻卻不懂得珍惜。

宋理獻凝視著崔世暻，慢慢地撫摸著他的肩膀，像是在告訴他放鬆，就在崔世暻瞇眼想看穿宋理獻的意圖時，他的衣領被抓住，整個人被拉了過去，隨後宋理獻直接了當地給了答案。

「我最想要的就是你。」

「那你就擁有我不就好了。」

崔世暻握住了宋理獻抓著自己衣領的手。

「我不會受傷的。」

即使宋理獻無法理解，崔世暻堅信一件事——自己不會受傷。他的世界雖然殘酷又粗暴，只顧自己顯得自私，雖然讓他想傷害別人的事物多如牛毛，但也正因為如此，他更看重自身的安全，不在乎他人的感受。

在嚴格的教育下被社會化的崔世暻，寧願自己吃虧也不願害他人，但這種根本的自私本性並非教育能夠改變，他在物質上不虞匱乏，對於那些可替代的消耗品，他毫不在意地揮霍。但是，對於不可替代的事物，比如自己的身體這種唯一的存在，他會在不讓自己受傷的前提下，滿足自己的欲望。

從某一天起，宋理獻成了不可替代的唯一。

只要是宋理獻想要自己，崔世暻就不會用自己的安危去交換任何東西，前提是宋理獻，只想要擁有自己。

「如果你想要，我會毫髮無傷地待在你的身邊。」

宋理獻靠得極近，鼻尖幾乎相碰，凝視著那雙深邃的黑色瞳孔。

「很簡單，你懂的。只要你開口說一句話就好。」

崔世暻給了提示，就像指引方向的北極星，這成了能讓崔世暻扭曲的世界重回正軌的路標。

「我想要你，是因為我愛你。」

崔世暻懇切的目光將宋理獻禁錮住了，那是一雙深邃卻讓人無法洞悉的眼睛，卻永遠閃爍著晨星般的光芒。

面無表情讓人無法猜透想法的宋理獻，張開了嘴唇，他的口腔如黑洞般難以窺探，讓崔世暻感到極度焦躁不安。

「……我愛你。」

近距離凝視時，崔世暻深邃的黑瞳中閃爍著星光。

「我愛你，崔世暻。」

那顆美麗的星星永遠為他閃耀，凝視著兩星光，宋理獻將手指與崔世暻的十指緊扣在一起。

「我們去開房間吧。」

雖然不久前還在互相傷害、爭吵到疲憊不堪，但那些都不重要了，當看到崔世暻眼中的星星後，其他一切都變得不再重要。

雖然掛著飯店的招牌，但客房裡卻充滿了汽車旅館特有的昏暗燈光，浴室沒有門，滴落在瓷磚地板上的水聲清晰可聞。先洗完澡的崔世暻望著那半透明的玻璃，隱約可見宋理獻在蓮蓬頭下沖澡的模糊身影。

「呼。」水流很快停止，宋理獻擦著頭髮走了出來，他的腰間只圍著一條小毛巾，未擦乾的水珠沿著他結實的肌肉線條滑落，他雖然身形纖細，但那充滿肌肉的骨架，能超越性別地挑起慾望。

崔世暻沒穿上旅館提供的廉價浴袍，只用毛巾遮住自己的重要部位，但那裡早已高高隆起，無法隱藏。

「……」

彼此打量對方赤裸的身體，當目光交匯，宋理巘對上崔世暻那雙盤踞著寧靜慾望的黑色瞳孔時，情不自禁地靠近崔世暻。

纏在腰間的毛巾滑落，宋理巘跨坐在崔世暻身上，吻上了他的唇。崔世暻用舌頭在宋理巘的口腔內肆意攪動，隨後將他推倒在床上，當舌頭輕撫敏感的上顎時，宋理巘忍不住發出細微的鼻音。崔世暻低頭吻向頸間，正準備像往常一樣咬住肌膚時，卻被宋理巘一把抓住頭髮。

「別，嗯，留下痕跡。」

雖然崔世暻乖乖地被抓住，他抬起頭來，滿臉的不滿顯示出他需要一個解釋。

「我開始上游泳實技課了。」

「脫光游嗎？」

宋理巘微微瞇起眼，不滿地反駁：「會穿泳褲好嗎？」

「我親在看不到的地方。」

「哪有這種地方——呃！」

崔世暻將宋理巘往後推倒，讓他張開雙腿，那平常隱藏在隆起後的地方展露無遺。他低下頭將臉埋進去，用挺拔的鼻梁摩蹭著睪丸，舌頭舔弄並吸吮那緊閉的穴口，留下了明顯的痕跡。

倒在床上的宋理巘勉強撐起了上半身，當感受到下身被吸吮時，情不自禁地發出了呻吟。

「唔——」

一如既往，崔世暻找到了妥協點，面對無法對有著不幸遭遇的人視而不見的宋理獻，他不會阻止也不會嫉妒，就像他說願意幫忙並融入其中一樣。崔世暻聽從宋理獻說不要留下痕跡的話，在即使全裸也絕對看不見的地方，烙下深深的印記。

世暻將鼻子深埋在宋理獻絕不容許他人窺視的隱祕處，舔舐著睪丸、會陰和皺褶的後穴。被反覆吸吮的會陰鼓脹發腫，當那細尖的舌尖刮搔腫脹的會陰時，勃起的性器滲出前列腺液，汗濕的大腿止不住地陣陣痙攣。

宋理獻如此誠實的反應惹人憐愛，喚醒了崔世暻凶暴的本性，明知過度縱慾會讓宋理獻難受，卻總是無法克制，這都是因為他那暴戾無情的天性。

照這勢頭繼續下去，感覺就算把宋理獻生生操成兩半，也無法盡興。崔世暻一邊吸吮穴口，一邊自慰，唇瓣與皮膚相互磨擦，濕黏的唾液聲與緊握陽具拍打對方下體時的拍擊聲，淫靡地交織在一起。

宋理獻緊握床單，喘著粗氣，目光落在天花板上映出的兩人身影，他喊道：「崔世暻，我愛你。」

崔世暻抬起頭來，唇邊濕潤不堪，因摩擦而微微腫脹的雙唇周圍泛著光澤。

宋理獻深呼吸了好幾次讓自己平靜下來，隨後張開雙腿坐起來，他招手示意崔世暻過來，他輕撫著乖乖聽話爬過來的崔世暻的肩膀，手滑向後背，感受到突出的肩胛骨和肌肉在掌下的鮮明律動。

宋理獻溫柔地撫摸著崔世暻的腰，將雙腿環繞在他的腰際，交疊的小腿在他的背後互相觸碰磨蹭著。

「你不懂那句話的意思嗎？」

宋理巘眼中閃過一抹調皮的神采，纏繞在崔世暻腰間的雙腿突然收緊，宋理巘趁勢將崔世暻翻倒，自己跨坐上去。

崔世暻柔順的黑髮散落在床褥之上，姿勢已徹底逆轉。

宋理巘臀部坐在崔世暻的下體上，他像騎木馬般前後滑動，被壓在下方的肉棒變得更加堅硬火熱，一股熱流湧來，那灼熱的感覺清晰鮮明地傳遞過來。

崔世暻滿懷期待，在下方暗自扭動腰肢，眼神熱烈讓宋理巘也慾火高漲，抬起臀部握住挺立的肉棒。宋理巘慢慢地放低身體，將布滿青筋的肉棒對準穴口，濕潤的小穴很容易就敞開，內壁分開後，薄膜包覆著的肉棒被小穴吞入，宛如兩人合而為一，因唾液潤滑而輕鬆張開的穴口，其內壁仍舊緊致，一旦含住肉棒便不再輕易鬆口。

「呃——」

雖然因為比平常更深入的體位而感到不習慣，呼吸也變得急促紊亂，但宋理巘並未停下，肉棒越是劃開內壁越深入，骨盆也就越敞開，慢慢地插入，直到粗大的肉棒完全沒入根部，這時汗滴沿著崔世暻的腹肌緩緩滴落。

崔世暻撥開被汗水浸濕的瀏海，低聲安慰道：「很難受嗎？」

內壁毫不留情地緊咬著堅硬如木棒的陽具，連崔世暻也忍不住冒出一身冷汗。崔世暻愛撫著宋理巘疲軟的肉棒，輕柔地吻著他的嘴唇，宋理巘才平復了呼吸，逐漸冷靜下來。

「……不會。」

他放鬆身體，將臀部微微向上抬起，緊貼相連的內壁一時難以分離，片刻後才緩緩分開，但龜頭劃過黏膜的摩擦感卻奇妙地撩撥著神經。彎曲的龜頭和光滑的柱身劈開濕潤的內裡，硬挺的程度就像棒球棍的握把一樣堅硬。

向上插入的肉棒若有似無地擦過前列腺，留下一種令人意猶未盡的快感。儘管剛開始動作緩慢，但隨著速度加快，進入變得更加順暢，那閃爍著光澤的肉棒，在小巧有彈性的臀丘下來回穿梭，時而顯露，時而消失。

肚臍下方被一種厚重而陌生的感覺緊緊填滿，很快轉變為在體內攪動的快感，猛烈地刺激著每一根敏感的神經。宋理獻抱住崔世暻的後腦杓，將他拉向自己的胸膛，崔世暻含住那早已挺立的乳尖輕輕吮吸時，一股即將失控的酥麻感自下腹襲來，讓宋理獻的腰隨之弓起。

「哈啊，嗯……」

隨著快感不斷攀升，崔世暻也挺起腰來，他伸手握住在腹肌間晃動的慾望，輕柔地撫弄時，毫不留情地撐開越加狹窄的內壁猛力抽插，前後夾擊刺激著宋理獻的官能，讓他難以自持。

退至龜頭下方的肉棒一下子深插到底，隨著本能驅動，身體貪婪地挺動臀部，將堅挺完全吞入。

然而，那速度實在太快了。體位比平常更深入，速度快到讓人頭腦一片空白，幾乎喘不過氣，內壁被那粗大而堅硬的肉棒填滿並劃開。當龜頭劃過前列腺，那巨大的快感猶如洪流般灌注全身。

「……啊！」達到極限的宋理獻膝蓋一滑，岔開重重坐了下去，再也無法控制顫慄痙攣的身軀，被崔世暻緊緊地箍住，他在崔世暻的手心長時間射精釋放，同時也接納了崔世暻灌注於體內的滾燙濃液。

崔世暻用肩膀支撐著筋疲力盡癱軟下來的宋理獻，並將他摟進懷裡。

「理獻啊。」

為了接納肉棒而眼角含淚，連呼吸都無法大口喘氣的宋理獻，讓崔世暻只想到一個詞。

他瞇起俊美的眼睛，俯身在宋理獻的太陽穴上輕柔地摩挲嘴唇說：「我愛你。」維持著相連的狀態，崔世暻抓著宋理獻的腰將他拽向床上，宋理獻驚訝得睜大了眼，還來不及反應，床墊便劇烈地晃動起來。

「唔嗯……嗯！」

崔世暻緊抓趴在床上的宋理獻的腰，狠狠地插入肉棒，射在裡面的精液隨著抽插流了出來，起到了潤滑劑的作用，讓每一次抽插更加順暢。宋理獻大汗淋漓，崔世暻以之前無法比擬的速度快速抽插壓迫著他的身體。

宋理獻扭動著他緊實的腰肢想要掙脫，骨盆卻被崔世暻給牢牢固定，崔世暻深深地插入再次勃起的堅挺肉棒。

「慢、慢一點，崔世暻……你慢一點！」

與自己擺動腰部騎乘時不同，每一次刺入都精準地命中前列腺，讓宋理獻失去理智，死死抓緊床單。高高翹起的圓潤臀部隨著動作輕輕搖晃，小巧而緊實的臀部，每次撞擊都緊貼腰間，那富有彈性的觸感幾乎能透過視覺刺激感官。

「哈啊……嗯！」

崔世暻將胸膛緊貼在宋理獻的背上，用舌尖輕舔他的耳垂，溫柔地磨蹭。

崔世暻充滿挑逗地在宋理獻被唾液弄濕的耳邊輕聲低語：「哥，舒服嗎？」

「……啊！」

含住肉棒的內壁突然緊縮，因為壓迫感變強讓崔世暻全身肌肉緊繃，腹肌變得清晰可見，抽插的動作變得更加粗暴，隨著摩擦加快，白濁的精液像鮮奶油一樣堆積在穴口附近。

「嗯？哥，我問你，舒服嗎？」

「喂，你為什麼……偏偏選這個時候……喊哥！」

肉棒不斷頂弄前列腺，內壁被徹底分開，讓他的理智蕩然無存，迸發的感官洪流奪走了言語能力，但身體的反應卻無比誠實，未被觸碰的性器又已勃起搖晃。崔世暻用手撫摸那獨自翹起顫動的性器，抽送變得更加粗暴，他急促地喘氣，興奮之情全不隱藏。

「我快爽翻了。哥，你為什麼那麼緊？真的，為什麼總能讓人瘋狂？」

「嗯，呃，你，啊……」

無論是嘴還是被肉棒頂弄的內壁，都讓崔世暻興奮而變得粗暴。他展現著暴戾的本性，將宋理獻死死壓住，狠狠抽插貫穿，被壓在床墊與崔世暻之間的白皙身軀，因強制的快感而不停顫抖。

「啊、啊、啊……啊！」

「哥，快告訴我你很舒服。嗯？快點，我真的……想把你弄壞，狠狠地幹你，讓你只記住我。快點說，在我把哥弄壞之前……快說。」

「嗯啊……」

無法跟上的高速律動精準地撞擊著前列腺，順著已被調教的內壁，輕鬆地深入宋理巘的體內。宋理巘從剛才的騎乘式了解到肉棒能進入的極限，現在不論什麼體位都能頂到，白皙的臀部被撞擊出聲響，緊緻的內壁被毫不留情地劃開。

「好舒服……」將臉埋在床單裡的宋理巘發出微弱的聲音，過於強烈的快感讓他的話中帶著啜泣。

崔世暻用力抽送，像是呼應般的，宋理巘帶著快感的啜泣變得更加劇烈。

「啊嗯嗯，好舒服，世暻啊，好爽……再深一點，嗯，再……」

「哥，真的……太爽了。」

他們忘卻了作為人類應有的體面與羞恥，完全沉浸於慾望之中，盡情地交纏。兩人發出了在清醒時絕對不會發出的呻吟，說著平時羞於說出口的話語來表達慾求，在只有他們兩人的私密空間裡，將野獸般的慾望徹底釋放。

崔世暻用結實的胸膛將宋理巘緊緊壓制，不留一絲縫隙地緊貼著抽插，用舌頭反覆舔舐著在眼前晃動的後頸，他露出牙齒，但卻只能在皮膚上輕咬愛撫，不敢留下齒痕，在上面流連許久。

崔世暻似乎對只是舔得後頸滿是唾液感到不夠滿足，他的粗暴轉化為迴盪在喉間的低沉呻吟，看著隨著律動搖晃的宋理獻，崔世暻再次發現了只有自己能觸及的隱祕角落。

崔世暻隨即抬起臀肉將肉棒頂到極限，然後緊緊抱住了宋理獻，他的鼻尖輕輕觸碰著那柔順的髮絲，感覺到微微的顫動。

散發淡淡清香的髮絲下是柔軟的頭皮，崔世暻咬住那個被髮絲掩蓋，誰也看不見的隱祕之處，在那留下了深深的齒痕，同時在宋理獻肚臍以下的深處徹底釋放。

感受到床墊的晃動，淺眠的宋理獻睜開眼睛，他抓住那結實的大腿，讓本想下床的崔世暻又坐回床上。

崔世暻見宋理獻眼裡還有睡意，於是輕拍著他的頭，溫柔地哄他再繼續睡：「再多睡一會兒。」

即便睡意沉沉，宋理獻仍撐著床邊坐了起來說：「……我們回家吧。」

他低垂著的頭不時點頭，然後突然間用力搖了幾下，像是清醒過來，眼中有了神采。宋理獻一邊找回散落的衣服穿上，一邊說道：「回我們的家舒服地睡吧。」

我們的家……崔世暻愣了一下，反覆咀嚼這個宋理獻在半睡半醒之間說出的這個詞彙，然後微微俯身，輕輕吻住他的嘴唇。那個將他們綁在一起的詞彙是如此的溫暖和美好。

「嗯，我們回家吧。」

冷空氣從建築物的入口撲面而來，宋理獻縮著脖子打了個哈欠，步履蹣跚地走出電梯，雖然伸展運動解了腰部的痠痛，但發麻的後庭仍讓他行動遲緩。今天特別激烈的性愛餘韻猶存，宋理獻揉了揉憔悴的臉頰想讓自己清醒過來。

先走出去的崔世暻並沒有直接走到大樓外，而是伸出手掌仰望天空，宋理獻也在一旁跟著抬頭望向夜空。

夜空中，幾滴細雨正零星地飄落下來。

「下雨了。」

「我有帶傘。」

宋理獻伸手想從崔世暻背著的自己的郵差包中拿傘，因為包包揹在後面，他只能對著崔世暻的背，一邊翻動一邊尋找，但他突然停下了動作。他看著自己帶來的兩把傘愣了一會兒，最後只拿出了一把傘。

撐開雨傘走進雨中，肩膀的邊緣還是濕了，小小折傘無法遮住兩個壯碩的男人，他們不得不緊貼在一起。離開汽車旅館後，他們看起來像是因為下雨不得不靠在一起走路的朋友。

「靠近一點，你肩膀都淋濕了。」

「對啊，傘有點小。」

宋理獻將崔世暻拉近，不讓對方淋到雨。他想到自己為了製造在外面擁抱崔世暻的藉口，故意把傘藏在包裡，還厚顏無恥地假裝關心的樣子，忍不住笑了出來。

原來人可以幼稚到這種程度啊，不過，他一點也不覺得丟臉，只是單純地喜歡這相依的溫暖，他這病情恐怕是重症中的重症吧。

宋理巘突然笑出聲來，崔世暻疑惑地問：「笑什麼？」

宋理巘看到崔世暻被雨水打濕的肩膀，轉頭看了看自己的肩膀，被崔世暻手臂環抱的肩膀依然乾爽，完全沒淋濕。

在五彩霓虹燈的照耀下，側臉輪廓泛著白光的宋理巘，嘴角不自覺地揚起，淺淺地笑著說：「我們這樣好浪漫喔。」

大雨浸濕了城市的每個角落，空氣中飄散著平時聞不到的氣味，乾涸的排水溝、積滿塵土的巷子角落，以及從人行道裂縫中冒出的雜草和髒污，被雨水洗滌後，整座城市瀰漫著金屬般的腥味。

宋理巘坐在便利商店的屋簷下，聞著被雨水淋濕的城市氣味，等待著進入店裡買東西的崔世暻。背後收銀臺透出的燈光，照亮了暗巷裡傾瀉的雨水，宛如黑色的大海閃爍著粼粼波光。

宋理巘將折傘收好放在旁邊，坐在大理石地板上，雙腿微微伸展到運動鞋不會超出屋簷的程度。

沒過多久，便利商店門上的鈴鐺響起，崔世暻走了出來。他們找了桌子坐了下來，崔世暻打開了買來的運動飲料遞給對方，宋理巘什麼也沒說，接過就喝了起來。

當甜膩的液體滑入口中時，一包香菸和一次性打火機出現在宋理巘的眼前，他看了看遞出香菸的手，揮手示意對方拿走。

「說好只教你好的東西。」

「那我跟別人學嘍？」

宋理巘狠狠瞪著毫無顧忌說出讓人火大的話的崔世暻，看他連眼睛都不眨一下的樣子，似乎是認真的，宋理巘見狀，一把搶過崔世暻手中的香菸和打火機。

「與其你去當兵跟別的傢伙學，倒不如我來教你。」

「你又沒當過兵，這話怎麼說得那麼動聽。」

「你呀，就只會耍嘴皮子。」

宋理巘用他那纖細的手指熟練地拆開香菸盒的包裝，抽出一根菸後含在齒間，然後點了打火機。

然而，火沒有一次就點著，他便急躁地連續按了幾下黑色的打火機按鈕。那雙沒做過粗活，只有嬌生慣養才能擁有的細嫩指尖，但行事作風卻像經歷過世間所有艱難之事般熟練。經過一番小小的奮鬥，打火機終於點著，宋理巘點燃了叼在齒間的香菸。

火苗迅速蔓延，白色的捲菸紙逐漸焦黑，宋理巘悠閒地吸了一口菸，將雨天濕潤的空氣盡數吸入肺中，但這份從容並未持續太久。

「咳咳——咳！」該吐煙的時候，宋理巘卻開始劇烈地咳嗽，整個背部都不停地抖動著。

他把香菸拿遠，轉過頭咳了好一會兒，才讓那辛辣的感覺稍稍消散，但眼淚早已盈滿眼眶，模樣十分狼狽。

宋理巘似乎也覺得尷尬，用手揉著臉想要遮掩那張紅得不像是咳嗽造成的臉。

「因為很久沒抽才會這樣。」宋理巘的辯解聲音提高了不少，藉此掩飾自己尷尬的表情。

「你是第一次抽才會這樣。」

托著下巴看得津津有味的崔世暻，在糾正他的同時，貼心地幫他擦掉了眼淚。

宋理巘瞥了崔世暻一眼，拿回放在遠處的菸，抽了一口再次吐煙時，雖然依然嗆辣，但也勉強能抽了，稍微習慣了菸味後，宋理巘將肩膀靠在崔世暻的身上。

「你過來。」

放到崔世暻齒間的不是新的香菸，而是濾嘴上留有牙印的抽過的香菸，他眯著眼笑著，稍微降低了肩膀，吸了一口宋理巘指間的香菸。

白霧從紅潤的嘴唇間溢出，第一次抽菸的傢伙，吐煙的動作還挺自然的。

從性愛過後微腫的紅唇吐出白霧的模樣，不知為何顯得色情，宋理巘無法將視線從崔世暻的唇上移開，接過香菸深吸了一口，然後將濃煙吐出。崔世暻也目不轉睛地看著吐煙的宋理巘，彷彿要將這一幕刻進視網膜，然後才慢慢地吐出殘留的白霧。

他們不分先後，彷彿共享一根香菸是必然的結果，在彼此能看見對方眼神的距離，他們的嘴唇相碰，探索著對方的氣息。

在白煙繚繞中相遇的雙唇，很快便深深地交疊在一起。

宋理巘將手中燃燒殆盡的白色菸頭扔進雨水中，他垂下長睫毛閉上眼睛，鼻梁相碰時微微側頭，短暫分開的嘴唇吐出殘餘的煙霧，隨即再次貼合，因煙霧而乾澀的舌頭交纏，最後唇瓣又再次緊密地交疊在一起。

白色煙霧在潮濕的空氣中消散，瀰漫著金屬腥味的城市裡，夾雜了一股嗆辣刺鼻的菸味。

雨夜裡，這座見證過他們悲歡的城市，暴雨傾瀉而下，幾乎要吞沒所有。

他們在這個只有雨聲縈繞的迷亂夜晚，深情地相吻，久久不願分開。

（完）

番外八

伯父，請將您的兒子交給我（上）

清晨刺眼的陽光灑進臥室，半裹在柔軟被褥中的白皙身軀微微蠕動，被子裡發出些微的沙沙聲，黑色三角褲包裹著豐滿的臀部，一雙修長的腿慵懶地伸展著。可能是刺眼的陽光讓人不適，緊閉的眼皮顫動了一下，隨即把頭埋進枕頭裡，在片刻的寂靜後，正當均勻的呼吸聲逐漸傳開時，床頭櫃上突然響起了嗡嗡的震動聲。

「嗯哼……」宋理獻發出痛苦的呻吟，臉仍埋在枕頭裡，只伸出手在床頭櫃摸索手機，甚至沒確認來電者就接起了電話。

他將手機放在耳邊，半夢半醒之間，電話那頭只聽到輕微的呼吸聲，然後傳來一陣低沉的笑聲。

「起床了嗎？」

從睡夢中醒來的宋理獻皺起眉頭，嘴角卻微微上揚。

宋理獻轉過頭，瞥了一眼旁邊皺巴巴床單問道：「……嗯，你到學校了？」

崔世暻睡的那側已經變涼，他因為第一堂有課，所以一早就出門了，而宋理獻今天反而沒有課，這是因為他特意在每週一次宋敏書去醫院的日子空出時間。

因為彼此都熟悉對方的行程，所以催促著偷懶的宋理獻。

「快點起來，現在開始準備才不會錯過預約時間。」

「我又不是你，十分鐘內就能搞定。」

宋理獻在被窩裡磨蹭，心想十分鐘內就能搞定是否言過其實，畢竟昨天期中考結束後喝到凌晨，直到現在仍感覺身體很沉重。床原來是這麼溫暖舒服的地方嗎？想起考試期間蜷縮窩在休息室沙發上睡覺的日子，讓他更加體會到床的可貴，果然人要經歷一些苦難才懂得感恩。

「我把車留給你了，讓你出門方便點。」

「都說不用了。」

D大學和他們同居的公寓很近，加上從家裡上學時經常搭崔世暻的車，所以宋理獻就沒有特別買車，遇到像今天這種需要外出的日子，他不是搭計程車，就是借崔世暻的車來開。

「這樣你才會來接我啊。」

崔世暻為了不讓對方感到抱歉，那說話的模樣真的太可愛了，宋理獻無法拒絕，只好轉移了話題。

「今天是期中考最後一天吧？好好考試。」

大學生的考試期間大致相同，崔世暻也是今天考完就結束長達兩週的考試期了，如果崔世暻想在考試前再多看幾個字，就必須掛掉電話，但宋理獻卻不願放手。明明沒什麼話要說，他卻故意拖延時間，拉長了語尾。

「喂──」

「嗯？」

「你沒話要說嗎？」

「什麼話？」崔世暻帶著笑意跟他打情罵俏。

當初宋理獻為了準備期中考都沒睡好，眼下發黑活像個殭屍，崔世暻卻臉色紅潤還有餘力開玩笑。躺在床上打滾的宋理獻，心裡被撓得癢癢的，於是巧妙地向崔世暻透露了這躁動的心情。

「說些肉麻的話來聽聽。」

「我愛你？」

噗呵呵，忍不住發出調皮的笑聲，電話那頭也傳來相似的聲音，現在真的該掛電話了。

「好好考哦。」

「我考完再聯絡你。」

掛斷那通有點肉麻的通話之後，宋理獻仍然捨不得離開床鋪，他隨意滾到崔世暻躺過的地方，嗅著那熟悉的氣息，享受這片刻的寧靜。

——應該要起床了……

宋理獻看著時鐘，不斷地對自己說「再一分鐘、再一分鐘」，彷彿可以賴床過一輩子，最後他是被突如其來的門鈴聲給驚醒的。

原本慵懶的眼神瞬間變得銳利，彷彿方才的懶散都是假象，宋理獻用手肘撐著床單坐了起來，整個人如臨大敵般寒毛直豎。

公寓對講機門鈴又再次響起，證明不是他幻聽，宋理獻睡意全消，敵意更加高漲——不可能有訪客。

唯一知道此處地址的人是剛才通電話的那個人，但他現在在學校考試，而且就算他回來也是直接輸入密碼，不會按對講機門鈴。

然而，對講機門鈴又響了，從無人應答卻不願放棄看來，對方顯然知道屋內有人，宋理獻一直保持警戒，從下床到走到客廳牆上的對講機確認畫面之前，都沒有放鬆警戒。

但是……

「啊——」

看到螢幕中出現的臉孔，宋理獻的敵意瞬間煙消雲散，胸口宛如遭到重擊般喘不過氣，他臉色蒼白，當門鈴再次響起時，他慌亂之下按了開門鈕，瞬間愣住的宋理獻很快便如閃電般動了起來。

就像被海浪捲走一樣，被現實推著走的速度前所未有，宋理獻這輩子從未如此敏捷，而這一切都是被屋內的混亂狀況所逼。

兩個男人住在一起，是能有多乾淨？不巧兩人都在考試期間，完全無暇做家事，導致家裡亂成一團。

宋理獻在屋裡跑來跑去，撿起到處亂丟的髒衣服，將空啤酒罐和零食袋塞進沙發底下，再用地毯遮住沙發底下的垃圾，當他匆忙地衝向洗衣機時，卻被水槽裡一堆未洗的碗盤給絆住了腳步。

他將髒衣服丟進洗衣籃，用不到一分鐘的時間，將沾滿乾掉食物殘渣的碗盤放進洗碗機，他接著衝回臥室，把遊戲機、書本、背包以及各種雜物全丟到床上，然後用力抖開棉被，讓厚實的棉被膨脹後輕輕覆蓋，徹底地遮住了所有的雜物。

當為自己完美的掩飾感到欣喜時，突然瞥見臥室垃圾桶裡的保險套，讓他背脊發涼，而這時玄關的門鈴響起。

「請……稍等一下！」

宋理巘大喊一聲，將裝著保險套的垃圾桶踢進床底，然後抓起掛在床架上的衣服，一邊單腳跳著穿上褲子，一邊急忙衝向玄關，途中還被拖鞋絆了一下，好不容易抓住門把開門，卻差點摔出去，迎面撞上了正準備再按門鈴的中年男人。

「呼、呼……」

「……」

崔明賢平靜地低頭看著喘著粗氣的宋理巘，似乎早知道這是宋理巘的家，原本靜靜等候宋理巘平復呼吸的崔明賢，突然露出冰冷的表情，不明就裡的宋理巘順著他的視線低頭一看，這才大叫糟糕。

匆忙之間穿上的衣服偏偏是崔世暻的，這件連帽T聽說是崔世暻高中時在家常穿的，崔明賢一眼就認出是誰的衣服，而且還穿著睡褲，這邋遢的模樣，任誰看了都會知道崔世暻也住在這裡。

只是來玩的藉口已經不攻自破，宋理巘吞了吞口水，抬頭迎向崔明賢的視線，眼鏡背後的眼神冷峻而沉著。

「我可以進去嗎？」

崔明賢只是形式上詢問，似乎從一開始就沒打算得到允許，就自顧自地越過宋理巘走進屋裡。

「那、那個……檢察官！」措手不及讓路的宋理巘慢了一拍才跟著崔明賢進屋。

崔明賢站在客廳正中央，環顧四周，似乎在分析最近兒子的行為軌跡。

「原來世暻不回家的理由就在這裡。」

明明和崔世暻是兩情相悅，心意相通地在交往，為什麼會覺得自己像是誘拐良家閨女離家出走的混帳呢？這突如其來的感慨，完全正中宋理獻的心境。客觀來看，這不過是兩個含著金湯匙出生的少年不懂事地同居而已，但是宋理獻因為仍有「誘惑年輕人」的罪惡感，讓他不斷冒著冷汗。

「啊，是的，呃，不、不是那個意思，主要是這裡離韓國大學比較近，上學也比較方便……」

崔明賢打斷宋理獻的話，冷淡地說：「我買了一輛車給世暻，讓他上學能輕鬆一些，選是V品牌的車款。」

那語氣彷彿在說「你憑什麼在我面前炫耀為崔世暻做了什麼」。他明顯是在築起一道高牆，暗示宋理獻再怎麼努力，也無法超越他對兒子的疼愛。

「是……」現在不管怎麼辯解，崔明賢聽了只會覺得刺耳，宋理獻明智地選擇閉嘴，以免自找麻煩。

他沒有阻止崔明賢四處查看，只是像隻憋尿的狗般跟在後面。

崔明賢大步向前，打開最近的一扇門，這房間幾乎是空的，看起來是為了避免浪費閒置的空房，才被布置成了客房。房間裡只有一張床和一個床頭櫃，非常簡樸，非常適合讓離家出走、無處可去的小子住上一兩天——崔明賢結束簡短的感想，關上客房的門轉身離開。

客廳的地面鋪著大理石，寬敞明亮，採光充足，大型沙發的對面牆上掛著電視，下方擺著一排長櫃，以及日後添置擺設用的空置展示櫃。崔明賢不以為然地審視這無可挑剔的客廳，視線停留在某處，皺起眉頭露出不滿。

客廳角落擺著一盞燈，和前幾天他妻子炫耀說好不容易才買到的完全相同，崔明賢的妻子千辛萬苦弄到的燈具，竟然出現在一個高中剛畢業的小夥子的家裡。

崔明賢的氣勢變得更加可怕，跟在後頭的宋理巘只覺心頭猛然一沉。

不悅地佇立片刻後，崔明賢快步走向書房並打開了門，書房中央擺著一張巨大的實木桌，到處都是書本和講義等學習的痕跡，看來兩人都不是遊手好閒的大學生。因為崔世暻最近常待在這裡，所以即使宋理巘沒收拾也維持得很乾淨。

崔明賢目光掃過應該是崔世暻的經營學專業書籍，以及推測是宋理巘的生理學教科書後，便關上了書房的門。

最後一間是臥房。

崔明賢透過門縫看見那張加大雙人床時，反而把它關上，沒有打開房門，只有這個地方，他不想知道兒子在這裡做什麼，本能警告著他，這是兒子的私生活，崔明賢不該知道。

明明有空房能作為客房，但臥房卻只有一間，就算退一百步說是選擇最寬敞的房間當作臥房，但裡面床卻只有一張。只見特大號雙人床上放著兩個枕頭和一條棉被，崔明賢努力不去揣測這代表什麼含意，強迫自己轉移注意力，轉身打開了浴室的門。

甚至連浴室也無可挑剔，這間房子越完美，崔明賢的怒氣就越難抑制，正當宋理巘緊張得血液都快要乾涸時，打開冰箱的崔明賢怒氣卻突然緩和了下來。

冰箱裡幾乎是空的，只有幾罐啤酒和沒吃完的外送食物，崔明賢終於找到可以挑剔的地方，正想怒斥這是什麼營養狀況時，才湧現的喜悅瞬間就消退了。

冰箱裡的那些東西，他的兒子肯定也有份，因為崔世暻對家事一竅不通，除了小學時為了學校作業洗過碗，就再也沒做過，所以很難指望他擅長家事。崔明賢更注重兒子的人格塑造，從未讓他接觸過粗活或瑣碎的家事。

如果有人要為家裡亂七八糟而挨罵，那個人應該是崔世暻，不是宋理巘。

在調查崔世暻外宿地點之前，崔明賢一點也不擔心兒子被壞朋友帶壞而離家出走，畢竟，沒有人比他更了解兒子那殘忍的一面。

崔世暻絕對不是容易受人擺布的人，如果他和某個人親密來往，那麼只有兩種可能——要麼是還無法處理對方，正在等適合的時機；要麼是故意散發魅力蠱惑對方，想把人綁在自己身邊。

崔世暻早已表明喜歡宋理巘，因此崔明賢認為後者的可能性較大，就像崔明賢對自己妻子那般，崔世暻也如鱷魚般緊緊咬住獵物。

針對宋理巘可能只是無的放矢，說不定真正的受害者其實是宋理巘。

想到那個性格與自己如出一轍的兒子，崔明賢深深嘆了一口氣。宋理巘雖然不知緣由，但察覺氣氛緩和下來，便恭敬地用雙手指向了餐桌。

「請坐，我為您泡茶。」

看到崔明賢一臉不滿地坐在餐桌旁，宋理巘趕緊打開櫥櫃尋找茶包，背後的崔明賢眼神犀利，讓他緊張得手忙腳亂。就算宋理巘是受害者，也無法博得崔明賢的同情，他仍然用鷹眼般銳利的眼神審視著屋內。

這間生活無虞的房子，連櫥櫃裡擺放的餐具也全是名牌，高級得令人咋舌，本以為只會有一個煮泡麵用的鍋子，沒想到各個角落都擺滿了奢華物品——畢竟這房子是根據沈秀珍的指示布置，自然找不到可挑剔的地方。

哐啷哐啷——噹啷！

手忙腳亂之間，水槽傳來嘈雜的聲音，但崔明賢眼睛都不眨一下，繼續仔細檢查廚房，最後瞪大了眼睛。

連接廚房與儲物間的走道上，一個洗衣籃被半推進走道，裡面堆滿了衣服，在那座小山峰的頂端倒扣著的，正是崔世暻的內褲。

「……唔？」

感受到背後灼熱的目光，宋理獻轉身一看，嚇了一大跳，立刻將洗衣籃踢進了儲物間的深處。

「今天剛好是洗衣日，所以衣服才會那麼多，哈哈、哈哈哈……」

宋理獻那彷彿演戲般的笑容看起來有些可憐，但在崔明賢面前卻不起作用。

「家事都是你們自己做嗎？」

「是的。本來想請傭人，但世暻說不想讓外人進到家裡。」

崔明賢看都不看宋理獻好不容易端來的那飄著綠茶茶包的咖啡杯，用眼神示意宋理獻坐下。面對那凌厲的目光，宋理獻猶豫著是否該跪下，幾秒後才小心翼翼地拉出餐椅坐下。

一陣短暫的沉默過去，崔明賢終於開口：「宋理巚先生。」

「請叫我理巚就好。」

「怎麼稱呼你由我決定。」

——果然應該跪坐在地板上的。

就在宋理巚認真考慮是否現在就下跪時，崔明賢開口問道：「這房子你是如何購置的？」

「這件事說來話長……」

「我剛下班，可以慢慢聊。」

明明是上午卻說下班？聽了這話仔細一看，只見崔明賢眼底盡是藏不住的倦意，就算是光滑的下巴和整潔的西裝也掩蓋不了他的疲態。

證實當時只是高中生的宋理巚的證詞之後，崔明賢就忙得不可開交，要逮捕那些藏身於暗處的非法組織必須在最短時間內完成，以防他們逃脫。直到完成逮捕行動，將他們移送法院審判時，崔明賢才正式展開行動。

法院判決的刑期通常只是檢察官求刑的一半，考慮到這一點，為了讓黑幫分子在監獄關得越久越好，崔明賢翻遍了相關判例。整箱送來的文件他一字不漏地全部讀完，但和七星派有關的資料，他連看都沒看就放進碎紙機全部銷毀，從不妥協的崔明賢，這次為了維持和眼前少年的交易，放棄了自己的原則。

那是崔明賢人生中最大的污點。

「多虧了你，我已經好幾天沒回家了。」崔明賢冷淡地揚起嘴角。

崔明賢看似在笑，但那不是笑，宋理巘心知肚明。

「……」

宋理巘緊握拳頭使指節突起，這是讓崔明賢進門後，他第一次與對方對視，鏡片背後的那雙黑色眼眸冷漠得令人發寒。

崔明賢此刻提及七星派，暗指宋理巘與黑幫有關聯。

哪有父母會喜歡孩子與黑幫扯上關係？但崔明賢的反應更加強烈。他早知道崔世暻的殘暴性格，因此特別保持警戒。去年夏天，宋理巘曾和崔明賢交鋒過，所以他明白崔明賢擔心什麼。

同性戀人、未經允許的同居就已經足以令人生氣了，但其實崔明賢最戒備的還是宋理巘與黑幫有所牽連。

「你說過，要是我放過七星派，就會幫我安排和世暻見面。」

「……是的。」

「交易還沒完成，我們不如改個條件吧？我認為還有協商的空間。」

宋理巘深入黑幫，甚至知道組織內部的機密，這是很危險的，崔明賢也是因為這點反對兩人的交往。

「如果我放過七星派，條件是你不能和世暻來往，你會答應嗎？」

「……不會。」

原以為他會像緊閉的蚌殼一樣不發一語，沒想到回答得如此堅決。

「對不起。」宋理巘深深鞠躬，鼻尖幾乎碰到餐桌。

「就算我逮捕七星派也一樣嗎？」

「這已經不是我能掌控的事情了，與我無關。」

現在，他必須以宋理獻的身分生活，無論身體中的靈魂是否曾經是黑幫，也要為那個離去孩子的靈魂好好活著。去年夏天，他因為沒有好好跟手下們道別而感到心痛，所以利用了崔世暻，但如今崔世暻已經是他最重要的人。

宋理獻深愛且珍惜著崔世暻，他得像個普通人一樣，和伴侶過著平凡而幸福的生活，只有這樣，將來老死之時，他才有勇氣去面對那個先離世孩子的靈魂。

「對不起。」宋理獻一臉羞愧如罪人般低聲下氣，但依然不願改變主意。

然而，崔明賢也不打算讓步，於是提出了另一個問題：「從二月底開始，世暻就經常外宿，最近甚至連家都不回了。對此你有什麼想法？」

「……」

「你們兩人的關係……」

崔明賢的眼角微微抽搐，深吸了一口氣，似乎難以說出承認兩人關係的話。

「關係……再怎麼特別，也該讓他回家吧？你的家人肯定也很擔心。」

崔明賢拐彎抹角好不容易才說出口，接著表達了他的懷疑。

「世暻最近都不接我的電話，這件事也和你有關嗎？」

被討厭的地方已經夠多了，怕誤會加深，宋理獻極力否認：「絕對不是。」

「那應該是檢察官您和世暻之間的私人原因吧……」說著說著聲音越來越小，最後咬住嘴唇，因為他無意間點出了父子之間的問題。

把自己搞得顏面掃地的崔明賢冷嘲著拿起茶杯，但強烈的澀味讓他只是淺嚐一口就放下。

宋理巘雖然被氣勢壓得戰戰兢兢，仍堅持表明自己過著與黑幫無關的規矩生活。

「我們的生活很平凡及規律，只往返於家和學校之間，從未做出任何會讓您擔憂的事情。」

「理所當然的事，竟然拿來炫耀。」

現在不管說什麼，崔明賢都會刻意曲解。宋理巘冒著冷汗想像各種狀況：例如在學校考試突然失火，或是有歹徒闖入、一群喪屍來襲等，總之，他只求發生驚天動地的大事，好結束這場與崔明賢的獨處。

——拜託了，崔世暻你快點回來吧……

屋內只掛著一個無聲時鐘，連常見的秒針聲也聽不見，兩人都不敢貿然開口，時間就這樣慢慢流逝。

宋理巘雖然不想惹崔明賢不快，但偷瞄了一眼時間後，還是小心翼翼地開口說道：「那個，很冒昧地打斷您，但我母親今天有預約醫院的門診，現在如果不出發就會遲到了。」

「冒昧……」崔明賢重複著這個與宋理巘年齡不符的詞彙，用看異類的眼神盯著宋理巘。

宋理巘只花了十分鐘就做好外出準備，與崔明賢一起搭電梯，在電梯向下到地下停車場的途中，宋理巘絞盡腦汁想表現親切，卻突然冒出了一個疑問。

「對了，您是怎麼知道這裡的……」

「沒說一聲就在外留宿的孩子在哪裡過夜，總得要查清楚吧。」

——崔世暻，你怎麼不跟家裡說一聲啊？

宋理獻在心裡痛罵著正在考試一無所知的崔世暻，但臉上仍硬擠出了一個勉強的笑容。

「你不必硬擠出笑容。」

「是。」

到了地下停車場，宋理獻先行帶路。

「如果您要回家，我可以送您一程。」

當宋理獻發現崔明賢在看什麼時，背上頓時冷汗直冒，那輛車是崔世暻留給宋理獻使用的，同時也是崔明賢為了讓兒子行動方便而準備的。一輛閃耀著流線設計光澤的白色休旅車，停在停車場的角落顯得格外引人注目。

這又該怎麼解釋才好呢？萬一被誤會為連崔世暻的車子也要搶來用怎麼辦？當宋理獻感到頭昏腦脹時，崔明賢搶先開了口。

「開世暻的車去吧，我的車就讓世暻開回家就好了。」

崔明賢的態度堅決，今天無論如何都要讓崔世暻回家。

車子駛出地下停車場，順利地滑入道路車流中，崔明賢本來以為坐上這輛由二十歲年輕人開的車，自己會忍不住指點幾句，但當車子轉過那個大彎道時，內心不由得發出讚歎。

即使車子再好，但那毫無顛簸的平穩駕駛，展現的是經驗豐富的駕駛者功力。

崔明賢難得地稱讚道：「你駕駛技術挺好的嘛。」

「不敢當，只是開久了就……」

話說到一半，宋理獻咬住了舌頭。

二十歲開車是能開多久？總不能像個菜鳥亂吹牛吧。

宋理獻緊張得要死，導航的聲音顯得格外刺耳，他乾脆關掉那聽不清楚在說什麼的導航，專心開車，生前在首爾生活將近三十年，過得不是安穩的日子，而是經歷過大風大浪的底層人生。有過跑得腳底冒汗的日子，說得誇張點，首爾的大街小巷他瞭如指掌，就算沒有導航，哪條路什麼時候會塞車，哪條路是捷徑，他都一清二楚。

關閉導航後，車內一片寂靜，宋理獻游刃有餘地開著車。

「看來你很熟悉首爾的街道嘛。」

「……畢竟我從小在首爾長大，經常走的路，自然就熟悉了。」

來自木浦鄉下的他緊盯著前方，只希望這個拙劣的謊言能蒙混過關，他心想，應該說經常走的路就好，為什麼要多此一舉，說自己從小在首爾長大呢？他表面上假裝平靜，但內心波濤洶湧，連眼神也變得慌亂。

車子平穩地行駛著，因為有想給崔明賢留下好印象的壓力，宋理獻禮讓所有想要插隊的車子，駕駛得格外小心謹慎。

崔明賢凝視著窗外，似乎在思索著什麼，用食指敲了好一會兒門把手，過了一段時間，他終於開口了。

「聽說開車能看出一個人的性格，你的性格看來相當不錯。」

——我聽錯了嗎？

宋理獻一度懷疑自己的耳朵，但更令人驚訝的是，此時崔明賢看起來很溫和。崔明賢的容貌本就俊秀，只要稍微柔化幾個線條，就能輕鬆改變氣氛。

「世暻那麼敏感，你應該很辛苦吧。」崔明賢溫和地彎起眼角和嘴角，以此表達了歉意。

「不會，世暻很隨和的。」

「不用這麼客氣，他是我兒子，我比你更了解他。」

可能因為覺得自己與黑幫有關係是個過於不利的條件，當崔明賢展現善意時，宋理獻不疑有他地感到開心。於是，崔明賢悠閒地開始閒聊。

「嬰兒時期他就很敏感，特別是聽覺方面。他很少哭鬧，我猜是因為覺得自己的哭聲太吵，所以才不哭的。」

「哈哈，這的確是世暻的作風。」

「只要手上沾到一點東西，就會一臉厭惡地伸出手要人幫他擦。」

宋理獻在觀察前方是否有車子接近時，仍興高采烈地附和：「現在打掃也大多都是世暻在做，當然，我也會一起做，但通常是世暻先說要打掃的。」

「看來你得看著世暻的眼色行動啊。他先打掃的話，你就得馬上幫忙，而且世暻喜歡獨處，你還得懂得迴避。」

「什麼？世暻不喜歡獨處。」

宋理巘通常會迎合崔明賢的話，但剛才那番話與他所認識的崔世暻差距太大，他一時愣住，直接反駁了。

每當在客廳玩遊戲時，崔世暻總是會不聲不響地坐到身旁，兩人依偎在一起各自做自己的事時，當肌膚接觸的地方被體溫溫弄得發熱時，宋理巘總是先開起玩笑。記得有一次，他把赤腳伸進崔世暻的褲腳下逗弄對方，結果兩人扭打起來，最後在沙發上激情地打了一炮才得以結束。

然而，崔明賢板起臉反問，這話是什麼意思，作為崔世暻的父親，他無法認同。

「世暻寧可給別人想要的東西，也絕對不會讓人踏進自己的領域。」

「啊，那看來他把我當成是共同領域的一部份了。」

「共同領域？」

怎麼可能會有這種事？崔明賢認為，只要與他人共享，就不算是自己的領域了，因此覺得宋理巘在胡說八道，聊到崔世暻的話題時，稍微放鬆的崔明賢，瞬間又切回了他那犀利的態度。

「世暻本來就討厭與他人接觸，怎麼可能允許什麼共同領域？」

「世暻他很喜歡親密接觸的……」

崔世暻不管在哪裡都愛撫摸宋理巘的身體，宋理巘在外面已經被嚇到好幾次。不過，他大概也知道要有所節制，因此在外面時最多只是搭個肩或牽牽手，但只要兩人單獨相處，他的手就會毫不客氣地伸進了衣服裡。

感受到車內氣氛變得嚴肅，宋理巘連忙想敷衍過去。

「世暻的性格有點像小狗，跟我在一起時總愛黏著我玩，哈哈。」

「小狗？你的意思是說世暻還會舔人嗎？」

「……哎呀，前面那臺車。」是啊，崔世暻怎麼可能會去舔自己的父親，宋理獻怪自己失言，刻意地專心開車。

然而崔明賢似乎不打算就此放過，等路上車子變少後，立刻開口說：「世暻不喜歡和別人同桌吃飯，因為怕唾液噴濺。」

連崔明賢都聽得出來，自己的語氣像在強忍追究的衝動，這讓宋理獻又感到緊張，但該說的話還是要說。

「世暻很愛用我用過的筷子吃飯……」

筷子算什麼，崔世暻連宋理獻嘴裡的食物也不放過，前幾天，他甚至把宋理獻含在嘴裡的糖果給搶走了，連一塊餅乾都沒能好好吃完。吃巧克力棒時，他就會突然出現在眼前，從另一端開始咬，最後連宋理獻咬在牙齒間的巧克力棒也搶走。

當然，崔世暻這麼做的目的是為了接吻，但他並不會因為沾到宋理獻的口水而覺得不舒服，或是因此丟棄食物。

崔明賢原本想裝作親近，列舉崔世暻的缺點，挑撥宋理獻對崔世暻的不滿，製造矛盾最後讓他們分開。

但不僅目的沒達到，反而越來越懷疑他們談論的是否是同一個人。

「你說的是我們家的世暻嗎？」

「是的，就是檢察官家的世暻……」

「你說他會吃別人吃過的東西？」

「別人……這有點不大恰當……」

——說我是別人？我們可是光著身子什麼事都幹過了！

宋理巚礙於道德倫理，實在難以啟齒到底做了什麼，他害羞地抿著嘴，嘴巴翹得跟鳥嘴一樣尖。

「呵，真是的。」崔明賢讀懂了宋理巚的表情，驚訝地咂了咂舌，同時斜挑起一邊眉毛。

看來崔世暻遇到荒謬事時挑眉的習慣，似乎是遺傳來的。

兩人一路沉默，直到抵達目的地都沒有說話。

宋敏書接到聯絡後走出了大門，像平常一樣準備開副駕駛座的門，但透過深色玻璃看到裡面有乘客，只好坐進了後座。

「檢察官，這位是我的母親。」

宋理巚打起精神，挺直腰桿坐好，介紹了宋敏書，崔明賢則轉過身遞名片向宋敏書致意。

「您好。」

宋理巚趕快補充說明：「這位是世暻的父親。」

宋敏書倚靠在椅背上，對崔明賢視而不見，隨口問道：「他來這裡幹麼？」

因為不曾做過辛苦的工作，所以宋敏書的臉上沒有皺紋，加上一頭長直髮，讓人難以判斷年齡。說話的語氣看來也有些無禮，但宋敏書那雙冷淡的眼神中流露出的精神狀態似乎不大正常，讓人無法輕易地指責她。

看到崔明賢遞名片的手顯得尷尬時，宋理獻代為接過名片，轉身遞向後座。

「他是來找我的，別擔心。還有，人家給的東西妳就收下吧。」

宋敏書完全不在意，宋理獻也懶得理會，她最後還是沒收下名片就把視線轉向窗外。崔明賢不是那種存在感低的人，但宋敏書一點興趣也沒有，宋理獻也只好放棄，專心開車。

宋敏書進入診療室，宋理獻和崔明賢在候診區隔著一個空位坐下。這是一間小型私人診所，午餐時間剛過的平日時段，診所略顯冷清。

環顧四周的崔明賢，看到掛在櫃檯後方的診所招牌順口讀了出來：「同心精神健康診所。」

崔明賢低聲道歉：「我似乎給你添麻煩了。」

宋理獻因為不懂對方的意思而睜大了眼睛，隨後順著他的視線望過去，這才「啊啊」地恍然大悟。

「不會，沒關係的，這不是什麼丟臉的事。」

一般像宋理獻這樣年紀的人，很難坦然地介紹有精神疾病的父母，但宋理獻卻為宋敏書辯護。因為話題過於敏感，崔明賢陷入思考，仔細斟酌用詞，並揉搓著交疊的雙手。

「人活得太辛苦時，精神上難免會有些鬆懈……而且又沒有傷害到別人，我不認為這是什麼缺點。」

「但還是會給家人帶來影響。」崔明賢靜靜地注視著宋理獻，目光中沒有半點憐憫或同情。

宋理獻知道崔明賢說的家人指的是自己，想到那個已經離去的靈魂，他猶豫了。

「那個……確實如此。」

那離去孩子的靈魂是受害者，即使宋理獻無條件地袒護宋敏書，但也無法否認這個事實。當他不知該聊什麼，氣氛變得沉重時，宋敏書從諮詢室走了出來，護士隨後喊了宋理獻。

「宋敏書女士的監護人，醫生請您進去一下。」

「啊，好的。我先進去一下。」

宋理獻因能離開座位而鬆了一口氣，向崔明賢示意後起身走進諮詢室，宋敏書一出來直接坐在那空出來的座位。通常身邊如果有人，多少會給個眼神，但宋敏書完全沒有，她就像身邊沒有人一樣，像個木偶似的呆坐著，盯著空無一物的白牆。

崔明賢和宋敏書一樣，向來對別人漠不關心，但他需要弄清楚宋敏書是否知道宋理獻和崔世暻的關係。如果宋敏書也反對兩人交往，那要拆散他們就會容易得多，於是，崔明賢選擇以一個平常的讚美來開啟話題。

「您的兒子很可靠，您一定感到很放心吧。」

一直看著前方的宋敏書微微歪了頭，烏黑的髮絲隨之滑落，素淨的臉龐上眼眸望向崔明賢。

「他看起來像我兒子嗎？」

宋敏書用充滿鄙夷的眼神發出一聲冷笑。

「我兒子已經死了。」

「……」

崔明賢去年調查宋理獻的背景時，就已經知道宋敏書精神狀況不大正常，她長期有嚴重的酗酒問題，經常認不得人，還會頻繁發病。

那是去年的消息，即使一年來持續就醫，醫生說有好轉，但也不大可能完全恢復正常。

崔明賢用食指輕敲著大腿，隨即決定要迎合宋敏書的瘋言瘋語。

「那現在冒充您兒子的人是誰？」

「他說他是黑道。」

——難道她過度妄想宋理獻與七星派的關係？

崔明賢考慮到她精神狀況不穩，斟酌著適當的問題，可笑的是，他竟然有種預感，能從這個瘋女人口中找到宋理獻和七星派的連結。

「您知道那個黑道是誰嗎？」

「金得八。」

果然與死去的金得八有著深厚的關係，而且連宋敏書也知道這件事，但將她的話拼湊之後，卻完全不合理。即使考慮到她精神不正常，這仍然像是小說裡才會出現的情節。

「您是說金得八在冒充您兒子嗎？」

親眼確認過金得八屍體的崔明賢，這讓他感到荒謬至極，即便不是崔明賢，換作是別人聽到宋敏書的說法，也會認為那是瘋話而置之不理。

一個好好活著、陪母親看醫生的孝順兒子，居然被母親說已經死了，還被當作是黑幫。發瘋也要有個限度，怎麼會說出這種瘋話。

崔明賢越想從宋敏書那瘋狂的話語中理解她的真意，頭痛就越加劇烈，但他還是強忍著繼續這段荒謬的對話。

「為什麼要讓金得八冒充您的兒子？」

「因為我的兒子已經死了。」

「……如果您兒子真的死了，不是更應該查明真相嗎？」

「我哪有那個資格。」宋敏書自嘲說道。

始終冷淡的她展現了最大幅度的情感波動，當她自嘲時，那幾乎沒有表情的臉部肌肉突然變得緊實有力，讓人得以窺見她內心的無底深淵。

「我只是忍著，我從來沒有抱過他，我哪有什麼資格啊？」

雖然戒了酒也接受了正規治療，宋敏書的精神狀態逐漸恢復正常，但她卻什麼也做不了。過去她只曉得酗酒，從沒有抱過死去的兒子，所以宋敏書根本不配以母愛之名去尋找兒子。

因此，宋敏書選擇忍耐，她保持沉默，什麼都不做，不再追尋過去的輝煌，也不再為了得到補償去找會長，對未來不抱任何希望，把自己關在家裡過著近乎死亡的生活，這是她選擇的贖罪方式。

宋敏書無法理解，那個沒有任何過錯，卻主動自願前來承擔罪責的黑幫份子。

「他是個奇怪的孩子，叫他出去過自己的生活，他還是會回來。明明沒做錯什麼，卻總是對著我說對不起。」

宋敏書的話有一半崔明賢根本無法理解，難以跟上瘋女人的思維模式，彼此沒有交談——不對，根本算不上是對話，只是宋敏書單方面傾訴她想說的話。

完全猜不到她所說的「從來沒有抱過的人」是誰，以及「叫他出去過自己的生活卻又回來的人」是誰。

但接下來的話，崔明賢明確聽懂了她指的是誰。

一直迴避目光的宋敏書直視著崔明賢說：「不要隨便說他是黑道。」

什麼都做不了的她，做了她唯一能做的事情。

「不要隨便對待我的兒子。」

雖然已經太遲，該聽到的人已經離開，但她仍希望這些話語能隨風飄進那孩子的耳裡，哪怕只是一點點。

（未完待續）

番外九

伯父，請將您的兒子交給我（下）

送宋敏書回家後，宋理獻將車調頭，駛向崔明賢的住所，而這輛車是崔世暻的，停在崔明賢家裡是最合適的選擇。當車頭燈照亮崔明賢的房子時，宋理獻趁著還不算太晚，開口說道：「世暻他……」

崔明賢不知道在想什麼，一路上默不作聲，這時他才抬起頭來。

宋理獻一邊將車子停在車庫，一邊說：「今天是期中考最後一天，考完試會和系上同學一起去喝酒。」

就這樣，宋理獻完全無視了崔世暻要他來接的要求，小心翼翼地提出了建議：「您要不要和我一起去喝點酒？」

宋理獻已經做好被拒絕的準備，但沒想到崔明賢竟然先打開了車門下車。

「走吧。」

涼爽的夜風中，伴隨著周圍花草的清香，兩人走進了車站附近一間簡樸的路邊攤，橘色的防水布捲起後露出了裡面的空間。

宋理獻找了一張空桌坐下，朝著老闆的方向點餐：「請給我們一份魚板湯和兩瓶燒酒。」

稚氣的外貌和熟練的點餐方式形成了反差，看來他經常來這裡，當崔明賢心想年紀輕輕卻有著如此簡樸的品味時，忽然想到了自己的兒子。

「你和世暻常來這裡嗎？」

宋理獻像聽到什麼有趣的話似的，忍不住笑著說：「和那個刁鑽的傢伙嗎？」同時觀察著崔明賢，幸好他看起來並沒有不高興。

宋理巘拿起路邊攤老闆送來的燒酒，為崔明賢的杯子倒滿了酒，接著回答：「叫他來的話他還是會跟來，但他不大喜歡，說這裡沒有廁所。」

咕嘟咕嘟，酒水流過瓶頸的清脆聲響，自然地填補了兩人之間的沉默。

「這方面我是寵著他長大的。」

崔明賢從正要自己倒酒的宋理巘手中搶過酒瓶為他倒酒，以為會繼續被崔明賢冷漠對待，沒有期待的宋理巘連忙用雙手接過酒杯。

宋理巘不知道崔明賢和宋敏書之間發生什麼事，對向來冷淡的崔明賢突然改變態度感到困惑。

崔明賢先把酒一飲而盡，宋理巘也跟著轉頭將酒喝光。

「呃——」宋理巘的舉止雖然像個大人，但還是因為燒酒的苦澀味皺起了眉頭，崔明賢看他一副想找下酒菜的模樣覺得好笑，於是喝了一口酒掩飾笑意。

「你看起來至少比世暻理性，所以我想問問你，你現在年輕，可以不問性別地交往，但是等到你年紀大了，感情變淡了，你會想分手嗎？」

「……我一點也不理性。只要是和崔世暻有關的事，我就會失去理智。」

「那你就應該解釋清楚你和七星派之間的關係，而不是一味地固執。」

宋理巘在桌下握拳又鬆開，深深吸了一口氣後，連灌了兩杯燒酒才開口。

「已經死掉的金得八……」

說出自己前世的名字，便有一種如針刺進指甲縫般的痛楚襲來，其他話都能說，唯獨這三個字，竟會如此痛苦，宋理巘像要甩掉這感覺似的，將酒一飲而盡。

「我欠他一份人情……和黑幫有關的情報，是他臨死前告訴我的，他很擔心他的手下，我是為了報答恩情，才請您幫忙的，沒有其他意思，我以後也不會再和黑幫有任何牽扯。」

「不是你想怎樣就能怎樣的，黑幫那些人會為了自身利益而不擇手段，連綁架殺人這種事都幹得出來。」

崔明賢所言非虛，作為曾親身在那個世界的泥潭打滾過的人，宋理獻十分清楚。

「我可以決定和他們之間的了結，就是這樣的關係。」

他憑什麼這麼篤定？一個年僅二十歲的人，竟然如此自信地認為能夠掌握與黑道的關係，那模樣讓崔明賢無法相信。

如果是死去的黑幫金得八，那或許另當別論，他確實有能力徹底斷絕與黑幫組織的關係，畢竟他曾處在那樣的地位。

崔明賢突然想起宋敏書說過，黑幫金得八冒充宋理獻，但他不信宋敏書的話，認為那只是瘋女人的胡言亂語。然而，他相信金得八和宋理獻之間確實有緊密的關係。

「金得八為什麼死了還要守護七星派？」

「因為他們是家人。」

「那麼現在宋理獻你的家人是誰呢？」

「……是崔世暻。」

假如，真的只是假如，雖然這說法瘋狂到不可理喻，但如果死去的金得八和宋理獻是同一個人的話，那就不需要擔心與黑幫有所牽連。金得八若想離開那個世界，沒有人敢阻撓。

這樣的話，就不用擔心自己的兒子和黑幫有所牽連了，反而讓他和宋理獻在一起，就像有了金得八這層保護網一樣更加安全。當問題大致得到了解釋後，崔明賢又提出了另一個問題。

「你覺得世暻正常嗎？」

「對我來說他是正常的，因為我能承擔。」

可能是因為喝了一瓶左右的酒量，宋理獻臉頰微微泛紅，連清醒時不敢說的話也說了出來。

「如果世暻殺了人，我會為他去坐牢。」

——坐牢……年紀輕輕的竟然說出這種話？

崔明賢皺起了眉頭。

不過，比起說會協助棄屍以掩蓋罪行的崔明賢，這樣的回答更有道德感，同時也更能體現出他對崔世暻的癡迷。

崔明賢給宋理獻最後一次逃脫的機會，這是出於對宋敏書警告的體諒，因為她曾說「不要隨便對待我的兒子」。

「世暻他很危險。」

「我知道。」

去年這個時候，宋理獻曾經想要遠離崔世暻，因為崔世暻是個危險的傢伙，所以他想將崔世暻從原本的宋理獻身邊隔開，但現在回想起來，那個時候崔世暻稚嫩又衝動的接近方式，格外令人難忘。

宋理巘想到自己是何時開始注意崔世暻時，忍不住露出了苦笑。

「我以為避開了危險，沒想到那是通往世暻的道路。」

崔明賢喝乾了杯中的酒，可能是因為心中苦悶，連酒也變得苦澀，他一邊為自己倒酒，一邊苦澀地說道：「這件事暫時對我妻子保密，她要是突然知道，肯定會嚇一大跳，還是讓我先跟她解釋比較好。」

❧ ❧ ❧

崔明賢的世界井然有序，日常生活很少出現偏差，連整齊擺放的物品都從未偏離原位。

游走於正常人與犯罪者之間的生活近乎強迫症，害怕一旦偏離日常就會脫離正常人的範疇，讓崔明賢被強迫症所困。

隨著年齡增長，社會地位的提升，以及他的能力達到可以控制外界干擾的程度時，強迫症變得更加嚴重，這種不會因為他人的遊說而動搖的強迫症，已經成為崔明賢內在的一部分。

他身居公職而被冠以清廉之名，其背後的真相就是如此。

在他的世界裡，他唯一允許的變數只有一個，除了那個變數之外，崔明賢不允許任何事物逾越既定的框架。

換句話說，若想利用崔明賢，不能靠收買或是威脅，而是要觸及那個「唯一的變數」——宋理巘在交涉七星派的事情時，恰好觸及了那個變數。

嚴格來說，宋理巘觸及的變數——崔世暻，並非真正的「唯一變數」，他只是從那「唯一變數」衍生出來的存在，正因為如此，崔明賢缺乏將崔世暻視為獨立個體的認知。

崔明賢愛崔世暻，不希望他遭受和自己一樣的痛苦，而壓制和監視他的根本原因，就是因為崔世暻是「唯一變數」所孕育的存在。

雖然喝了酒，但崔明賢尋找「唯一變數」時的步伐依然穩健。

崔明賢將公事包放在書房，在浴室簡單洗漱後，走在長廊上，他規律的步伐連步距都保持一致。

在昏暗走廊的盡頭，唯一露出光芒的門縫前，崔明賢重覆握緊拳頭又放開，每次站在這裡，他那乾冷的手總是會感到緊張。

他終於打開門時，刺眼的白光撲面而來，讓他的視線一時模糊，就在他不敢靠近那使人眼盲的白光時，一位身穿緞面睡衣的女人在光芒中呼喚了他。

「站在那兒幹麼？不進來嗎？」

妻子困惑地看著站在原地不動的崔明賢，若無其事地轉身坐到梳妝臺前，倒了一點化妝水。

「回來得有點晚呢，你不是上午就下班了嗎？應該很累，回家就好好休息吧。」

崔明賢從妻子的背後抱住她，雙手環繞在她的腰間，寬大的手掌摩擦著光滑的布料，她的體溫透過衣服傳了過來，崔明賢順著腰身的曲線收緊雙臂，身體慢慢向下傾斜靠近。

男人寬闊的肩膀和厚實的背微微彎曲，從後面看就像是把龐大的身軀硬是摺疊了起來似的。雖然姿勢看起來很不舒服，但崔明賢只是更加緊密地貼近比自己嬌小許多的妻子。

他將身體彎到能用嘴唇輕蹭妻子的後頸為止，才停止了動作。

「我去見了和世曝同住的那個朋友。」

「理鬳嗎？」

他不喜歡妻子那麼親暱地叫那個名字。

「妳知道他？」

她側著頭，對著鏡中一臉不悅盯著她看的丈夫發出爽朗的笑聲道：「難道我連離家的兒子和誰住都不知道嗎？」

「妳見過他了？」

「沒見過，只是知道而已。」

崔明賢像是失去了興趣般，又將臉頰貼在妻子的後頸上。閉上雙眼調整呼吸後，他感受到那薄薄的皮膚下方動脈有力的跳動，光滑的肌膚和溫暖的身體，讓他意識到人類的軀體是如此容易死亡且脆弱，因此每當發現妻子還好好活著的時候，崔明賢總會感到難以言喻的安心。

或許是因為已經習慣丈夫時不時靠過來，像隻被雨淋濕的狗般撒嬌，所以她能熟練地拖著那龐大的身軀，在梳妝臺前挑選面霜。

「去年世暻班上同學受傷，我不是派了祕書去醫院看過嗎？那時派去的祕書見到了理巚，說他人很善良，年紀輕輕卻非常謙恭有禮。」

「他確實不大像他這個年紀該有的樣子。」

崔明賢的妻子以為宋理巚只是和崔世暻很合得來的朋友，並將兒子離開當作是青少年偏愛朋友勝於父母的表現。她覺得兒子因為父親太嚴厲的緣故，所以叛逆期來得比較晚。

為了回報他乖巧度過學生時期，以及避免像未成年時那樣干涉，她故意輕描淡寫地問道：「所以我們兒子，還記得自己的父母嗎？」

「他過得很好。」

好到讓人感到失落，原本希望他離家後體會生活的艱辛，但崔明賢親自去看過的房子卻很舒適，雖然沙發底下塞了一些垃圾，床上也堆滿了雜物，還用被子蓋著，但這個程度還算過得去。

那房子的來源也很清楚，崔明賢知道宋理巚是某個家族的私生子，也得知這房子是從誰那裡過戶的之後，就沒再追問了。

重要的是，聽宋理巚描述，崔世暻在那個家似乎過著隨心所欲的生活，就像崔明賢對待他的妻子那樣。

她摘下蹭在後頸的丈夫的眼鏡，放在梳妝臺上。

崔明賢沿著她的頸部線條一路親吻，臉頰輕輕磨蹭她的耳垂，他的身上散發出燒酒味，那是大學生們愛喝的酒。

「你喝了燒酒？」

「嗯。」崔明賢發出如呻吟般低沉的肯定聲。

「這讓我想起以前了。我們在巴西相遇的時候，好不容易弄到一瓶燒酒，說要珍惜著喝，結果我們喝了一整夜。」

「那時候，不是因為酒珍貴才小口喝的，是我想和妳待一整夜，才這樣的。」崔明賢吻著妻子的唇，說出了真相。

她心情雖然很好，但對崔明賢突然那麼熱情感到不解，便問出了自己的猜想。

「世暻搬出去住，你是不是覺得很失落？」

「還好。」

崔明賢希望兒子能在合法的框架內過得幸福，就像崔明賢遇見妻子那樣。如果宋理獻對崔世暻來說就像他的妻子一樣重要，崔明賢並不打算強行拆散他們；如果崔世暻的思維和崔明賢一樣，那麼他一定會選擇宋理獻而不是父母。

與其留下不可挽回的嫌隙，不如就這樣放任不管。

而且，不是已經確認過宋理獻不會再與黑幫有牽扯了嗎？

自己做的選擇是對的。

今天丈夫看起來特別落寞，讓她有些在意，她側著頭，將臉頰貼在崔明賢的太陽穴上，調皮地問道：「要不要再添個老二？」

崔明賢微微皺眉，感嘆道：「妳的精力比我厲害多了。」

「你先把手放開再說話吧？」

崔明賢遊走在妻子腰間的手瞬間收緊。

「啊！」

崔明賢將妻子扛在一邊肩上站了起來，當肩膀和背部伸展開來，修長的雙腿也挺得筆直。

即使進入中年，崔明賢那勻稱的體格仍能輕鬆地扛起一個人，毫不費力。年輕時她就常被丈夫扛在肩上，雖然一開始驚慌掙扎，但很快就放鬆身子以免弄傷丈夫。

接著傳出了笑聲，那是「唯一變數」發出的聲音，讓崔明賢心中那根緊繃的弦也隨之放鬆了。

能俯瞰城市夜景的臥室裡十分安靜，城市喧囂無法觸及的高樓層，連風聲都被隔絕在完美無聲的地帶裡，崔世暻靠在床頭看書，當翻到最後一頁時，他合上精裝書本，伸了個懶腰。

崔世暻一邊放鬆僵硬的頸部肌肉，一邊拿起放在床頭櫃上的手機。

即使快到午夜，設為靜音的手機仍不停地收到訊息，大多是邀約喝酒的訊息，崔世暻都直接略過不看，但他注意到持續了幾天的異常現象，果不其然，崔明賢今天也沒有聯絡他。

崔世暻按著他微微上揚的眉毛，陷入了沉思。

父親有些奇怪，自己無故外宿已經超過三天了，竟然沒被催促回家，不過，崔世暻也覺得沒有主動聯絡的必要。但父親的這個變化有種違和感，讓崔世暻懷疑自己是不是忽略了什麼。

但他很快就放下手機，毫不留戀，如果有急事必會來電，沒必要主動製造麻煩。

現在重要的是同居人是否會遵守約定，在為數不多的同居規則中，午夜前回家是首要原則，但現在已經是晚上十一點五十七分，說去喝酒的伴侶至今都沒有消息，看來應該會過了午夜才回來。

——到底該怎麼做呢？怎樣才能有效地懲罰這個違背約定、過了午夜才回家的伴侶呢？

崔世暻此刻還有一點理智，等到過了凌晨一點，腦中的理智線應該會斷掉，但他現在已經滿心期待著要好好地「懲罰」違背約定的宋理獻。

——要假裝生氣呢？還是委曲地質問他怎麼能違背約定？要用哪一種方式才能讓宋理獻慌張地自己搖尾巴認錯呢？

然而，崔世暻的期待在十一點五十九分時破滅了。

「世暻啊，崔世暻……我們可愛的崔世暻啊……」

那響亮到如同噪音般的呼喊聲傳進了屋內，崔世暻無奈地起身走出去接醉漢。

宋理獻四肢攤開，躺在客廳的沙發上，一副隨時會滑落的樣子，他穿著近來最愛的一套紅色運動服，身上散發著濃濃的酒味。一如所有醉漢，連眼睛都睜不開，嘴裡卻不停地碎碎念，崔世暻只是隨便敷衍著回了幾句。

「為什麼喝那麼多酒啊？」

「我特地買了麵包給我們世暻……紅豆麵包嗚，麵……」

宋理獻每次喝酒喝到走路都東倒西歪的時候，從來不會空手而歸，明明都快站不穩了，但他還是會提著裝著麵包或冰淇淋之類的零食袋子進門。就算酒醉也還惦記著另一半的那份心意，令人感動到想落淚。

「我說過了我不喜歡紅豆麵包。」

然而，崔世暻卻顯得興致缺缺，連崔明賢都沒買過的紅豆麵包，以及栗子和紅豆口味的冰淇淋，他自然不會喜歡。崔世暻冷淡地抱著雙臂，倚在臥室門邊看著宋理獻的一舉一動，見他似乎快要睡著，便大步走了過去。

和其他男人喝酒喝到連路都走不穩的另一半，怎麼看都覺得不順眼。宋理獻呵呵傻笑著，崔世暻一把抓住他的腰後，抬起來扛到了肩上。

宋理獻發出一聲悶哼，似乎醒來了，他的額頭抵在崔世暻的背上，一邊掙扎一邊咕噥著說：「所以啊，不是紅豆麵包，是長、長崎蛋糕……」

聽到這話，崔世暻轉過頭看向肩膀後方的沙發，果然，宋理獻躺過的沙發底下，有一個黑色的塑膠袋被丟在那裡，幾個長崎蛋糕露了出來。那些單獨包裝的麵包袋上，印著現在很少見的個人麵包店商標。

「你醉成那樣，是怎麼找到麵包店的啊？」

「因為要買給我們世暻啊……要買給……崔世暻的……我愛你……我他媽的真的好愛好愛你……」

崔世暻只是隨便問問，宋理獻卻突然迸出一段愛的告白，雖然有點語無倫次，但意思很清楚，就算喝醉了，也止不住對你的愛意。話一說完，宋理獻的四肢逐漸癱軟，看來是要睡著了。

聽完告白，崔世暻不知所措的僵在原地，但他仍直挺挺地扛著醉得像濕棉花般癱軟的宋理獻，過了一會兒才用手掩住嘴。因為宋理獻平時害羞，很少說「我愛你」，難得的酒後告白，讓崔世暻有點慌了手腳。

這種不管什麼時候聽到都讓人開心的告白，讓崔世暻從慌亂轉為羞澀，臉上泛起了淡淡的幸福紅暈。

這樣的夜晚，怎麼能輕易放過呢？

宋理獻因為頭部血液倒流感到不適扭動了起來，崔世暻這才回過神來，重新調整抓著對方大腿的力道，帶他進了臥室，和之前像扛貨物般扛在肩上不同，將他放在床上時的動作非常輕柔。

當背部觸碰到柔軟的被褥時，半夢半醒的宋理獻微微睜開了眼睛。

「我沒洗澡……會弄髒床單的……」

「床單也該換了。」

從長睫毛的縫隙中露出睏倦的雙眼，宋理獻含糊地反駁道：「你胡說什麼……床單今天早上才換過……」

崔世暻雙手撐在床上，身影如陰影般籠罩在宋理獻的身上。

「我想做愛。」

宋理獻像是聽到了什麼可愛的話語般，忍不住露出了微笑，崔世暻則在快要睡著的宋理獻唇上，啾啾地落下無數的親吻。柔軟的嘴唇讓人感覺相當舒服，索性放任不管，直到被親到難以入睡而感到有些煩躁時，他才微微睜開那如星光般閃耀的黑眸，眼尾微微上揚。

「我愛你。」

崔世暻輕柔的告白落在唇邊，彷彿等待許久般，宋理獻再也忍不住，笑著將他一把抱進懷裡，隨後床鋪開始劇烈晃動，夜色漸深，笑聲迴盪的這個地方，是專屬於他們的堅固城堡。

⚘ ⚘ ⚘

在窗簾緊閉的臥室裡，宋理獻被微弱的切菜聲給吵醒，但他遲遲無法起身，仍然賴在被窩裡像殭屍般蠕動著，他伸手摸旁邊的位置，發現崔世暻不在後，發出有氣無力的呻吟，艱難地離開了床鋪。

他把兩條腿掛在床邊坐著，用手撐著額頭，想讓自己清醒過來時，可怕的宿醉感湧了上來。

「啊，頭好痛，頭快要炸開了……」

不知道是因為久違地喝了太多，還是喝完後被搖晃了太久，腦子裡正不停地打雷閃電，宋理巚保持同樣姿勢坐了好一會兒，直到感覺比較好才站起來。

他赤裸的身上滿是紅痕印記，走出臥室時，順手撿起散落在腳邊的衣物隨便套上，從昏暗的臥室走到明亮的客廳，刺眼的光線讓他皺起腫脹的眼睛，步伐有些踉蹌，緩緩走向廚房後看見一個穿著圍裙站在爐火前的背影。

「這小子體格越來越好了……」

崔世暻聽到宋理巚坐在餐桌椅上的聲音，回過頭來露出燦爛的笑容說道：「起床了啊？」

然而，當崔世暻的笑容逐漸加深，宋理巚皺起眉頭，低頭檢查自己的穿著。原來隨手撿來穿上的，偏偏是內褲搭配崔世暻的睡衣上衣。因為沒有力氣扣扣子，只是把手臂套進去，胸口和肚子都露了出來。

自己的裸體又不是第一次被看見，宋理巚因為要命的宿醉，懶得整理衣服，就這樣敞開著。

「你身體還好嗎？」

「不好，快死了，感覺昨晚像被人用棍子狠狠揍了一頓。」

「確實有點像。」

因為被比棍子還要粗的東西又捅又插，這話倒也沒說錯，宋理巚因為被說中了事實而瞪大了雙眼，但看到崔世暻端著黃花魚解酒湯過來時，還是乖乖地接了過去。

「為什麼喝那麼多酒？」

「沒什麼啦，就是有……值得慶祝的事……」

崔世暻轉身去翻動電磁爐上的煎蛋捲，頭也不回地開口問道：「值得慶祝的事？什麼事？」

他們倆從上週開始從家裡帶小菜回來吃，在宋理獻的主導下減少叫外送，簡單做些料理，過著彷彿在玩家家酒般的日常生活。

宋理獻喝了一口黃花魚湯，辛辣的湯汁順著食道滑入胃裡，讓他整個人舒服多了，乾脆端起整個碗，大口大口地喝了起來。聽著他咕嘟咕嘟喝湯的聲響，崔世暻默默笑著，繼續準備早餐，平時宋理獻也會去幫忙，但今天他卻把臉埋在湯碗裡，只用眼睛四處張望。

胃裡總算舒服了一些，宋理獻將一條腿彎起，踩在餐桌椅子上，雙手疊放在抬起的膝蓋上，順勢把下巴也放了上去，他微微彎著背，蜷縮著身子，那幾乎沒有一絲贅肉的腹部在這姿勢下浮現出幾道細紋。

宋理獻的目光悄悄追隨著在電磁爐與水槽間來回忙碌的崔世暻背影，隨口說道：「我得獎了。」

宋理獻縮著身子說話的模樣，就像闖了禍後偷偷觀察主人的小狗，但崔世暻正專心捲著煎蛋捲，根本沒注意到，只是隨口回應了他。

「獎？什麼獎？你沒說過要參加什麼啊……啊，所以昨天是為了慶祝得獎才喝酒的嗎？」

「……對啊，就是為了慶祝才喝的。」

崔世暻一邊用鍋鏟捲著煎蛋捲，一邊輕鬆地說：「那我們要不要也辦個慶祝派對？簡單地喝點紅酒？要買個蛋糕嗎？」

以宋理巘平時的行動範圍來看，頂多就是參加系裡舉辦的足球或籃球比賽，不然就是參加某個社團主辦的運動比賽，然後獲得冠軍的可能性較大。據說，他之前還曾用參加校內排球比賽的獎金，幫系辦換了沙發。

再小的獎也是獎，得獎總是好的，昨天喝酒這個理由倒也說得過去，崔世暻又再問了一次宋理巘沒有回答的問題。

「對了，你到底得了什麼獎？」

「……見義勇為市民獎。」

啪嗒。

一條外層煎得金黃可口的煎蛋捲掉在砧板上，原本在電磁爐和水槽間來回自如的崔世暻突然停住，廚房的空氣瞬間凍結。宋理巘緊張地吞了口口水，喉結微微顫動，崔世暻則冷冷地轉過身來。

「理巘啊。」

宋理巘微微一顫，立刻舉起雙手，像是防護盾般攤開了手掌。

「你先聽我解釋！哎——我真的是不得已的啊！」

「不是說好不做危險的事嗎？」

「那我能怎麼辦！嬰兒車滾出去，卡車又剛好衝過來！孩子的媽媽還跌倒了爬不起來！」

宋理獻深知自己理虧，但還是提高嗓門訴說自己的委屈。

前幾天，一伙人在外面吃完午餐後，走路回學校，那是一條坡度很陡的下坡路，對面的山坡上似乎有建築工地，一輛載滿建材的卡車正順著斜坡往下開。

當時，宋理獻和朋友們正等著卡車通過，準備穿過馬路，突然聽見一聲尖叫，循著聲音望去，在他們站立的人行道上方，有一位媽媽跌倒在地，她想撐著地站起來，但又再次跌倒，而她伸手的方向，一輛脫手的嬰兒車正沿著斜坡快速下滑。

那輛嬰兒車裡坐著小孩，大概是因為重量的關係，一路不停地往車道滑去，而這時，上坡正有一輛卡車疾駛而下。

卡車司機嚇得臉色發白，雖然拚命按喇叭並試圖煞車，但已經來不及閃避突然衝出的嬰兒車。

眼看卡車就要撞上嬰兒車，根本沒時間思考，也沒有猶豫的餘地，身體比大腦更快反應。等到回過神來，宋理獻發現自己已經衝過去抓住嬰兒車的把手，並拚盡全力推著它。

從右側而來的卡車氣勢逼人，但宋理獻並未退縮，一旦退縮就會被撞飛，他積聚能量的肌肉瞬間爆發，用力蹬地，腳步大幅跨出，雙腿如飛翔般迅速交錯，嬰兒車的輪子因為推進的速度太快而顛簸騰空。

恍若風暴的剎那轉瞬即逝，卡車與宋理獻擦肩而過，只差一步之距。

雖然成功地避開了卡車，但卻無法停下來，求生的執念讓身體超越了能掌控的極限，速度快到無法承受，已經不是憑一己之力就能停下來的。

抓著嬰兒車把手的手心冒出了汗水，再這樣下去，會撞上建築物，每一步都讓那鋪著水泥的牆壁越來越近，讓人感到窒息。

忽然，眼角瞥見一片綠意，宋理巚幾乎是抬著嬰兒車轉向，衝進的是一處雜草叢生、無人管理的花圃。

——唰！

散落的樹葉四處飛舞，輕輕飄落，嬰兒車的輪子卡在草叢中空轉，接著一陣嬰兒撕心裂肺的哭聲刺痛耳膜，宋理巚呆坐在地上，呈大字形癱在草叢裡。

孩子的媽媽尋找著嬰兒，朋友們飛奔而來，但這一切彷彿與他隔絕，遙遠而模糊，耳邊只聽見低沉的嗡嗡聲響。

宋理巚久久不能動彈，胸口劇烈起伏，只能望著天空飄過的雲朵。

之後，去醫院檢查，身體也都沒有問題，所以宋理巚沒有把那天的事告訴崔世暻，因為他早就預料到會發生現在這種情況，這個時候若採取強硬態度，可能會適得其反，所以他改變策略，訴諸情理。

「嬰兒車裡的孩子，還不會走路呢！總不能放著他去死吧？而且也沒很危險，卡車也沒開得很快。」

「所以你就不顧一切地衝向行駛中的卡車？」

「我不是隨便衝過去的，我有信心我能做到才……」

宋理巚的辯解越來越顯得可笑，最後他選擇閉上嘴巴，他懂崔世暻為什麼生氣，換作是自己，也會跟崔世暻有一樣的反應，甚至會更激動，因為對他來說，沒有崔世暻的世界如同一座孤島。

不是因為崔世暻是唯一知道他靈魂祕密的人，那只是讓崔世暻變得特別的眾多原因之一。

崔世暻之所以特別，純粹因為他是崔世暻，而這個世界只有一個崔世暻，所以沒有他的世界就成了一座狐島。

對崔世暻來說也是如此。

「理嶽啊。」

「……」

「宋理嶽。」

崔世暻脫下圍裙走了過來，宋理嶽也從椅子上站了起來，他彎下寬闊的背抱住宋理嶽，那悲傷的模樣就像是失去母親的野獸，讓宋理嶽的心也跟著揪了起來，伸手回抱了崔世暻的背。

宋理嶽很清楚崔世暻內心的不安，因為每當崔世暻做危險的事時，宋理嶽也會氣得和他吵架，崔世暻現在的心情應該也是如此。更何況，崔世暻還知道宋理嶽前世是怎麼死的。

雖然沒有明確說過，但崔世暻透過這段時間的對話，已經發現黑幫分子的靈魂進入高中生身體的狀況。崔世暻記住了宋理嶽在日常談話中不經意透露的前世，當這些隻言片語積少成多，崔世暻便猜到了那天在天橋下發生的交通事故。

感受到崔世暻害怕類似的事情再度重演，宋理嶽心頭一陣壓抑，覺得自己對崔世暻做了過分的事。

「沒有你，我活不下去。」

崔世暻的告白充滿深情，宋理獻感動得緊緊擁抱住他說：「你以為沒了你，我就活得下去嗎？」

崔世暻充滿深情的告白，讓宋理獻感動得緊緊抱住他，而崔世暻也環抱著宋理獻的腰，彼此依偎著。

——我們是如此深愛著彼此……

沉醉在感性中的宋理獻，懷著世上無可倫比的柔情，輕撫著崔世暻。

「我也沒有你就活不下去啊！」

突然感覺腰部懸空，身體浮了起來，視野像雲霄飛車般翻轉。

「啊——啊！」

崔世暻將宋理獻扛在肩上，挺直了腰桿，一掃剛才的哀傷，臉色變得冷峻無比，他邁開步伐，被扛在肩上的宋理獻臉色蒼白，緊緊抓住了崔世暻的衣角。

「放我下來！你沒聽到嗎？馬上放我下來！」

「感覺你老是把我忘了，那我就讓你永遠忘不了，這樣你以後遇到同樣的情況，你想起我就會猶豫了。」

臥室裡有什麼事能讓人永生難忘？怎麼想都只有那件事，宋理獻想像著突然感到臀部隱隱作痛，開始拚命掙扎。

「你還不放開嗎？我快要吐了！」

「沒關係，你吐吧——我也很想知道，到底要看到你多狼狽的樣子，我才會討厭你。」崔世暻喃喃自語著，然後重重拍了一下那不安分的屁股，「不過應該不會有那一天吧。」

「啊！」

「會掉下去的，你乖一點不要動。」

「我屁股現在還在痛呢！幹！你這傢伙連尊敬長輩都不會嗎？」

「好喔，大叔，請您乖乖的，別亂動，得好好保護您的關節啊。」

在吵鬧聲中，臥室的門砰地一聲關上，門後的聲響很快就平息了，而這天只是他們即將攜手共度的無數個未來中的一天而已。

（完）

【特別企劃】
獨家紙上訪談，暢談創作花絮

Q1：老師您好，請您先跟讀者打個招呼吧！這應該是您第一次出版繁中版的小說，讀者們肯定會對您感到好奇，先請問老師筆名的由來吧！

A1：您好！能夠跟臺灣的讀者們問候，真是我的榮幸。其實我的筆名沒什麼特別的含義，就是我在決定筆名時，一個人哼哼哈哈——（Horololol——）就這樣從哼唱中取了前面兩個字。

Q2：請問老師當初是有什麼樣的契機或靈感，讓您想撰寫《黑幫變成高中生》這部小說呢？

A2：我是從「如果讓年紀大的黑幫變成高中生，應該會很有趣吧？」這個想法開始的，最初只是很單純地期待能夠出一個有趣的故事，所以很興奮，但是隨著劇情的發展，為了不讓宋理巚的靈魂所做的選擇顯得輕率，花了不少心力。

Q3：這部作品中有沒有什麼讓您寫完後很滿意的情節？寫起來特別開心的情節？以及寫得特別痛苦的情節？為什麼？

A3：我最喜歡的情節是金得八變成宋理巚在校園裡發生的故事，大叔笨拙搞笑的校園生活雖然有些離譜，但讓我想起了自己的學生時代，覺得非常有趣。

我最難過的劇情是，真正的宋理巚靈魂離開的時候，宋理巚將自己的身體當作禮物送出，這絕對是一個不容易的決定；而金得八不得不接受這個身體，因為他想要守護這個孩子，所以他內心肯定也是相當痛苦。

崔世暻雖然默默地陪在金得八身邊，試圖成為他的支柱，但他的心情一定也非常悲痛。

不只是主要角色們，連我都覺得那一幕很悲傷，所以我覺得這是最令人難過的情節。

Q4：金得八、宋理巚、崔世暻都是性格相當不同的類型，老師是如何創作這三位角色呢？是否有參考現實生活或是周遭的人呢？

A4：我沒有參考任何人！因為這三個角色各自都有鮮明的性格特徵，與其參考其他人，我更專注於維持三個角色性格的一貫性。我在推展故事時，會思考：「如果是正義感十足的金得八，他會做出什麼選擇呢？」、「內心黑暗又複雜的崔世暻，會如何解決這個問題呢？」以這樣的方式來塑造角色，使他們的行動符合自身的性格。

Q5：金得八和崔世暻的個性差異很大，老師覺得安排哪個角色的對話或行為比較困難？

A5：崔世暻！他是最難的，各位應該知道，崔世暻的內心非常陰暗和憂鬱，要表現他隱藏的內心黑暗面、偽裝成善良的樣子倒是容易，反而在表現崔世暻真實的自我時比較困難。因為崔世暻才十九歲，所以我希望他能帶點那個年齡層男孩的衝動，但又不能太幼稚，不然就跟金得八大叔不相配，所以還得讓他表現得成熟一點……為了讓年輕的崔世暻能搭配金得八大叔，我在臺詞和行為上花了很多心思，反覆琢磨，這讓我傷透了腦筋。

Q6：在兩位角色的感情進展中，老師有沒有最喜歡的橋段？最心動或感動的橋段？

A6：這次也是崔世暻呢！就是崔世暻引用《唐吉訶德》的句子跟對方告白的場景！雖然有很多喜歡的橋段，但我最喜歡的還是這個。渴望抓住那顆無法觸及的星星，這樣的心情大多數人都能感同身受吧！但對崔世暻來說，他想要抓住的那顆星星，恐怕比一般人眼中的還要遙遠，因為他甚至無法確定自己喜歡的那個靈魂，到底是什麼樣的人。儘管如此，崔世暻仍選擇相信自己的內心，努力伸手去抓住那顆星星，那努力的模樣，讓他顯得更加閃耀，所以寫這段情節的時候心情特別愉快。

Q7：除了幾位主要角色外，這部作品裡面也有許多有趣的配角，構思這些配角的時候，有沒有特別注意些什麼？以及最喜歡哪位配角呢？

A7：我試著構思一些能夠根據情境帶來趣味的配角——而我最喜歡的配角是金妍智！她可是幫助金得八大叔適應高中生活的頭號功臣呢！配角大致可分為兩種：一種是能夠與金得八愉快相處的配角，另一種則是需要金得八幫助的配角，然而不管是哪種類型的配角，他們都得到了金得八大叔滿滿的關愛。

Q8：如果有平行世界的話，老師想安排什麼樣的世界觀或故事，讓金得八、宋理獻、崔世暻這三個角色可以再次相聚？

Ａ８：金得八沒有成為黑幫而是成為學校老師的平行世界！也就是說金得八沒有加入黑幫，而是堅持讀書，雖然晚了一點，但是還是考上大學成為老師，然後被分派到崔世暻和宋理獻就讀的高中任教。金得八老師會解決宋理獻被霸凌的問題，而崔世暻也會喜歡上金得八老師，因為在那個世界觀裡，只有金得八能夠理解崔世暻，並且喜歡他的本來面目。

雖然這樣金得八和崔世暻的年齡差距會很大……但應該沒關係，因為崔世暻很成熟，那麼這對ＣＰ的關鍵詞就會是中年教師和學生，這個設定感覺也會很有趣呢。

Ｑ９：本作有影視化，讓作品引起不少關注和話題，想問問老師對影視改編後的成果有什麼看法？有沒有覺得改編得特別好、特別喜歡的橋段？或是覺得被改掉會有點可惜的情節？

Ａ９：我很高興透過影視化讓更多人認識這個作品，希望有更多的讀者能夠認識金得八，不只是小說中，希望在現實生活中，大家遇到困難時，都能遇到一位願意為自己解決問題、成為依靠的大人。

在連續劇中，我個人最喜歡的橋段是，金得八在聽黑膠唱片的地方，跟崔世暻訴說自己的人生觀的場景。這一幕不只是氛圍、臺詞和導演的拍攝手法都很棒，更重要的是，那個場景所呈現出的是最接近我心目中形象的金得八。

Q10：走在這條創作路上時，老師曾遇過最大的困難或阻礙是什麼？後來又是怎麼讓自己走過的呢？

A10：我記得寫到最後我幾乎是哭著寫完的……因為截稿期限的壓力，寫得有點手忙腳亂，但是我一直告訴自己：至少要寫得不讓以後的自己後悔！就是這樣的信念支撐著我堅持下去。

寫作過程中會遇到很多困難，但如果要選出最大的障礙，那應該就是如何表現宋理巚將自己的身體讓出的這個重要場景，在描寫這一幕時，感受到了自己的極限。

但我心裡想著：如果現在放棄，將來一定會後悔！於是我強迫自己把屁股黏在椅子上，咬緊牙關，拚命地寫到了最後。

Q11：平常除了寫作外，有沒有其他興趣或嗜好？

A11：我很喜歡運動，喜歡游泳、皮拉提斯、散步等動態運動，最近很努力地在進行重量訓練。

我想要練出像金得八那樣帥氣的身材，但並不容易……

Q12：您覺得自己私底下是個怎樣的人？筆下有沒有哪部作品的角色跟您最像？

A12：我是個隨遇而安、順其自然生活的人，既不像金得八那樣正義凜然，也不像崔世暻那樣完美，我只是個普通人。如果用連續劇來比喻的話，我大概就像個一個臨時演員那樣……

我最像的角色是宋理獻，敏感、膽小、害羞的性格跟我完全一樣。我是一個非常謹慎的人，常常因為害怕而猶豫許久，最後乾脆放棄，這一點和宋理獻非常相似，所以我對宋理獻特別有感情。

我想宋理獻理想中的自己大概就是「金得八的靈魂」附身後的自己吧？不像平時的自己因為害怕而還沒開始就放棄，而是能夠乾脆俐落地解決問題，這正是宋理獻一直以來所渴望的樣子。

而這就是宋理獻願意讓出自己身體的理由，因為金得八能夠實現宋理獻想要的生活方式。因為期待著金得八的靈魂進入宋理獻身體後的未來，真正的宋理獻才會相信金得八，願意把身體讓給他。

Q13：老師有沒有正在準備或撰寫中的新作呢？有的話，是否也可以跟讀者們分享一下呢？

A13：我正在準備一部與《黑幫變成高中生》共享世界觀的小說。

故事描述一群從男子高中畢業的同學們，他們在大學相遇後，一起闖禍、收拾殘局並相戀的有趣故事。

也有計劃在某個時候讓宋理獻和崔世暻出現在故事中，請期待宋理獻將會如何在兩個大學生之間扮演老古板（大叔）的角色。

Q14：最後一個問題啦！感謝您辛苦的回答，小說出版完結了，老師有沒有什麼話，想要對臺灣的讀者說呢？(ノ>ε<)ノ

A14：感謝您的閱讀！金得八大叔、崔世暻、宋理獻也向大家傳達感謝之意！因為有讀者們一起哭一起笑，金得八、崔世暻和宋理獻才不只存在於紙上的世界，而是能活在各位讀者們的心中。

感謝您賦予了金得八、崔世暻和宋理獻更寬廣的世界^^

（完）

i小說 067

High School Return of A Gangster
【黑幫變成高中生5】（完）

國家圖書館出版品預行編目（CIP）資料

黑幫變成高中生. 5– High school return of a gangster / 호롤著；芙蘿拉譯. -- 初版. -- 臺北市：愛呦文創有限公司, 2025.05
面；　公分. -- (i小說；67)
譯自：조폭인 내가 고등학생이 되었습니다 (High school return of a gangster)
ISBN 978-626-7636-04-6 第5冊; (平裝)

862.57　　114004445

著作權所有・翻印必究
本書如有缺頁、破損、裝訂錯誤，請寄回更換
Printed in Taiwan.

愛呦文創

原書書名	조폭인 내가 고등학생이 되었습니다（High School Return of A Gangster）
作者	호롤 (horol)
譯者	芙蘿拉
封面繪圖	九月紫
Q圖繪圖	60
責任編輯	高章敏
特約編輯	羅婷婷
文字校對	劉綺文
版權	Yuvia Hsiang、Kiaya Liu
行銷企劃	羅婷婷
發行人	高章敏
出版	愛呦文創有限公司
地址	10691台北市忠孝東路四段59號10-2樓
電話	（886）2-25287229
郵電信箱	iyao.service@gmail.com
愛呦粉絲團	https://www.facebook.com/iyao.book
總經銷	聯合發行股份有限公司
電話	（886）2-29178022
地址	231新北市新店區寶橋路235巷6弄6號2樓
美術設計	張雅涵
內頁排版	陳佩君
印刷	沐春行銷創意有限公司
初版一刷	2025年5月
定價	340元
ISBN	978-626-7636-04-6

조폭인 내가 고등학생이 되었습니다
(High School Return of A Gangster)
Copyright © 2021 by 호롤(horol)
All rights reserved.
Complex Chinese Copyright © 2025 by I Yao Co. Ltd.
Complex Chinese translation Copyright is arranged with Youngsang Publishing Media, Inc.
through Eric Yang Agency